Das Rathhaus zu Halle (A) und E.E. Raths Wage (B) in welcher die publiquen Auditoria der Universitæt.

C. GREF / M. SCHWAGMANN

Die Seelenwärter

SEELENTERROR Halle 1805: Julius Weiland, der jüngere Bruder von Unterinspektor Weiland, beginnt ein Medizinstudium an der Friedrichs-Universität zu Halle. Zudem soll er im Auftrag des Unterinspektors Nachforschungen bezüglich einer Margot Lambrecht anstellen, die sehr wahrscheinlich in einer Nervenanstalt untergebracht ist. Zwar findet er sie, doch kurz darauf verschwindet Margot. Als auch noch Frau Kremer, ihre Betreuerin, unauffindbar bleibt, hat Julius Gewissheit, dass hier etwas nicht mit rechten Dingen zugeht ... Betreibt Erasmus Brackhagen, eine anerkannte Koryphäe auf dem Gebiet der Nervenkrankheiten, ein geheimes Forschungslabor und experimentiert an den »Irren«? Julius möchte es nur zu gern glauben, ist doch ausgerechnet Brackhagen der Frischvermählte von Eleonore – der Frau, die er um alles in der Welt liebt! Sie hilft ihm bei seinen Nachforschungen und bei dem Wettlauf gegen die Zeit, Margot lebend zu finden ...

Christiane Gref wurde 1975 in Köln geboren. Heute lebt und arbeitet sie in Hanau. Sie ist wie Meike Schwagmann Mitglied der Autorengruppe ZwanzigZehn. Die Seelenwärter ist ihr zweiter gemeinsam verfasster Roman im Gmeiner-Verlag.

Meike Schwagmann wurde 1971 in Lübeck geboren. Sie arbeitet als freie Mitarbeiterin für eine hessische Zeitung. Ihre Kurzgeschichten präsentiert sie auf Lesungen im Rhein-Main-Gebiet.

Die Autorinnen engagieren sich außerdem bei diversen Benefizlesungen.

Bisherige Veröffentlichungen im Gmeiner-Verlag:
Die Schädeljäger (2012)

C. GREF / M. SCHWAGMANN

Die Seelenwärter

Historischer Roman

GMEINER *Original*

Besuchen Sie uns im Internet:
www.gmeiner-verlag.de

Im Ehnried 5, 88605 Meßkirch
Telefon 07575/2095-0
info@gmeiner-verlag.de

1. Auflage 2014

Herstellung: Mirjam Hecht
Umschlaggestaltung: U.O.R.G. Lutz Eberle, Stuttgart
unter Verwendung eines Bildes von: © http://commons.wikimedia.org/wiki/File:Rathaus_und_Waage_in_Halle_%28Saale%29.pdf
und http://commons.wikimedia.org/wiki/File:Characters_and_Caricaturas_by_William_Hogarth.jpg
Druck: GGP Media GmbH, Pößneck
Printed in Germany
ISBN 978-3-8392-1576-0

Das Füchslein dachte zwar,
Es ist doch sonnenklar,
Kommst du nach Halle rein,
Ach so solide über alle Maßen.
Doch ob ihm das gelingt,
Das ist ein ander Ding,
Da ziehn wir lieber
Den Schleier drüber

(Altes Hallenser Fuchsenlied – undatiert)

PROLOG

Die Kammer seines toten Dieners Lambrecht war karg möbliert. Das Ausräumen dauerte weniger als eine Stunde. Adrian Dennfelder hatte es sich – mit Unterstützung seiner Frau Elsa Luise – nicht nehmen lassen, selbst Hand anzulegen. Gerade sah er die Korrespondenz seines alten Freundes durch, als ihm ein privater Brief in die Hände fiel. Oder vielmehr der Entwurf eines Briefes, denn er war nicht unterzeichnet.

Werte Frau Kremer,

ich flehe Sie nun demütigst an, meine liebe Margot nicht allein zu lassen. Mit diesem Schreiben werde ich eine größere Geldsumme anweisen, die in Bälde bei Ihnen eintreffen und Sie großzügig für alle Unannehmlichkeiten entlohnen wird …

Lambrecht hatte außerdem über Herzprobleme und zwielichtige Geschäfte geschrieben. Der Brief wirkte sehr gefühlvoll. Eine Seite an Lambrecht, die Dennfelder nicht gekannt hatte. Adressiert war das Schreiben an eine Trude Kremer im Haus Nummer 967 im Kleinen Schlamm. Die Straße lag im Halle'schen Nicolaiviertel.

In was hatte sich der stets pflichtbewusste Lambrecht da nur wieder verrannt? Und wer war diese Margot? Handelte es sich womöglich um eine Angehörige? Warum sonst sollte er eine größere Geldsumme für sie zur Verfügung stellen? War sie gar seine Tochter? Die Inspektoren Niemer und Weiland waren die Letzten gewesen, mit denen

Lambrecht intensiven Kontakt gepflegt hatte, während Dennfelder selbst sich wie ein gejagtes Tier hatte verstecken müssen.

Dennfelder faltete den Brief säuberlich und steckte ihn ein. Es behagte ihm gar nicht, die alten Wunden wieder aufzureißen, jetzt, da sich alles zum Guten gefügt hatte.

Doch es half nichts. Wenn er Antworten haben wollte, dann musste er den Inspektoren der hiesigen Hauptwache einen Besuch abstatten. Er entschied sich für Weiland, da er sich ein Gespräch mit dem verbitterten Niemer als weitaus anstrengender ausmalte. Er rief sein Dienstmädchen und wies es an, die Möbel im Keller einzulagern und die wenigen Kleidungsstücke in einer Kiste zu verstauen.

Das Mädchen zog die Augenbrauen kraus. »Wollen Sie die Kleidung nicht spenden?«

»Lambrecht hatte, wie es scheint, Verwandtschaft in Halle«, gab Dennfelder zerstreut zurück. Er versuchte, sich jene Margot vor seinem geistigen Auge vorzustellen. Es gelang ihm nicht.

Der Brief beschäftigte ihn die ganze Nacht. Am Morgen entschied er, auf dem Weg zur Weinhandlung einen Umweg über die Hauptwache zu machen. Ein mulmiges Gefühl schlich sich in seine Magengrube, als er vor dem Gebäude stand.

Der Fall ist geklärt, sprach er sich in Gedenken an die noch keinen Monat zurückliegenden Erlebnisse Mut zu. *Ich bin unschuldig und alle wissen das.*

Er öffnete resolut die Tür und trat ein. Das »Guten Morgen« blieb ihm im Hals stecken, als er Niemer an Weilands Schreibtisch erblickte, während Laurenz Weiland selbst durch Abwesenheit glänzte. Dennfelder fasste sich und holte den Gruß nach. Niemer sah mürrisch auf und fuhr mit seiner Beschäftigung fort, das Tintenfass von links nach rechts und wieder zurück zu schieben, bis er es auf die Spitze trieb. Es fiel von der Tischkante und landete auf dem Boden, wo es zwar nicht zerbrach, jedoch eine große blaue Pfütze auf die Dielen entließ.

Niemer ließ das Fass, wo es war, und sprach Dennfelder endlich an. »Sie hätte ich als Letzten hier erwartet. Was gibt es?«

»Nun, ich wünsche Herrn Weiland zu sprechen.«

Niemer lachte rau auf. Die Falten in seinem Gesicht vertieften sich. »Da müssen Sie an die Ostsee fahren. Oder warten.«

In Ermangelung des Tintenglases, mit dem er seine Hände beschäftigen konnte, faltete Niemer nun aus einem beschrifteten Stück Papier ein kleines Boot.

Dennfelder wippte auf den Fußballen. »Und wann erwarten Sie Herrn Weiland zurück?«

»In einer Woche ist er wieder da.«

Dennfelder runzelte die Stirn, und als nichts mehr kam, verabschiedete er sich. Niemer erwiderte den Gruß nicht und ließ stattdessen das Boot über die Tischplatte fahren. Kopfschüttelnd verließ Dennfelder die Hauptwache.

TEIL I

KAPITEL 1

JULIUS WEILAND SASS IM GÄSTEZIMMER vor dem Spiegel und kämpfte mit dem Knoten des Halstuchs. Er mochte den Druck nicht, den er auf seinen Kehlkopf ausübte. Lautstark verfluchte er sich selbst dafür, nicht mehr Geld ausgegeben zu haben. Nun, es ließ sich für den Moment nicht ändern. Julius erhob sich, fuhr ein letztes Mal mit gespreizten Fingern durch sein dichtes Haar und schickte sich an, die Geborgenheit seines Zimmers zu verlassen, um sich den vielen Gästen zu stellen, die sein väterlicher Freund, Gottlieb Lehnau, eingeladen hatte.

»Fräulein Lehnau, wie hübsch Sie heute aussehen«, äußerte sich eine beleibte Dame und tätschelte der Angesprochenen die Wange. Julius, der gerade die Treppe herabgekommen war, gab der Dame insgeheim recht. Der zarte Gelbton des Kleides passte ausgezeichnet zu Eleonores Haaren, die wie dunkler Honig glänzten. Doch selbst wenn sie in Sackleinen gekleidet vor ihm stünde, so könnte er dennoch nicht Herr über seinen rasenden Herzschlag werden. Als hätte sie seine Gedanken erraten, wandte sich ihm Eleonore zu. In ihren grünen Augen lag ein aufgewecktes Funkeln.

»Na, aufgeregt?«

Julius brachte lediglich ein kärgliches Nicken zustande.

»Es wird schon nicht so schlimm werden.« Verschwörerisch drückte sie seine Hand.

Julius' Hals war mit einem Mal wie ausgedörrt. Mühsam räusperte er sich.

»Vergiss nicht«, fuhr sie fort, »mein Onkel setzt sich für dich ein. Es muss einfach gut gehen.«

»Du hältst mich sicherlich für einen furchtbaren Gesellschafter«, sagte Julius leise und schickte ein Seufzen hinterher, das nicht annähernd seine Verfassung wiedergab.

Vier Jahre verzehrte er sich nun schon nach Eleonore. Stets hatte er sich einzureden versucht, dass aus dem hübschen Entlein mit Sicherheit ein hässlicher Schwan geworden war. Gestern Nachmittag hatte er sie wiedergesehen. Ganz plötzlich war sie im Salon aufgetaucht, als die Lehnaus und Julius gerade ihren Tee nahmen. Als Julius vor Erstaunen das heiße Getränk über die Hand schwappte, blieb er gefasst, obgleich der Schmerz jäh und scharf war. Er war sich wohl bewusst, wie unhöflich es anmutete, Eleonore derart unverhohlen anzustarren. Er hoffte im Nachhinein, dass er es wenigstens nicht mit offenem Mund getan hatte.

»Lieber Julius, meine Nichte Eleonore kennst du sicherlich noch aus euren Kindertagen. Eleonore, der Ziehsohn meines besten Freundes Jean Nortius aus Weimar, Julius Weiland.«

Unsicher erhob sich Julius und hauchte einen zarten Kuss auf den Handschuh.

»Juls.« Mehr sagte sie nicht. Nur dieses eine Wort, das sie mit einer hochgezogenen Augenbraue äußerte. Die Nennung des Spitznamens von früher brachte seine Wangen zum Glühen.

Juls. Dieses Wort erinnerte ihn an die zahllosen Nächte, in denen er seiner Angebeteten Brief um Brief geschrieben hatte. Stets unterzeichnete er mit »In Liebe, der immer Deine, Juls.« Anschließend verstaute er das Geschriebene sorgfältig in einer Mappe. Nicht eine Zeile jener Liebesschwüre hatte jemals die Adressatin erreicht.

»Du musst ja ersticken. Komm, ich helfe dir.« Eleonore nestelte an seinem Halstuch und hätte es ihm wohl gänzlich abgenommen, wenn er nicht geistesgegenwärtig ihre Handgelenke festgehalten und geraunt hätte: »Nicht hier, vor allen Leuten.«

Eleonore wies ihn zum kleinen Salon, in dem sich gerade niemand aufhielt. Julius unterdrückte ein Erschauern, als Eleonores Finger an seinem Hals entlangglitten, ehe sie das Tuch zu fassen bekamen. Eleonore indes schien nichts von seiner Aufregung zu ahnen. Fachkundig schlang sie ihm das störrische Tuch um den Hals, verknotete es, zupfte es ein letztes Mal in Façon.

»Du machst das großartig, Leo.« Gleich darauf biss sich Julius von innen in die Wange. Was redete er da bloß?

»Mein Vater kann sich seit einigen Monaten nicht mehr selbst das Tuch binden. Er zittert zu sehr. Daher die Routine.«

»Ist es schlimmer geworden?«

Betrübt nickte Eleonore. Für einen Augenblick verzogen sich ihre Mundwinkel vor Bitterkeit. »Die Anfälle häufen sich. Auch heute wäre er zu gern dabei gewesen, aber …« Eleonore stockte.

»Wenn ich erst Arzt bin, werde ich ein Heilmittel finden«, versprach er voller Inbrunst.

»Ach, Juls, so viele Ärzte haben sich bereits um ihn bemüht. So viele Versuche hat es schon gegeben, sein unablässiges Beben zu kurieren.«

»Ich werde es trotzdem tun.«

»Doch zuerst musst du an der Universität angenommen werden«, überspielte sie die Situation und schob ihn in Richtung der Tür.

»Was soll das werden?«, blaffte Gottlieb Lehnau, der die beiden aus dem leeren Salon kommen sah.

Eleonore strahlte ihn an. »Nichts, Onkel, ich habe lediglich die Grundvoraussetzung geschaffen, dass unser Juls einen guten Eindruck bei den Herren Doktoren hinterlässt.«

Keinesfalls beruhigt umgriff Lehnau den Arm seiner Nichte und zog sie mit sich fort.

Was hat er nur?, fragte sich Julius. *Ist er mir plötzlich nicht mehr gewogen?*

Verunsichert hielt er sich am Rande des Geschehens auf. Er musterte die Gäste und wurde eines älteren Mannes gewahr, der ebenfalls abseits stand, offenbar aus freien Stücken. Er war nicht darauf angewiesen, jemandem vorgestellt zu werden. Man schien ihn allenthalben zu kennen. Immer wieder machte ein Gast vor ihm Halt. Ehrerbietig verneigten sich jüngere Herren vor ihm, respektvoll knicksten deren Begleiterinnen. Dabei wirkte der Hofierte nicht wie ein Regent. Im Gegenteil, die Aufmerksamkeit schien ihm lästig. Kalt blickte er den Menschen ins Gesicht. Kein Lächeln war den blutarmen Lippen zu entlocken. Unheimlich, wie karg außerdem seine Gesten ausfielen, wie fade sein Äußeres anmutete. Der Mann erinnerte Julius an einen Mönch, der Werte in anderen Dingen als Kleidung und Frohsinn sah.

Julius hielt einen Diener auf. »Wer ist das?«, wollte er wissen und deutete hinüber.

»Das ist Doktor Brackhagen, seines Zeichens der stellvertretende Leiter der medizinischen Fakultät der Friedrichsuniversität in Halle, die rechte Hand von Doktor Reil.«

»Unmöglich. Das kann doch nicht *der* Brackhagen sein. *Der* berühmte Arzt.«

Der Diener lächelte indigniert. Die peinliche Stille und die auf ihn gerichteten Augenpaare zeigten Julius an, dass seine Stimme vor Enthusiasmus laut geworden sein musste.

Was blieb ihm anderes übrig, als sich in die Schar der Defilierenden einzureihen? Er verneigte sich tief vor Brackhagen und stammelte eine Entschuldigung.

»Und Sie sind?«, verlangte der Arzt zu wissen.

Brackhagens Stimme war heiser und zerfaserte wie ein marodes Seil zum Ende der Wortsilben. Es lag eine nervöse Spannung darin, der Julius nur schwer standhielt.

»Julius Weiland, zu Ihren Diensten.«

»Sagen Sie nichts, was Sie nicht auch so meinen.«

»Wie bitte?«

Brackhagen wendete sich gelangweilt von ihm ab.

Julius versah sich selbst im Geiste mit Schimpfnamen, die einen Kesselflicker hätten erröten lassen. Seine Berufung an die Friedrichsuniversität konnte er nun getrost vergessen. Es stimmte, was Laurenz stets sagte. *Ich sollte meine Zunge festbinden lassen*, dachte er. Julius entschied, nur noch zu sprechen, wenn er sich zuvor seine Worte sorgfältig zurechtgelegt hatte.

Lehnau riss ihn aus seiner Selbstkasteiung. »Hier bist du. Komm, ich muss dich jemandem vorstellen.«

Der Nachmittag ging in den Abend über. Allmählich vergaß Julius seinen Fauxpas. Er lernte gut ein Dutzend Ärzte kennen, die er allesamt für sich zu gewinnen vermochte. Als der Aperitif gereicht wurde, erklärte sich ein Bekannter von Lehnau einverstanden, Julius bei der Aufnahme in die Studentenschaft der medizinischen Fakultät zu unterstützen.

»Jetzt hast du es fast geschafft, mein Junge.« Stolz kredenzte Lehnau Champagner. Julius prostete ihm selig vor Glück zu.

»Du sagst ›fast‹. Wer muss denn noch entscheiden?«, wollte Julius wissen.

»Doktor Erasmus Brackhagen.«

Plötzlich schmeckte der Champagner bitter.

Julius verbrachte die nächste Viertelstunde damit, um Brackhagen herumzuschleichen. Die Hürde, ihn erneut anzusprechen, schien ihm unüberwindlich, und sie wuchs mit jeder Minute, die er es hinauszögerte. Gerade als er sich ein Herz fassen wollte, rauschte Lehnau geschäftig an ihm vorbei, direkt auf Brackhagen zu. Julius beobachtete, wie er ihm vertraulich etwas ins Ohr flüsterte. Brackhagen nickte, über seine Lippen huschte ein Lächeln, dann räusperte er sich. Schließlich erstarrten seine Gesichtszüge wieder in der gewohnt gestrengen Mimik. Lehnau klopfte Brackhagen noch einmal freundschaftlich auf die Schulter, dann drehte er sich um und ging Richtung Großer Saal. Als sein Blick dabei auf Julius fiel, winkte er ihn herbei.

»Komm, Julius, komm. Es gibt Neuigkeiten, und die wollen wir niemandem vorenthalten.«

Ehe Julius wusste, wie ihm geschah, spürte er den Druck von Lehnaus Handballen in seinem Rücken und wurde durch die weit geöffneten Türflügel aus dem Salon in den benachbarten Saal geschoben, direkt auf das kleine Orchester zu. Dort angekommen zögerte Lehnau nicht, dem Dirigenten in den Taktstock zu greifen. Ein Musiker nach dem anderen setzte verwundert sein Instrument ab, bis nur noch der Tubist mit aufgeblasenen Backen in sein Horn stieß. Als letztlich auch dessen Instrument ruhte, klatschte Lehnau zweimal in die Hände.

»Meine Damen und Herren!«, rief er mit seiner durchdringenden Bassstimme, während er sein Kinn reckte und sein Blick suchend durch die Reihen der neugierig blickenden Gäste fuhr. »Kommen Sie, kommen Sie ruhig näher. Und schicken Sie meine liebreizende Nichte zu mir, sollte sie sich zwischen Ihnen verbergen.«

Eleonore trat augenblicklich aus der Gästeschar hervor. Lächelnd und mit geröteten Wangen strebte sie ihrem Oheim entgegen. Als ihr Blick auf Julius fiel, zwinkerte sie ihm verschwörerisch zu.

Julius atmete tief ein. Nun stand er also bevor, der große Moment, auf den er seit seiner Ankunft auf Lehnaus Gut gewartet hatte. Seine Aufnahme an der Friedericiana. Davon hatte er schon geträumt, seit er mit elf Jahren das erste Mal etwas über den Blutkreislauf gehört hatte. Damals, an einem stürmischen Oktobertag, hatte er ernsthaft gedacht, er müsste sterben, als ihn in Jean Nortius' Scheune in Weimar ein herabstürzendes Brett am Kopf getroffen hatte. Als er an die schmerzende Stelle gegriffen hatte, hatte sie sich warm und feucht angefühlt. Ungläubig hatte er auf das Rot gestarrt, das wie Honig an seinen Händen geklebt hatte und zäh zwischen seinen Fingern hindurch auf die Schuhe getropft war. Dann war er in Ohnmacht gefallen.

Als er wieder zu sich gekommen war, blickte er zuerst in die spöttischen Augen seines Bruders, des Polizei-Offizianten Laurenz Weiland, dann in die besorgten seines Vormunds Jean Nortius und schließlich in die belustigten von Doktor Gottfried Lehnau aus Halle.

Julius hatte aufspringen wollen, doch als würde ihn das Brett erneut mit voller Wucht treffen, fiel er einfach wieder zurück in den Sessel, auf den man ihn zwischenzeitlich getragen hatte.

»Na, na, du wirst uns doch nicht noch einmal entfliehen?« Doktor Lehnau, ein Freund von Pflegevater Jean, griff nach Julius' Hand und drehte die Handfläche nach oben. Mit Daumen und Zeigefinger erforschte er sein Handgelenk.

»Laurenz, hol bitte meine Frau«, wandte sich Nortius an Julius' Bruder. »Sie soll unserem Draufgänger etwas zu trinken bringen. Und wir brauchen das Fläschchen mit dem Karmeliterwasser.« Laurenz schlug die Hacken zusammen, während er grinsend salutierte und schließlich verschwand. Julius hatte die Blutflecken auf Laurenz' Hemd gesehen, er musste ihn ins Haus getragen haben.

»Muss ich sterben?«, hatte Julius damals kläglich gefragt. Seine Angst vor der Antwort hatte er dabei nicht verbergen können.

»Junge!«, stieß Nortius erschrocken aus, während Gottfried Lehnau in dröhnendes Gelächter ausbrach.

»Niemand stirbt hier! Und schon gar nicht während meiner Anwesenheit.« Lehnaus Stimme klang so zuversichtlich, dass er jeglichen Zweifel aus dem kleinen Weimarer Wohnzimmer des Apothekers Jean Nortius mit einem Schlag vertrieb.

Doktor Lehnau war damals schon kein Unbekannter mehr für Julius gewesen. Julius hatte bereits zwei Sommer auf Lehnaus Landgut in Amendorf südlich von Halle verbringen dürfen. Eigentlich sollte er dort die Gepflogenheiten der besseren Kreise kennenlernen, doch Julius liebte es vielmehr, den alten Obstgarten, der sich im hinteren Teil des Gutshofes hinter einer alten Mauer befand, mitsamt seinen zahlreichen Verstecken zu erkunden. Als Doktor Lehnau jedoch an jenem schicksalhaften Tag nach Weimar gekommen war, um Julius abzuholen, erschien es ihm, als sehe er den Doktor zum ersten Mal. Wie souverän er mit der Situation umgegangen war – als hätte sich Julius lediglich das Knie aufgeschlagen. Selbst Mutter und Vater Nortius folgten getreu all seinen ruhig erteilten Anweisungen. Deshalb hatte es fortan nur noch einen Wunsch für Julius gegeben: So zu werden wie er. Und als Julius ein paar Tage später wieder einmal neben ihm in der Kutsche auf dem Weg nach Amendorf saß, konnte er gar nicht genug über das Leben eines Arztes erfahren. Wenn Gottlieb Lehnau sprach, lauschte Julius still und andächtig, um nichts zu verpassen. Besonders neugierig zeigte er sich, wenn Lehnau vom Blut und dessen Kreislauf durch den menschlichen Körper erzählte. Nun verstand er, warum viele es ›den Lebenssaft‹ nannten. Seine neue Leidenschaft bekamen auch die Bewohner des Hofguts zu spüren: Wann immer er in diesem Sommer die Gelegenheit dazu bekommen hatte, hatte er die Arme der Angestellten ergriffen. Es gab nichts, was ihn mehr faszinierte als die blassblauen Linien unter der Haut, die, so wusste er jetzt, das Leben ausmachten. Und wenn Eleonore zu Besuch kam, mussten auch ihre Arme zu Untersuchungszwecken herhalten. Sie protestierte zwar, ließ ihn aber zumeist gewähren. Nur manchmal, wenn Julius es mit der Blutstauung mal wieder übertrieb, flüchtete sie vor ihm und schlug ihm laut schimpfend die Zimmertür vor der Nase zu. Enttäuscht musste er dann ein anderes Opfer suchen, um sich selbst wieder und wieder von dem Wunder des zirkulierenden Blutes zu überzeugen. In diesem Sommer hatte Julius noch nicht an die Liebe gedacht. In diesem Sommer hatte Julius Weiland beschlossen, Arzt zu werden.

Als Julius nun zehn Jahre später neben Gottfried Lehnau und Eleonore im Salon stand, rauschte ihm der so geliebte segensreiche Saft dermaßen in den Ohren, dass er nicht eines von Lehnaus Worten verstand. Warum nur schien sich die Blutmenge bei Aufregung zu vervielfachen? Wie lange konnte man das aushalten? Würde man bei anhaltendem Erregungszustand irgendwann einfach platzen? Julius hob die Hand zum Mund, als müsste er sich räuspern, dabei wischte er sich unauffällig die kitzelnden Schweißperlen von der Oberlippe.

Auf einmal kam Brackhagen mit ausgestreckter Hand auf ihn zu und hieb ihm kräftig auf die Schulter. Julius taumelte unbeholfen nach vorn.

»Was zögerst du denn, mein Junge? Reich deinem zukünftigen Lehrmeister die Hand«, forderte ihn Lehnau verwundert auf.

Julius fing sich. Hölzern streckte er Brackhagen seine Hand entgegen. Die Gäste im Saal applaudierten.

»Herzlichen Glückwunsch, Herr Weiland. Ich freue mich, Sie alsbald an der ehrwürdigen Fridericiana Hallensis begrüßen zu dürfen. Wann werden Sie in Halle eintreffen?«

»Ich … äh …«, krächzte Julius, dessen Mund so trocken war, als habe er zuvor auf Kreide gekaut.

»In einer Woche werden Sie ihn bekommen, werter Herr Kollege«, half ihm Lehnau aus der Patsche. »Bis dahin soll er mir noch ein wenig Gesellschaft leisten. Ich will es gern noch ein Weilchen genießen, dass er mir jedes Wort glaubt, was ich über die Heilkunst zu berichten weiß. Schon bald wird er mit mir diskutieren wollen und alles besser wissen, bis mir nur noch die Rolle des ewig Gestrigen bleibt.«

»Nein, ich … niemals«, versuchte sich Julius zu verteidigen.

Für Lehnau schien die Angelegenheit damit erledigt. Er umfasste Julius' Schultern und zwang ihn, mit ihm einen Schritt zurückzutreten. Dann ergriff er die Hand der wartenden Eleonore. »Und nun zu dir, mein Kind!«

Julius schaute Lehnau irritiert an. Was sollte das heißen, was war mit Eleonore?

Als wäre er einer der Gäste, sah er sich an der einen und Eleonore an der anderen Hand Lehnaus stehen.

Was sollte das werden? Er wird doch nicht etwa …? Aber er hatte sie doch noch gar nicht gefragt. Er wollte sie doch erst fragen, wenn er sein Studium … Hatte sie etwa ihren Onkel …? Oder hat Lehnau selbst …? Die Gedanken flogen auf ihn zu wie ein Wespenschwarm im Angriffsflug. Er schluckte. *Haltung bewahren, Julius!*, versuchte er, sich selbst zu beruhigen. Was auch passieren würde, es würde alles gut werden.

»Meine Damen und Herren«, rief nun Lehnau. »Darf ich Sie erneut um Ihre Aufmerksamkeit bitten?«

Die Gäste, die gerade damit begonnen hatten, die Aufnahme von Lehnaus Günstling an die Friedrichsuniversität mit ihren Nachbarn zu diskutieren, hielten verwundert inne.

»Ich freue mich, Ihnen heute nicht nur eine, sondern zwei Neuigkeiten eröffnen zu können.«

Ein Raunen ging durch die Gästeschar.

Lehnau ließ Julius' Hand los. Gleichzeitig zog er Eleonore ein Stück nach vorn.

»Sie wissen ja, dass ich leidenschaftlicher Sammler schöner Kunstgegenstände bin«, setzte er an. Ein paar Gäste ließen sich zu einer zustimmenden Äußerung hinreißen, die Lehnau mit einem wohlwollenden Nicken quittierte. »Ja, es stimmt, ich bin in diesem Punkt tatsächlich sehr ehrgeizig. Wenn ich einmal etwas haben will, so ist mir keine Mühe zu groß und kein Weg zu weit, um es endlich mein eigen zu nennen. Und wenn ich es einmal besitze, so setze ich mich darauf wie eine Glucke und hacke jedem die Hand ab, der danach greifen will.«

Ein paar Lacher aus den Reihen der Zuhörer gaben auch dieser Beschreibung recht. »Heute werde ich mich jedoch über meine Grenzen hinauswagen, denn ich werde mich von meinem kostbarsten Juwel trennen. Obwohl – ich muss mich korrigieren, denn ich besitze es gar nicht und werde es leider auch niemals tun. Mir gebührt nur die Ehre, dieses Schmuckstück weiterreichen zu dürfen.«

Julius sah gebannt auf Eleonore, die sich stolz von Lehnau in eine Drehung führen ließ.

»Ist sie nicht wunderschön?« rief Lehnau aus.

Die Gäste applaudierten höflich.

»Doch ich bin nicht der Einzige, der ihre Schönheit zu schätzen weiß. Es gibt einen Verehrer, der schon lange darauf gewartet hat, dass meine Nichte endlich zur Frau gereift ist.«

Lehnau zwinkerte Julius zu, der stocksteif neben Brackhagen stand. »Meine Damen und Herren, im Namen meines Bruders, der diese Aufgabe aus gesundheitlichen Gründen leider nicht selbst übernehmen kann, habe ich die Ehre, Ihnen Folgendes mitzuteilen.« Lehnaus Hand reckte sich in Julius Richtung. Doch Julius, der sein Glück nicht fassen konnte, stand einfach nur wie erstarrt da. Und noch ehe er überhaupt ein Lächeln zustande gebracht hatte, war auf einmal Brackhagen an ihm vorbeigetreten. Julius hörte, wie Lehnau lautstark verkündete: »Hiermit, meine Damen und Herren, gebe ich die Verlobung meiner Nichte Eleonore Lehnau mit Doktor Erasmus Brackhagen bekannt.«

KAPITEL 2

»Ich verstehe nicht, warum du uns so plötzlich verlassen möchtest«, sagte Gottlieb Lehnau müde und bedeutete dem Mädchen mit einem knappen Nicken, Kaffee nachzuschenken. Bleich war er, die lange Festnacht hatte ihm augenscheinlich schwer zugesetzt. Und doch wirkte er auf eine eigentümliche Art glücklich. Als wäre die Verlobung ein langwieriger Plan gewesen, den er endlich in die Tat umgesetzt hatte. Für Julius war sie aus heiterem Himmel gekommen.

Julius kniff die Lippen zusammen und schluckte schwer. Wie sollte er seinem Ziehonkel nur begreiflich machen, wie sehr es ihn vom Ort der Demütigung fortzog? Am liebsten wäre er schnurstracks aus dem Hause gelaufen und dann weiter, bis sein Verstand endlich Frieden gab und sein Herz sich nicht mehr schmerzvoll zusammenzog. Stattdessen schwieg er verbittert den Mann an, der ihm den ersehnten Studienplatz in Halle vermittelt hatte, über den er sich so gar nicht mehr freuen konnte.

»Ich begreife es immer noch nicht. Du hast mir versprochen, noch eine Woche hier zu verweilen. Du redest kaum und siehst aus, als wärst du dem Leibhaftigen begegnet.« Lehnau seufzte und warf Julius einen fragenden Blick zu.

»Wenn dem so ist, dann kann ich das Kompliment bezüglich des Aussehens nur erwidern«, gab Julius zurück und ein zaghaftes Lächeln stahl sich auf sein Gesicht.

»Diese Jugend. Alles gleich und alles sofort. Nun denn, ich will deiner Ungeduld wegen eines schnell dahingesagten Versprechens nicht im Wege stehen«, spöttelte Lehnau.

Mühsam erhob er sich und schloss Julius kurz und kräftig in die Arme. »Halle mitsamt seiner Universität und all den wundersamen Gepflogenheiten ist ein Ort, der dich mit Haut und Haaren zu fressen vermag. Solltest du in Schwierigkeiten kommen, dann schäme dich nicht, mich um Hilfe zu bitten.«

Julius hielt ihm wortlos die Rechte entgegen. Lehnau schlug ein.

Auf dem Weg in sein Zimmer hoffte er, Eleonore nicht zu begegnen. Seit der Verkündung am Abend zuvor hatte er sich von ihr ferngehalten. Sie kannte ihn, sie hätte gewusst, warum er allein beim Gartenpavillon gestanden und wie ein Schlosshund geheult hatte.

Packen musste Julius nicht, das hatte er bereits in der Nacht erledigt. Mehr schlecht als recht, denn die Schließen seines Koffers ließen sich wohl nur unter Gewaltanwendung wieder öffnen. Dem Zimmer, das er nie wiederzusehen gedachte, schenkte er einen letzten Blick, dann zog er die Tür hinter sich zu. Niemand winkte ihm nach, als er in die Kutsche stieg.

Mit einem lauten Seufzen sank er ins Polster und nahm sich fest vor, die Fahrt, trotz seines Liebeskummers, zu genießen. Es blieb allerdings bei dem Vorhaben, denn schon die Äcker und Gärten, die am Fenster vorbeizogen, erinnerten ihn an die Nachmittage, die er hier mit Eleonore verbracht hatte. Der Apfelbaum, auf den sie, trotz zahlreicher Ermahnungen, immer wieder hinaufgeklettert waren. Das unfreiwillige Bad im kleinen Bächlein, das mitten durch einen der Gärten floss. Und Frederic, der Junge, den sie gemeinsam kopfüber in den Komposthaufen befördert hatten. Julius schloss die Augen. Er war froh, als die Straßen nach der Passage des Galgthors belebter wurden. Die Galgstraße hinunter zum Markt kamen sie nur langsam voran. Julius verstieg sich in die Betrachtung der Passanten. Eine Weile später rollte das Gefährt auf den Marktplatz und hielt vor der Rathswage. Der Kutscher öffnete Julius die Tür und reichte ihm seinen Koffer.

»Was bekommen Sie?«, fragte Julius.

»Hat schon der Herr Lehnau im Voraus gezahlt«, ließ sich der Kutscher vernehmen, lupfte seinen Hut und stieg wieder auf den Sitz.

Julius blickte sich fasziniert um. Der Marktplatz war riesig und voller Menschen. Mittendrin stand ein großer Turm, der von etlichen Verkaufsständen umringt war, um die sich wiederum allerlei Volk drängte, das die schönste Ware für den besten Preis zu ergattern versuchte. In derselben Flucht stachen vier weitere Türme in den spätsommerlichen Himmel, sie gehörten zu einer großen Kirche, die den Marktplatz nach Westen hin abschloss. Das waren sie also, die fünf Türme von Halle, dachte Julius, der Rote Turm und die zwei Turmpaare der Marienkirche. Noch ganz in die Geschichte darüber versunken, wie die Marktkirche zu ihren vier Türmen kam – Lehnau fand, dass Julius als angehender Student in Halle wissen sollte, dass die zwei Turmpaare einst zu zwei verschiedenen Kirchen gehört hatten –, wurde sein Blick auf eine Gruppe gut betuchter Herren gelenkt, die eifrig schwatzend an ihm Richtung Rathaus vorbeizogen. Nur wenige Schritte weiter wurden sie jedoch von einem Burschen aufgehalten, der mit seinem störrischen Rindvieh geradewegs ihren Weg kreuzte. Dies zog große Empörung seitens der Herren nach sich und die Ohren des Burschen glühten schon bald wie die Pfingstrosen in Mutter Nortius' Arzneigarten. Während Julius seinen Blick nicht von der wütenden Gruppe ehrwürdiger Herren wenden konnte, wurde er selbst von einem Jungen angerempelt, der versuchte, einen kleinen weißen Hund einzufangen. Julius lächelte. Er fühlte sich nach der Isolation in der Kutsche und trotz des Lärms, der Hitze und dem Potpourri an Gerüchen wie ein Vogel, der zum ersten Mal seine Flügel ausbreitet und feststellt, dass er fliegen kann. Mit hoch erhobenem Haupt steuerte er auf die mehrgeschossige Rathswage zu, dem Sitz der Hallenser Universität. Während Julius überlegte, welchen der vielen Eingänge er nun nehmen sollte, entdeckte er einen Mann, der mit einem hölzernen Schreibbrett unter dem Arm in Träumereien versunken vor dem rechten Eingang stand. Sein Rock war an den Ellenbogen abgewetzt und die Stiefel waren, angesichts der brütenden Hitze, unangemessen dick gefüttert. Der Pelzbesatz an den Krempen sah aus, als wären schon Generationen von Motten darüber hergefallen. Dennoch strahlte der Mann, den Julius so alt wie sich selbst schätzte, Würde aus.

»Entschuldigen Sie bitte, werter Herr. Können Sie mir sagen, welchen Eingang zur Friedrichsuniversität ich nehmen muss? Ich bin medizinischer Student.« Letzteres hatte er mit nicht geringem Stolz kundgetan.

»Pardon. Je ne comprends pas.« Mehr noch als die französische Antwort überraschte Julius die hohe Tonlage des Mannes. Er hörte sich wie ein Mädchen an.

Julius wiederholte sein Anliegen auf Französisch. Sofort stahl sich ein belustigtes Glitzern in die dunkelbraunen Augen seines Gegenübers. Er stellte sich Julius als Gerôme Lombard vor. Dann ging ein Wortschwall auf Julius hernieder, den dieser mit einem ratlosen Schulterzucken quittierte. Gerôme begann erneut, langsamer diesmal. Es schien ihm nichts auszumachen, ständig von Vorbeieilenden angerempelt, teilweise gar beschimpft zu werden. Julius nahm seinen Koffer hoch und bat Gerôme, mit ihm ein Stück zur Seite zu gehen. Abwesend folgte ihm der Franzose. Julius erhaschte einen Blick auf das Klemmbrett, das Gerôme in der Hand trug. Darauf waren mit einer Metallklammer Bilder befestigt, deren Anblick Julius die Hitze in die Wangen trieb. Es handelte sich ausnahmslos um nackte Frauen in allen erdenklichen Posen.

»Das ist für die Unterrischt«, beeilte sich Gerôme zu erklären, der Julius' Blick gefolgt war.

Julius sah sich erschrocken um. Dabei fielen ihm zwei kräftig aussehende Männer auf, die direkt auf sie zuhielten. Gerôme schien die grimmig dreinschauenden Gestalten nicht zu bemerken, oder sie waren ihm schlichtweg gleichgültig. Julius rückte von ihm ab, als die beiden ihm signalisierten, sich ein Stück zu entfernen. Plötzlich rannten sie los, warfen sich auf Gerôme, der – niedergerungen – in wildes Kichern ausbrach. Die Menschen in der Nähe verharrten kurz, gafften, dann strömten sie weiter und teilten sich wie Wasser um ein Riff, als die Männer den unglückseligen Gerôme davonschleiften.

Julius merkte erst jetzt, wie wild sein Herz klopfte, wie sehr ihn dieser Zwischenfall aufregte.

»Geht es Ihnen gut? Sie sind ganz bleich«, sagte ein Mann, der sich aus der Menge gelöst hatte und ihm prüfend ins Gesicht schaute.

»Ich … Es … es geht schon wieder, haben Sie vielen Dank.«

Der Blick des Mannes fiel auf Julius' Koffer. »Sie sind gerade erst in Halle angekommen?«

»Sind Sie Arzt?«, brach es aus Julius hervor.

»Das bin ich tatsächlich. Doktor der Medizin, Arthur Tamm«, ging der Angesprochene über Julius' Schnitzer hinweg, nicht auf seine Frage geantwortet zu haben, wie Julius dankbar feststellte.

»Ich bin Student, das heißt, ich möchte gerne hier studieren. Gestern hat Doktor Brackhagen zugestimmt.«

»Kommen Sie erst einmal mit ins Gebäude. Dann unterhalten wir uns in Ruhe. Der Marktplatz ist, scheint mir, ein denkbar schlechter Ort.«

Julius merkte sich den Eingang. Ein breites Treppenhaus führte sie zu den oberen Etagen. Doktor Tamm blieb vor einer Tür am Ende des langen Ganges in der ersten Etage stehen. Er öffnete sie und vollführte eine einladende Geste. Auf dem Tisch, der in der Mitte des Zimmers stand, stapelten sich Berge von Papier. Obenauf thronte ein Hörrohr aus Metall. Ehrfürchtig ließ Julius seinen Blick schweifen. Er verspürte großen Respekt vor dem Künstler, als er die akribisch gezeichneten Körperstudien sah, die an den Wänden hingen. Ein Skelett in einer Ecke ließ ihn erschauern.

»Bitte, junger Herr, nehmen Sie Platz.«

Julius unterbrach seine Inspektion und setzte sich auf einen gepolsterten Stuhl vor den imposanten Schreibtisch. Tamm betrachtete ihn geraume Weile. Seine Miene wusste Julius nicht zu deuten. Endlich erlöste er Julius und brach das gespannte Schweigen zwischen ihnen.

»Warum möchten Sie Arzt werden, Herr …?

»Julius Weiland mein Name. Verzeihen Sie, ich habe mich Ihnen noch gar nicht vorgestellt.« Linkisch erhob sich Julius und machte eine Verbeugung, die angesichts des knapp bemessenen Platzes kärglich ausfiel. Dann setzte er sich wieder und überlegte. Warum wollte er Arzt werden?

»Helfen möchte ich. Es gibt unzählige Krankheiten, die es zu heilen gilt. Der Mensch an sich interessierte mich schon, seitdem ich ein Knabe war.«

»Und Sie denken, das genügt, um das überaus harte Studium der Medizin auf sich zu nehmen?«

»Wird nicht jeder Erfolg zunächst aus einem Wunsch geboren?«, platzte es aus Julius heraus.

»Ich stelle fest, Sie verfügen über ein starkes Temperament. Das wird Sie möglicherweise vor dem Trübsinn bewahren, den jeden früher oder später befällt. Das Ereignis eben, was ging da in Ihrem Kopf vor?«

Julius räusperte sich. »Es erschreckte mich. Der junge Herr, er wirkte so ›normal‹. Verstehen Sie?«

Tamm nickte ernst und sah an Julius vorbei zum Fenster. »Nun, Sie werden sich frisch machen wollen. Sie sagten, Doktor Brackhagen hätte sich Ihrer bereits angenommen?«

Julius machte eine abwehrende Geste. »Nein, nicht direkt. Eine schriftliche Referenz liegt mir nicht vor. Er erteilte mir gestern eine mündliche Zusage.«

Ein Glockenschlag, der die halbe Stunde ankündigte, ließ Doktor Tamm auffahren. »Es tut mir leid, Herr Lehnau. Es fehlt mir an Zeit, mich weiter um Sie zu kümmern. Kommen Sie, ich werde Sie jemandem vorstellen.«

Julius folgte Tamm einmal mehr durch die Flure der Universität. Niemals hätte er vermutet, dass der Mann, den Tamm ihm dann vorstellte, ein Arzt war. Seine äußere Erscheinung war beinahe filigran zu nennen. Die Gesichtszüge waren so ebenmäßig, dass Julius zweifelte, ein menschliches Wesen vor sich zu haben. Der Arbeitskittel des Mannes war sauber und die Frisur à la mode. Graue Augen blickten ihm aus einem faltenlosen Gesicht entgegen.

»Werter Kollege, dürfte ich Sie um einen Gefallen bitten?«, sprach Tamm ihn an.

Zur Antwort hob der Schönling lediglich eine Augenbraue. Tamm schien dies zu genügen.

»Dies hier ist Julius Weiland. Ein neuer Student. Doktor Brackhagen hat ihn in unsere Reihen aufgenommen. Nun gilt es, eine Unterkunft für ihn zu finden und ihm alles Notwendige zu erläutern. Er soll ja so bald wie möglich seine Studien aufnehmen.«

Der Tonfall Tamms klang hart und seine Miene erschien Julius feindselig. In der Vergangenheit musste es einen Zwist zwischen den beiden gegeben haben, mutmaßte er.

»So, so«, sagte der Schönling mit ebenso viel Kälte in der Stimme. »Dann kommen Sie mit, Herr Weiland.«

Wortlos folgte Julius. Der Koffer, den er die ganze Zeit mit sich trug, fühlte sich immer schwerer an und Julius hatte auf einmal das Bedürfnis, sich frisch zu machen.

Sie überquerten den Marktplatz. Auf einer Bank unter einem Kastanienbaum saßen zwei schwangere Frauen und genossen die frische Luft. Die Kulisse hätte friedlich wirken können, wenn nicht ein Galgen in unmittelbarer Nähe gestanden hätte. Zeit für längere Betrachtungen blieb Julius indes nicht. Der Arzt, der ihm voranging, legte ein flottes Tempo vor.

Es wurde schlagartig kalt, als sie in eine enge Gasse, eingerahmt von mehrgeschossigen Häusern, traten. Die Mauern sonderten einen modrigen Geruch ab, zwischen den Fugen wuchsen Moos und Flechten. Offenbar erreichte diese Gasse selten Sonnenlicht, dachte Julius.

Kurz nickte der Schönling einem jungen Mann zu, der eines der Häuser soeben verließ. Offenbar hatten sie ihr

Ziel erreicht, denn der Schönling strebte auf den nächstgelegenen Eingang zu. Einen Moment später war er auch schon durch die Tür verschwunden, und zwar bevor Julius sie erreichte. Er unterdrückte einen Fluch, weil er sich mit seinem ganzen Gewicht gegen das schwere Holz stemmen musste, um sich und den Koffer durch die Öffnung zu bekommen. *Er hätte die Tür ruhig für mich aufhalten können,* dachte Julius gereizt.

»Kommen Sie schon«, drängte der Arzt. Julius keuchte hinter ihm die Treppe in die erste Etage hoch.

»Hier finden Sie die Quartiere der Studenten«, sagte der Beau kurz angebunden. »Zwei oder drei teilen sich jeweils ein Zimmer. Ich weiß allerdings nicht, ob derzeit etwas frei ist.«

»Aber Doktor Brackhagen hat …«

Auf der Stirn des Schönlings zeigte sich plötzlich eine Falte, Julius stockte mitten im Satz.

»… Ihnen bereits mitgeteilt, wo Sie unterkommen können? Ausgezeichnet, dann finden Sie ja selbst zurecht.« Damit ließ er Julius stehen.

Verdattert stand Julius im Flur des Gebäudes. Vehement hielt er sich am Griff seines Koffers fest, weil er das Einzige war, das ihm im Augenblick Sicherheit gab.

Schritte polterten irgendwo im Gebäude, Gelächter erscholl. Kurze Zeit später sah Julius zwei Studenten, die im Laufschritt die Treppe heruntergeeilt kamen und nur knapp vor ihm stehen blieben.

»Guten Tag«, sagte Julius scheu.

Die beiden erwiderten den Gruß nicht.

Sie starren mich an, als wäre ich faules Gemüse an einem Marktstand, dachte Julius.

»Ich bin ein neuer Student«, stammelte er hilflos.

Die beiden warfen sich einen langen Blick zu, dann sahen sie auf den Koffer.

Der Größere schnaubte missbilligend und sagte an den etwas untersetzen Studenten gewandt: »Machst du das?«

Der nickte ergeben und bedeutete Julius mit einer knappen Geste, ihm zu folgen.

Hätte ich nur zuvor mit Gottlieb gesprochen. Er hätte mir alles erklärt und ich hätte mich großartig selbst zurechtgefunden, dachte Julius eingeschüchtert.

»Hier können Sie fürs Erste Ihren Koffer abstellen«, sagte der Untersetzte und deutete auf einen Alkoven, der vom restlichen Raum durch einen Vorhang abgetrennt war.

»Ist das Ihr Zimmer?«, wollte Julius wissen.

»Ja«, sagte der andere.

Und nachdem er weiterhin schwieg, fasste sich Julius ein Herz, schon allein, weil er die Feindseligkeit nicht länger ertrug. »Werden Neuankömmlinge immer so kalt begrüßt?«

Der Untersetzte trat ganz dicht vor Julius und sah mit halb zusammengekniffenen Augen zu ihm hoch. »Wir sind keine Freunde, verstehen Sie? Nur etwa die Hälfte von uns besteht die Prüfungen. Die Plätze für Ärzte sind begrenzt.«

»Ich dachte, es werden viele Ärzte benötigt.«

Der Untersetzte lachte durch die Nase. Ein unangenehmes Geräusch.

»Wer ist eigentlich dieser Arzt mit dem makellosen Gesicht?«, lenkte Julius ab.

»Doktor Hellenthal«, gab der Untersetzte zurück. »Der Meister in Sachen Chirurgie.«

»Und Doktor Tamm?«

»Bei dem liegen die Dinge anders. Ein netter Kerl mit etwas zu ausgeprägter Hilfsbereitschaft. Meiner Meinung nach ist das der Grund dafür, dass er es nie zu Ruhm bringen wird. Außerdem treibt er sich für meinen Geschmack etwas zu viel in den Irrenhäusern herum.«

Julius wagte einen letzten Vorstoß, freundlich zu sein, und reichte dem Untersetzten die Hand. »Ich bin übrigens Julius Weiland.«

Sein Gegenüber zögerte kurz, dann schlug er ein. Seine Hand war verschwitzt. »Hans Nachter.«

Julius wagte ein Lächeln. Verlegen wendete sich Nachter ab und machte eine vage Geste, die das Zimmer einschloss. »Bescheiden zwar, aber die Öfen ziehen gut und man friert nicht im Winter.«

Julius nickte. »Mir ist aufgefallen, dass es allenthalben sehr sauber ist.«

»Oh ja, das ist das Erste, was man hier lernt. Anfänglich ist man eigentlich nur am Putzen, sodass man sich durchaus fragen könnte, ob man versehentlich das falsche Berufsbild gewählt hat.«

Humor hat er wenigstens, dachte Julius erleichtert.

»Der erste Tag ist zur freien Verfügung, danach gehören Sie ganz der Fridericiana«, fuhr Nachter fort.

»Wo kann ich denn heute Nacht schlafen?«

»Oh, Sie haben noch kein Zimmer? Am besten melden Sie sich dafür beim Schreiber in der Rathswage. Er wird Ihnen dabei behilflich sein.«

Bei besagtem Schreiber handelte es sich um einen alten Mann, der kaum imstande schien, einen schweren Folianten ins Regal zurückzustellen. Im Gegensatz zu den übrigen Personen, die ihm im Universitätsbereich des Wagehauses begegnet waren, schien er jedoch alle Zeit der Welt zu haben. Ihm ging das gehetzte Gebaren vollkommen ab. Ruhig hörte er sich Julius' Ausführungen an und brachte schließlich das Anliegen auf den Punkt.

»Sie benötigen zuallererst einen Depositionsschein. Den kriegen Sie bei Doktor Brackhagen. Danach können Sie sich beim Prorektor, dem ehrenwerten Professor Maass, immatrikulieren. Und dann kommen Sie zu mir und ich teile Ihnen ein Zimmer zu.«

Julius nickte enttäuscht. »Zu Doktor Brackhagen kann ich nicht. Er ist nicht in der Stadt.«

»Wenn Sie eine schriftliche Anweisung von ihm hätten?«

»Nein«, flüsterte Julius.

»Dann tut es mir leid. Ohne Doktor Brackhagen geht es nicht. Sie werden demnach bis zu seiner Rückkehr in einem Gasthaus nächtigen müssen.«

»Aber Sie haben mein Wort. Er hat mir wirklich gestern eine Zusage erteilt.«

»Junger Mann, nichts für ungut. Wenn Sie wüssten, wie viele versuchen, sich ein Bett zu erschleichen, dann verstünden Sie meine Zweifel.«

Wortlos erhob Julius sich und ging enttäuscht zurück zu Nachters Unterkunft, um seinen Koffer zu holen.

Er fand nach einem Rundgang über den Markt mit Blick in die angrenzenden Straßen einen Gasthof in der Großen Klaus-Straße. Julius störte die einfache Unterkunft nicht, nur die vielen Münzen, die er der Wirtin dafür in die Hand gezählt hatte, reuten ihn. Er legte sich angezogen auf das Bett und starrte an die holzverkleidete Decke. Eleonores Bild stahl sich in sein Herz. Ihre Freude über die Verlobung, ihre stürmischen Umarmungen, in die sie Julius und viele andere der Festgäste geschlossen und die ihr zahlreiche missbilligende Blicke von Brackhagen eingetragen hatte. Julius machte sich nichts vor. Sie hatte ihn wie einen Bruder umarmt. Ihn und alle anderen auch. Wie hatte das nur passieren können? Hätte es möglicherweise etwas genutzt sich Gottlieb zu öffnen, ihm seine Liebe zu Eleonore zu gestehen? Hätte er dann auf das peinliche Schauspiel am gestrigen Abend verzichtet? Und Brackhagen? Was machte er noch so lange auf Lehnaus Anwesen? Verbrachte er müßige Stunden mit Eleonore? Scherzte er mit ihr, küsste er sie gar, während es für die Patienten hier um Leben und Tod ging und diese dringend seiner Hilfe bedurften? Und je länger Julius nachdachte, desto mehr Gehässigkeiten mischten sich unter all seine unschönen Gedanken. Es wütete und brodelte in ihm, als wäre sein Kopf ein Hexenkessel. Klare Gedanken wichen einem wütenden Tosen, das sich drehte und drehte und immer mehr zu einem Strudel wurde, der ihn mit sich fortriss und ihm eine unruhige Nacht bescherte.

KAPITEL 3

Es regnete in Strömen. Das Wasser vom Dachüberstand hatte sich nahe der Stallwand gesammelt und ergoss sich sturzbachartig in das darunter stehende Fass. Ein plötzlicher Windstoß fegte ein paar Eichenblätter unter den Unterstand und damit direkt unter den Bauch des eh schon unruhigen Rappen, den Julius verzweifelt versuchte, am Zaumzeug festzuhalten. Das Pferd warf den Kopf immer wieder in die Höhe und tänzelte nervös. Julius wären die Zügel fast entglitten.

»Kann nicht mal einen Gaul festhalten!«, knurrte der breitschultrige Schmied kopfschüttelnd, während er ein Hufeisen an einer langen Zange ins Feuer hielt.

Julius versuchte, das ohnehin schon eng gefasste Leder mit seinen eiskalten Fingern noch kürzer zu greifen.

Der Schmied wirkte erbost, als er auf den lang gezogenen Flügel des großen Blasebalgs trat, um das Feuer weiter anzuheizen. Die Flammen stachen in die Höhe, die Glut fauchte. Als wollte sie dem Schmied drohen, schickte sie ihm ein paar Funken entgegen.

Julius fühlte sich schrecklich elend. Es fröstelte ihn und gleichzeitig breitete sich eine Hitze in seinem Körper aus, als wäre er selbst das glühende Werkstück des Schmieds. Müde suchte er Halt an dem warmen Hals des Pferdes, das wieder etwas ruhiger geworden war. Dann schloss er die Augen. Nur für einen Moment, dachte er, nur einen ganz kurzen Moment.

Als der Schlag von Metall auf Metall in seinen Ohren dröhnte, wünschte Julius, endlich das erlösende Zischen zu hören, wenn das Wasser dem Eisen die Hitze entzog. Doch Erlösung gab es noch nicht. Immer und immer wieder knallte der Hammer auf den Amboss. Julius' Hände zuckten, wollten die Ohren zuhalten, doch sie hatten sich im Zügel verfangen. Je mehr er daran zog, desto enger wurde seine Fessel. Er rief dem Schmied zu, er solle aufhören, doch seine Stimme brachte keine Ton hervor. Als er verzweifelt den Kopf drehte, stand auf einmal Eleonore am Feuer. Sie war es, die den Hammer führte und Julius damit unerbittlich marterte. Dann endlich hob sie das glühende Eisen in die Luft. Doch anstatt es ins Wasser zu tauchen, drehte sie sich damit zu Julius um. »Juls!«, sagte sie und streckte ihm das Eisen entgegen. Sie heftete ihren Blick unbarmherzig auf seine Brust. »Wir gehören zusammen, Juls, nur du und ich«, sagte sie mit rauer, aber dennoch betörender Stimme, faszinierender, als er sie je gehört hatte. Erst blieb er wie erstarrt, dann stieß er einen einzelnen lang gezogenen Schrei aus. »Neeeeiiiin!«

Im nächsten Moment ergoss sich eiskaltes Wasser über ihn. Erschrocken japste er nach Luft.

Julius riss die Augen auf und fand sich aufrecht sitzend auf seinem Bett wieder. Das Wasser tropfte aus den Haaren, sein Hemd klebte nass an seinem Körper. Vor dem Bett stand die Alte, die ihm gestern Abend das Zimmer vermietet hatte.

»Ich sollte Sie wecken!« Fast unschuldig sah sie ihn aus ihren tief in faltiger Haut eingebetteten Augäpfeln an, als sei es das Normalste der Welt, Studenten mit einem Krug Wasser aus dem Schlaf zu holen. »Sie haben schlecht geschlafen?«, fragte sie mit der etwas mürrischen Art, die ihr gutes Herz dennoch nicht zu verbergen mochte.

Julius schüttelte den Kopf. Es war weniger eine Antwort als der Versuch, Traum von Wirklichkeit zu trennen. Dann seufzte er.

»Ich werde Ihnen ein ordentliches Frühstück bereiten. Ein paar aufgeschlagene Eier werden Ihnen guttun.« Die Wirtin war schon fast durch die Tür, als sie sich noch einmal umwandte. »Vergessen Sie nicht Ihre Verabredung in der Universität, die Sie gestern erwähnten. Sie sagten, es sei äußerst wichtig.«

»Mit Herrn von und zu Brackhagen, ich weiß«, knurrte Julius, als die Alte die Tür zugezogen hatte. »Ich kann es kaum erwarten!«

Nur wenige Augenblicke später hatte er sich mit dem kaltem Wasser aus der Waschschüssel den letzten Schlaf aus den Gliedern getrieben, sich ein trockenes Hemd übergezogen und seinen Rock mit ein paar Schlägen vom allergröbsten Staub und Dreck befreit. Mit aufrechter Haltung und dem Koffer in der Hand verließ er sein Zimmer.

»Julius Weiland!« Julius erschauderte. Noch nie hatte er seinen Namen so bedrohlich klingen hören. Brackhagen hatte jede der fünf Silben so lang gestreckt, als wollte er sie sich für immer ins Gedächtnis brennen.

Julius tat sich schwer, seinen Blick von der abblätternden Farbschicht des Fensterbretts zu lösen und ihn auf seinen Mentor zu richten. Er war sich durchaus bewusst, dass dieser ihn die ganze Zeit unverhohlen gemustert hatte.

Er weiß es, ging es Julius durch den Kopf. *Er weiß, dass ich sein Konkurrent bin – und er mich geschlagen hat.*

Brackhagen räusperte sich, dann zog er einen Brief aus seiner Brusttasche und hielt ihn Julius entgegen.

Julius frohlockte. Er dachte doch tatsächlich im ersten Moment, es könnte eine Nachricht von Eleonore sein. Sein Blick suchte die vier Buchstaben, die sie in ihrer schönen geschwungenen Schrift auf die Oberseite des gefalteten und versiegelten Blattes aufgetragen haben musste. Juls, der Name, den sie ihm einst gegeben hatte, als Zeugnis ihrer ungebrochenen Vertrautheit, die wertvoller war als jede Verbindung, die sie auf Geheiß ihres Onkels eingehen musste. Er wollte ihn an sich reißen, nah an seinem Herzen verstecken, bis der geeignete Moment gekommen wäre, ihn zu öffnen.

Die kantige Schrift seines Bruders, die er stattdessen auf dem Papier ausmachte, enttäuschte ihn zutiefst. Zögerlich nahm er es an sich.

»Normalerweise sehe ich mich ungern in der Rolle des Boten, aber Sie haben Glück, dass Gottlieb Lehnau Ihnen dermaßen wohlgesonnen ist. Für dieses Mal habe ich eine Ausnahme gemacht. Doch sollten Sie wissen, dass er es war, dem ich die Bitte nicht abschlagen konnte. Erwarten Sie aufgrund dieser Verbindung keinerlei Vorteile von mir. Sie werden Sie nicht bekommen.«

Julius konnte die Grenze förmlich sehen, die Brackhagen mit seiner rauen Stimme, einem Reibeisen gleich, um sich gezogen hatte. Da er nicht wusste, was er noch sagen sollte, wandte er sich zum Gehen. »Halt noch!« rief Brackhagen. »Vergessen Sie Ihren Depositionsschein nicht, Weiland!«

Julius verfluchte sich selbst, dass er ihn hatte liegen lassen. Brackhagen hatte ihn gleich unterzeichnet und mit einem *matura** versehen, sobald Julius ihm die erforderlichen Münzen auf den Tisch gezählt hatte.

Nun schnappte er sich schnell das Stück Papier, das für seine Zukunft als Student in Halle so wichtig war, und eilte hinaus. Nur raus aus der Höhle des Löwen, dachte er.

Der Besuch beim Prorektor Maass kostete ihn mehr als eine Stunde. Dieser hatte Julius' Unterlagen so lang und ausführlich studiert, dass Julius sich in der Zwischenzeit bestens über dessen Bestand an philosophischen Schriften, die im Regal hinter dem Prorektor aufgereiht standen, informieren konnte. Schließlich nahm Maass den Maturavermerk Brackhagens auf dem Depositionsschein überrascht zur Kenntnis. »Matura also, interessant. Sie haben die Schule wo besucht?«, fragte er, obwohl Julius zuvor beobachtet hatte, dass er auch sein Abschlusszeugnis lange betrachtet hatte.

»In Weimar, Herr Prorektor«, antwortete Julius.

»Weimar. Im Ausland also«, murmelte Maass, während er weiterhin mit zusammengekniffenen Augen auf den Depositionsschein starrte. »Und wer hat Ihnen diese außerordentliche Bildung in Weimar zukommen lassen, wenn ich fragen darf? Denn, wie ich lesen konnte, sind Sie Vollwaise.«

»Mein Pflegevater Jean Nortius, Herr Prorektor. Er ist ein angesehener Apotheker in Weimar.«

»Nortius, Nortius ... Mich dünkt, ich habe diesen Namen schon mal gehört.« Maass überflog noch einmal den Depositionsschein, als könnte er die Antwort dar-

---

* Der geneigte Leser möge das Glossar am Ende des Buches zu Rate ziehen, in dem einige, heutzutage nicht mehr gebräuchliche Begriffe erläutert werden.

auf finden. »Nein, es will mir nicht einfallen. Nun denn, so sei es. Wer auch immer der werte Herr Apotheker ist, ich werde Sie nun in unser Studentenregister eintragen.«

Maass schlug mithilfe eines Lesebands ein großes, in braunes Leder gebundenes Buch genau auf der Seite auf, wo die letzten Eintragungen vorgenommen worden waren. Dann tauchte er die Schreibfeder ins Tintenglas, streifte sie sorgsam ab und begann in kleinen, eckigen Buchstaben zu schreiben. »Julius Weiland aus dem Herzogtum Sachsen-Weimar, matura, Student der medizinischen Fakultät, Mentor Doktor Erasmus Brackhagen«, murmelte er dabei. Dann blickte er hoch: »Wo werden Sie Quartier beziehen?«

»Nun, ich weiß noch nicht, ich werde …«

»Sagen Sie nicht, Sie haben sich noch nicht um eine Unterkunft gekümmert. Wissen Sie denn nicht, dass Sie dies bereits lange hätten erledigen sollen? Die guten Unterkünfte sind rar, müssen Sie wissen, die anderen zu teuer bezahlt.«

»Doch, Herr Prorektor. Mir wurde auch bereits eine annehmbare Unterkunft zugesichert, ich konnte sie nur noch nicht …«

»Gut, dann reichen Sie mir die Information nach, sobald Sie es wissen.«

Als Prorektor Maass den fertigen Eintrag mit Sand getrocknet und den Folianten wieder geschlossen hatte, stand er auf. »Nun denn, Weiland, bald haben wir es geschafft. Doch zunächst werden Sie mir den Eid auf die Statuten und Disziplinarvorschriften unserer schönen Universität schwören. Alsdann werde ich Sie noch mit einem Studienplan als wohlgemeinten Rat und Fingerzeig von Seiten der Lehrkörperschaft ausstatten. Und danach, mein Lieber, dürfen Sie sich endlich zum Kreise unserer Studenten zählen. Doch nun sprechen Sie mir nach.«

Als Julius gleich danach auch seinen zweiten Besuch beim alten Schreiber hinter sich gebracht hatte – diesmal erfolgreich, denn er wusste nun, wo seine Bleibe sein sollte – wanderte er in Richtung seines Studentenzimmers in der Kühlebrunnen-Gasse. Dort angekommen lehnte er sich an die Hauswand und atmete tief durch. Er konnte sich des Gefühls nicht erwehren, dass er, seitdem er in Halle angekommen war, überall nur den Eindruck eines Versagers hinterließ. Wie der Greis ihn eben misstrauisch beäugt hatte, als er seinen frisch ausgestellten Immatrikulationsschein vorgezeigt hatte. Als habe er ihn gefälscht! Julius seufzte. Wirklich nichts lief wie am Schnürchen, alles schien so kompliziert. Er wandte sich dem Eingang zu. *Mal sehen, ob ich mich wenigstens hier besser behaupte*, dachte er und schob beherzt die Haustür auf.

Mit Decke und Kissen von der Wirtin ausgestattet, fand er schließlich sein Zimmer ganz am Ende des Flures im ersten Stock. Er teilte es, der Anzahl der benutzten Betten nach zu urteilen, offenbar nicht mit einem, sondern zwei Zimmergenossen. Beide waren ausgeflogen. Anhand ihrer Schlafstatt konnte sich Julius jedoch ein erstes Bild von ihnen machen. Der eine musste sehr ordentlich sein, das Bettzeug war exakt an den Bettkanten ausgerichtet. Das Kissen, aufgeschüttelt und an den Kanten glattgezogen, krönte den aufgeräumten Eindruck.

Der andere Kamerad hingegen hatte sich gar nicht die Mühe gemacht, seine Ruhestatt zu richten. Das Laken zeugte von einer unruhigen Nacht, so zerknautscht war es. Die Decke thronte als Haufen am Fußende, und sie sah dabei so aus, als sei sie von ihrem Besitzer einfach mit den Füßen nach unten gestrampelt worden. Julius musste grinsen, er konnte sich weder in dem einen noch dem anderen Verhalten wiederfinden. Irgendwie freute er sich auf seine Zimmergenossen.

Als er seine eigenen Schlafsachen auf dem noch freien dritten Bett ausgebreitet und seine wenigen Besitztümer samt Koffer darunter verstaut hatte, konnte er nicht widerstehen, sich hinzulegen. Seine Arme verschränkte er dabei hinter dem Kopf. Vorerst zufrieden mit sich und der Welt gähnte er herzhaft.

Er war gerade im Begriff einzunicken, als die Tür aufflog. Ein hagerer Kerl stürzte drei Schritte ins Zimmer, dann hielt er abrupt an und drehte sich zu Julius um. »Was ist das?«, fragte er mit noch jungenhafter Stimme, und während sich seine Augenbrauen nach oben zogen, sackte sein Kinn auf die Brust. Julius rappelte sich hoch. Mit ausgestreckter Hand machte er einen Schritt auf den Neuankömmling zu. Er war wirklich ungewöhnlich groß, fiel Julius auf, als er ihm nun gegenüberstand. »Julius Weiland, angenehm. Ich bin neu hier, erstes Studienjahr. Ich freue mich, Ihre Bekanntschaft zu machen.«

Der junge Mann ignorierte seine Begrüßung und drängte ihn zur Seite. Offenbar war es ihm wichtiger, Julius' Bett in Augenschein zu nehmen.

»Etwas nicht in Ordnung?«, fragte Julius.

»Wer hat Ihnen erlaubt, mein Bett zu benutzen?« Der junge Mann nahm ihn nun doch in Augenschein. »Wissen Sie, das ist mein Bett.«

»Oh, ich dachte, weil es frei war, dass ich es …«

»Auf keinen Fall! Wie sollen wir zu zweit Platz darin finden? Sie können das dort benutzen«, sagte er und zeigte auf das zerwühlte Bett. »Ich habe Ihres nur getestet. Doch da ich feststellen musste, dass es genauso klein ist wie meins, können Sie es auch behalten. Offenbar sind hier alle Betten gleich klein.«

Julius musste unweigerlich an den Franzosen denken. *Ob hier wohl auch gleich zwei Seelenwärter auftauchen?*, dachte er.

Er zwang sich, irgendetwas zu erwidern. »Nun, das tut mir leid. Ich …«

Der andere winkte großzügig ab. »Ach, nicht schlimm. Sie können ja nichts dafür.« Er zuckte mit den Schultern.

»Dann werde ich mal Ihr Bett räumen.« Julius wollte die Sache so schnell wie möglich hinter sich bringen und raffte alles zusammen. Als er sich mit den Bettsachen unter dem Arm umdrehte, hatte sein Mitbewohner allerdings nichts dergleichen unternommen. Im Gegenteil, er hatte es sich auf dem Bett, das er zuvor noch als Julius' deklariert hatte, gemütlich gemacht. Gedankenverloren stierte er nun aus dem Fenster. Julius räusperte sich laut.

»Oh«, sagte der andere und rappelte sich endlich hoch.

Als schließlich alles getauscht war, reichte sein Mitbewohner ihm die Hand. »Konstantin Großmacher, ebenfalls erstes Studienjahr. Freut mich wirklich sehr, Ihre Bekanntschaft zu machen, Herr Weiland.«

Das kann ja spannend werden, dachte Julius, als Konstantin Großmacher kurze Zeit später wieder das Zimmer verließ. Aber nett war er, fand er.

An ein Nickerchen war nun nicht mehr zu denken. Julius nahm sich vor, den Studienplan, den Maass ihm ausgehändigt hatte, durchzusehen. Dabei fiel ihm der Brief in die Hände, den Brackhagen ihm gegeben hatte. Er hatte das Schreiben seines Bruders vor lauter Formalitäten tatsächlich vergessen. Julius machte es sich auf einem der drei Stühle im Zimmer bequem und öffnete das Briefsiegel. Was Laurenz wohl wollte? Der Brief sollte ihn offenbar noch auf Gut Lehnau erreichen. Laurenz konnte ja nicht wissen, dass Julius früher abgereist war. Dass der Brief Julius gleichzeitig die Gewissheit brachte, dass Brackhagen tatsächlich noch einen weiteren Tag auf dem Gut verbracht hatte – in Gesellschaft von Eleonore –, trübte seine Freude über das Schreiben seines schreibfaulen Bruders. Julius brach das Siegel unwirsch auf.

Doch schon wenige Augenblicke später hatte er Brackhagen ganz vergessen, so sehr war er in das Schreiben vertieft. Auch wenn Laurenz sich immer über seine Gedichteschreiberei lustig machte, er selbst war trotz krakeliger Schrift mit einer Begabung gesegnet, noch die langweiligsten Dinge interessant zu verfassen – vielleicht hatte es mit seiner Leidenschaft, Verbrechen aufzuklären, zu tun. In diesem Brief ging es allerdings keinesfalls um Nichtigkeiten. Julius ahnte, dass ihm der Inhalt dieser zwei Seiten eng beschriebenen Papiers eine Weile von seinem gebrochenen Herzen würde ablenken können.

KAPITEL 4

Die Erwartungen, die sein Bruder in ihn setzte, waren hoch. Vielleicht zu hoch, dachte Julius, schließlich wollte er Arzt werden und nicht Polizist. Laurenz bat ihn jedenfalls darum, eine bestimmte Person namens Margot Lambrecht ausfindig zu machen. Laurenz vermutete, dass diese Person eine Angehörige des kürzlich verstorbenen Anselm Lambrecht aus Weimar sei, da er ihr regelmäßig Geld geschickt hatte. Genaueres wüsste er aber auch nicht. Angeblich wohne sie in Halle, wahrscheinlich bei einer Frau Kremer, deren Adresse er beigefügt hatte.

Ich bitte dich inständig, jene Margot ausfindig zu machen und Licht in das Dunkel zu bringen. Verstehst du, werter Bruder, ich frage mich, wer diese Person ist. Sie besitzt so viel Macht, einen Menschen dazu zu bringen, seinen Kopf zu verpfänden, und das in nicht sprichwörtlicher Weise. Ich weiß, dass du nun schwer seufzt, als läge die Last der Welt auf deinen Schultern. Sei beruhigt, Julius, es ist nur die Bürde eines einfachen Polizisten in einer kleinen Stadt. Du wirst schon bald viel mehr Verantwortung zu tragen haben. Daher bitte ich dich, kümmere dich bald um die Angelegenheit, da du vermutlich in Kürze keine Zeit mehr finden wirst, der Sache nachzugehen.

Es folgte eine Beschreibung der Mußestunden, die sein Bruder an der Ostsee verbracht hatte. Viel zu schnell habe ihn die Routine der täglichen Pflichten wieder eingeholt, beschwerte er sich. Julius rollte mit den Augen. Er konnte sich seinen Bruder nur zu gut vorstellen. Die Beine hochgelegt, ein Nickerchen am Schreibpult und hier und da ein kleiner Diebstahl in einer ruhigen Stadt.

Julius suchte gerade nach seinen Schreibutensilien, als die Tür geöffnet wurde.

Der Schritt des Mannes, der hereinkam, glich dem eines Soldaten. Der Scheitel seines dunklen Haares befand sich genau in der Mitte, der Kragen des Hemdes war gestärkt und das Bindetuch zu einem makellosen Knoten gebunden. Nie zuvor hatte er einen so adrett gekleideten Menschen erblickt.

Julius erhob sich langsam, und als die Tasche, in der er gewühlt hatte, vom Tisch rutschte, griff er daneben. Es klirrte. Verdutzt sah Julius der Tinte, die aus dem zerbrochenen Glas floss, beim Einsickern in die Dielen zu.

»Handelt es sich dabei um Zaubertinte?«, fragte der Neuankömmling.

Julius fasste sich wieder. »Nein, wie kommen Sie auf eine solche Idee?«

»Dann wäre es angezeigt, diese Schweinerei zu beseitigen, meinen Sie nicht?«

Er machte keine Anstalten, Julius zur Hand zu gehen, der eines seiner Handtücher als Aufwischlappen zweckentfremden musste. »Den Rest mache ich später. Wobei ich blaue Dielen auch ganz hübsch finde.«

»Die Wirtin allerdings gewiss nicht. Insofern rate ich Ihnen, die Dielen nach dem Abschleifen zu bohnern«, äußerte der andere ohne Lächeln. »Wer sind Sie überhaupt?«

»Julius Weiland, erstes Studienjahr und neu an der Friedrichsuniversität.«

»Benedikt von Auer, zweites Studienjahr und nicht neu

hier.« Er ignorierte Julius' Hand, starrte stattdessen auf das unordentliche Bett. Schnell erfasste sein Blick seine eigene Schlafstatt, woraufhin er erleichtert schien, diese unverändert vorzufinden.

»Wie ist es Ihnen gelungen, sich mit Konstantin Großmacher zu arrangieren?«, wollte Julius wissen.

»Indem jeder den anderen in Frieden lässt. Ich stehe jeden Morgen um fünf Uhr dreißig auf, laufe strammen Schrittes zum Botanischen Garten und kehre um sechs Uhr zurück. Dann wasche ich mich, verzehre mein Frühstück und komme in dieses Zimmer zurück, um meine Habseligkeiten aufzuräumen. Anschließend trete ich entweder meinen Dienst an, sofern ich eingeteilt bin, oder ich besuche eine Vorlesung.«

»Und Herr Großmacher?«

»Schläft für gewöhnlich bis kurz vor sieben. Zu den Vorlesungen erscheint er nur pünktlich, wenn er auf sein Frühstück verzichtet. Meist ist er auch ungewaschen. Noch Fragen?«

»Ich wollte nicht indiskret sein …«

»Sie sind es aber. Gewöhnen Sie sich dies besser schnell ab. Das wird nicht gerne gesehen. Jemand, der am ersten Tag solche Fragen stellt, mit welchen mag er dann wohl am zehnten seine Mitmenschen brüskieren?« Von Auer drehte sich zackig um und verließ das Zimmer.

Bekümmert sah Julius auf die blau gefärbten Dielen. Er verfluchte sich einmal mehr, sein Tintenglas stets bis zur Verschlusskante zu füllen.

Er entfernte den Tintenfleck so gut es ging und beschloss dann, jene Frau Kremer, die in Laurenz' Brief erwähnt wird, aufzusuchen, in der Hoffnung, dort etwas über diese

Margot herauszufinden. *Schön, dass ich zur Abwechslung auch einmal meinem großen Bruder helfen kann,* dachte er.

Er verließ das Studentenhaus und fragte bei den müßig auf dem Marktplatz stehenden Männern an, ob einer von ihnen Zeit für eine Fahrt habe, er suche das Haus mit der Nummer 967 im Kleinen Schlamm.

»Na, dann wollen wir mal«, forderte ein hageres Männlein Julius auf und deutete auf ein Gefährt, das schon wesentlich bessere Tage gesehen hatte.

Sie hielten vor einem schlichten Haus. Julius bat den Mann, auf ihn zu warten.

Hoffentlich war sie zu Hause, dachte er und läutete. Nichts geschah. Als Julius gerade wieder gehen wollte, wurde die Tür von einem Herrn um die Fünfzig geöffnet. Seine Haare standen über den Ohren ab und er gähnte. Julius hatte ihn wohl geweckt.

»Ja?«, fragte der Mann gedehnt.

»Gestatten, Julius Weiland. Ich suche eine Frau Kremer. Wohnt sie hier?«

»Wenn Se zu meine Frau wolln, müssn Se nach Glaucha inne Gummer Jasse fahrn. Da arbetet se.«

»Haben Sie vielen Dank«, beeilte sich Julius zu sagen und machte eine knappe Verbeugung, denn er sah aus dem Augenwinkel, wie sein Kutscher die Zügel aufnahm.

Die Häuser zu beiden Seiten der Straße wurden zusehends schäbiger. Wäscheleinen spannten sich kreuz und quer zwischen den Gebäuden, wie Spinnen hingen Kleidungsstücke daran. In Ermangelung von Wäschehaltern waren manche Hemden schlichtweg mit den Ärmeln zusammengeknotet aufgehängt worden. Das Haus, das sich hinter der Adresse verbarg, lag ein Stück von der Straße zurückversetzt und besaß eine eigene Einfahrt, die in einen düsteren Innenhof mündete. Julius bezahlte den Kutscher, der gleich darauf das Gefährt wendete und den Hof verließ. Nachdem das Klappern der Hufe verebbt war, ließ Julius seinen Blick über das dreistöckige Gebäude wandern. Der Putz bröckelte an vielen Stellen bereits ab. Nackter grauer Stein kam hinter dem gelben Anstrich zum Vorschein. Die meisten Fenster waren von innen mit dunklem Stoff verhängt, außen waren Gitter ohne jedwede Verzierung angebracht. Linker Hand befand sich eine Remise, auf deren Dach zahlreiche Schindeln fehlten. Die Regenrinne mit der Wassertonne darunter erinnerte Julius an seinen schrecklichen Traum. Er schüttelte den Gedanken ab und ging auf die Eingangstür zu. In Augenhöhe befand sich eine vergitterte Sichtklappe. Julius betätigte den Glockenzug und ein lautes dissonantes Bimmeln erscholl. Fast augenblicklich, nachdem das Geräusch verklungen war, wurde die Klappe geöffnet und Julius konnte durch die rechteckige Öffnung eine Frau erspähen. Sie hatte ein spitzes Kinn, das den Eindruck eines eingefallenen Gesichts verstärkte. Tiefe Falten gruben sich neben dem Mund in ihre Haut.

»Ja?«, hauchte sie und verzog dabei keine Miene.

»Guten Tag, werte Dame, ich möchte Frau Kremer einen Besuch abstatten.«

»Sind Sie verwandt mit ihr?«, wollte die Frau wissen.

Julius überlegte einen Moment, dann schüttelte er den Kopf.

»Es tut mir leid, dann dürfen Sie sie auch nicht sehen.« Sie klang nicht so, als täte es ihr tatsächlich leid.

Was für eine impertinente Person, dachte Julius. Er lächelte sie gewinnend an. »Ich muss sie aber in einer delikaten Angelegenheit sprechen.«

Die dünnen Augenbrauen der Frau gingen in die Höhe. Die Klappe wurde wieder geschlossen, die Tür geöffnet.

»Folgen Sie mir«, sagte sie mit einem Funkeln in den Augen und geleitete Julius zu einem Buch, das auf einem Sockel im düsteren Entree lag. Bei jedem ihrer Schritte knallten ihre Absätze auf die Fliesen. Die Spalte mit den Namen im Buch füllte eine halbe Seite. »Tragen Sie sich bitte in die Besucherliste ein.«

»Ist das hier eine Pension?«, wollte Julius wissen.

Die Frau lachte trocken auf. »So könnte man es auch nennen, ja.«

Julius zögerte, dann überlegte er, was Eleonore an seiner Stelle getan hätte, und ehe er sich's versah, hatte er »Julius Lehnau« in das Buch geschrieben. Er hatte gerade die Feder vom Papier gehoben, als er entsetzt auf das Signum starrte. Die Frau blickte ebenfalls auf den Eintrag, dann sah sie Julius an. Das erste Mal zeigte sie eine Gefühlsregung. »Sind Sie verwandt mit Doktor Gottlieb Lehnau?«

Julius murmelte Unverständliches, was der Frau allerdings zu genügen schien. Sie ging nun aufrechter und wirkte nicht mehr verhärmt. Auch ihre Stimme besaß mehr Kraft, als sie sagte: »Schön, dass sich nun noch ein Doktor der armen Seelen in unserem Haus annimmt.«

Julius, der sich fragte, wo er da hineingeraten war, trottete schweigend hinter ihr her und dachte fieberhaft nach, wie er den Eintrag unauffällig aus dem Buch entfernen könnte.

»Vorsicht!« Er wurde aus seinen Überlegungen gerissen. Die Frau umrundete ein Loch in Boden. Die Fliesen waren gesplittert, die darunter liegenden Holzdielen zerstört.

»Ein Anfall«, erklärte sie, ohne Julius anzusehen. Ein Blick in ihr verkniffenes Gesicht hielt Julius ab, weitere Fragen zu stellen.

Sie verließen das Entree. Eine zerkratzte Tür, die wohl den dahinter liegenden Gang vom Eingangsbereich abgetrennt hatte, lehnte an der Wand. Der Türknauf fehlte, ebenso Teile des Schlosses. Die grauen Bodenfliesen des Gangs wiesen dreckige Schlieren auf. Wäre nicht das Licht vom Entree in den Gang gefallen, es wäre stockdunkel gewesen. Die Wände waren in einem schmutzigen, dunklen Grün getüncht, die massiven Holztüren mit den Eisenbeschlägen waren aus fast schwarzem Holz gefertigt. Julius fröstelte. Dumpfe Kühle stieg aus dem Gemäuer auf.

»Hier sind unsere Insassen untergebracht.« Die Frau deutete auf die Türen rechts und links.

Julius fand die Art und Weise respektlos, wie diese Frau von den Gästen sprach. Eine merkwürdige Pension, das schien eher ein Gefängnis zu sein, dachte er beklommen.

Angesichts der Größe des Hauses mussten die Zimmer der Bewohner winzig sein. Am Ende des Gangs führte linker Hand eine Treppe ins erste Geschoss. Hier spendete zumindest eine Lampe diffuses Licht. Der Gang im ersten Stockwerk ähnelte dem im Erdgeschoss so sehr, dass Julius sich fragte, ob er sich die Treppe nur eingebildet hatte.

»Wie viele Menschen wohnen denn hier?«

»Zweiundfünfzig«, gab die Frau zurück, ohne auch nur kurz nachdenken zu müssen.

Julius konnte lediglich einen Blick auf das erste Stockwerk erhaschen, dann ging es in die zweite Etage und schließlich ins Obergeschoss. Hier wirkte der Gang freundlicher und es zweigten nicht annähernd so viele

Türen ab wie in den anderen Stockwerken. Die Wand war weiß getüncht, mit Bildern behangen, die farbenfrohe Landschaften zeigten. Ein Teppich lag auf dem Boden.

Die Frau klopfte an die zweite Tür auf der linken Seite. Von innen war das Geräusch eines Schlüssels zu hören, der im Schloss gedreht wurde. Die Tür wurde von einer Frau geöffnet, die eine Brille mit runden Gläsern auf der spitzen Nase trug. Offenbar hatte sie gerade gelesen, denn sie hielt ein Buch in der Hand, den Zeigefinger zwischen die Seiten geklemmt. »Frau Kremer, ich bringe Ihnen Herrn Lehnau, er ist Arzt und hätte gerne mit Fräulein Lambrecht gesprochen.«

Julius entging nicht, wie sich Frau Kremers Augenbrauen bei der Erwähnung seines Namens für einen kurzen Moment zusammenzogen. Ein huschender Blick über sein Antlitz, dann wandte sie sich seiner Begleitung zu. »Danke, Frau Reuss, Sie können gehen. Ich werde Herrn Lehnau später selbst hinausbegleiten.«

Besagte Frau Reuss zuckte gleichgültig mit den Schultern und entfernte sich, ohne sich noch einmal umzudrehen.

Frau Kremer wandte sich nun unverhohlenen Blickes Julius zu. Der verstand dies als Aufforderung, sein Anliegen vorzutragen. Er verbeugte sich höflich. »Frau Kremer, ich möchte zu Frau Margot Lambrecht, ich hörte, Sie sind mit ihr bek…«

»Still! Einen Moment noch«, unterbrach ihn Frau Kremer zischend und deutete mit dem Daumen auf Frau Reuss.

Julius war nicht wenig überrascht ob des selbstbewussten Tons, den sie ihm gegenüber anschlug. Er musterte sie neugierig. Obwohl er wusste, dass sie in ihrem Haus im

Kleinen Schlamm in nicht gerade stattlichen Verhältnissen lebte und auch ihr Kleid verschlissen war, strahlte sie eine gewisse Würde aus. Ihre stolze Haltung ließ ihn auf eine gute Erziehung schließen. Und auch, dass Frau Reuss ihn als Arzt vorgestellt hatte, Lüge hin oder her, hatte sie offenbar nicht beeindruckt. Er überlegte gerade, ob sie vielleicht eine Kammerzofe war oder eine Erzieherin, als er anhand der knarzenden Treppenstufen hörte, dass Frau Reuss endlich die Etage verlassen hatte.

»Wer sind Sie? Was wollen Sie von Fräulein Lambrecht?«, fragte ihn Frau Kremer.

»Ich, äh, ich bin Julius Lehnau, Arzt an …«

»Ich glaube Ihnen kein Wort«, unterbrach sie ihn schon wieder. »Ich kenne Herrn Doktor Lehnau genau, schließlich hat er jahrelang in Halle praktiziert. Und Sie? Sie sind es mitnichten!«

Julius spürte, wie ihm die Hitze ins Gesicht stieg. Gottfried Lehnau war *natürlich* ein Begriff in Halle, dachte er entsetzt. Und obwohl er sich in dem Moment wünschte, niemals einen falschen Namen in das Gästebuch eingetragen zu haben, ließ er die Gelegenheit verstreichen, die Sache richtig zu stellen. »Lehnau, *Julius* Lehnau. Ich bin der Neffe von Doktor Lehnau. Sicherlich ist das der Herr, den Sie zu kennen meinen?«

Frau Kremer beäugte ihn weiterhin kritisch. »Und was kann ich Margot Lambrecht vom jungen Herrn Lehnau ausrichten?«

»Ich würde gern mit ihr sprechen.«

»Sprechen?« Sie lachte auf. »*Das* wiederum geht nicht!«

»Geht nicht?« Julius war irritiert. »Hmm … Vielleicht könnte ich ihr etwas geben. Eine Nachricht. Ich habe eine Nachricht für sie.«

Julius hatte das gefaltete Papierstück, das Laurenz' Brief beigelegen hatte, gerade aus seiner Jackentasche gezogen, als die Frau es ihm schon aus der Hand riss. Er wollte gerade zum Protest ansetzen, als er sah, wie ihr Gesichtsausdruck sich änderte. »Oh, aus Weimar?«, stieß sie aus, als sie das Blatt auseinandergefaltet hatte. »Warten Sie einen Moment«, sagte sie dann. Und ehe Julius es sich versah, war sie schon ins Zimmer zurückgetreten und hatte die Tür wieder verschlossen. Er hörte, wie sie den Schlüssel im Schloss umdrehte.

Die Stimme von Frau Kremer drang dumpf durch die Tür, eine andere Stimme konnte Julius nicht hören. Führte die Frau etwa Selbstgespräche? Sie war doch nicht etwa schon wieder eine von diesen verwirrten Seelen, die hier in Halle offenbar zuhauf herumliefen? Julius dachte an den verrückten Franzosen vom Marktplatz … und an Lehnaus Lieblingsspruch: »Sicher kann nur das allein sein, was zweifelsfrei dafür befunden wurde. Alles andere sollte dringendst untersucht werden.«

Er schaute sich um. Noch immer lag der Flur still und verlassen da. Er dachte an Mutter Nortius, blickte einmal schuldbewusst gen Flurdecke und presste dann sein Ohr an die Tür.

»Du Brizel*! Du lüderlichster unter Gottes Getier! Du … du Hannefatzke!«, erscholl es auf einmal direkt hinter ihm. Julius fuhr erschrocken herum.

Ihm direkt gegenüber, Aug in Aug und nur einen Schritt entfernt, stand eine ausgemergelte Figur von einem Mann. Seine Kleidung – Julius hätte sie als Lumpen im Feuer verbrannt – wirkte zu klein, seine Schultern und Arme zuckten. Die von grauen Strähnen durchzogenen braunen Haare standen ungekämmt in alle Richtungen ab, sein Kinn, spärlich von grauen Bartstoppeln bedeckt, wies diverse Schnittverletzungen auf. Einen Finger ausgestreckt, versuchte der Mann, Julius auf die Brust zu tippen, doch konnte er seine Bewegungen nicht richtig kontrollieren. »Deine Fresse ist … ja so … so … so was von ausjetrommelt. Und … und … und Ogen haste. Wie … wie Bo-Bollen*. Am liebsten würd ick se rausgrabbeln und … und …« Der Mann beugte sich vor und hauchte Julius seinen stinkenden Atem direkt ins Gesicht. »Und … fressen!«

Julius drückte sich gegen die hinter ihm liegende Tür. »Hilfe!«, rief er und er wusste, es klang kläglich.

Die Gesichtszüge des Mannes verzogen sich nun zu den fürchterlichsten Grimassen, die Julius je gesehen hatte. Er bekam richtiggehend Angst. Doch auf einmal schien der Mann seinen Körper wieder unter Kontrolle zu haben. Böse stierte er Julius an. Er streckte ihm die Zunge raus. Und dann ging es wieder los: »Arschgucker! Bettpisser! Drecksau! Fressmaul!«

Julius hörte, wie offenbar gleich mehrere Paar schwere Stiefel die Stufen heraufpolterten. Hilfe nahte – zumindest hoffte er das. Plötzlich taumelte er zurück. Die Tür hinter ihm hatte sich unerwartet geöffnet.

»Machen Sie schnell!«, zischte Frau Kremer und zog ihn am Ärmel herein. Sofort drückte sie die Tür wieder zu und schloss ab. Julius ruderte verzweifelt mit den Armen, um nicht hinzufallen. »Und schlagen Sie doch bitte nicht so um sich! Das Fräulein kriegt ja Angst«, erbat Frau Kremer flehend.

Als Julius mehr schlecht als recht seinen Stand wiedergefunden hatte, sah er, wie Frau Kremer den Eisenschlüssel aus der Tür zog und in ihrem Ausschnitt verschwinden ließ. »Fräulein Lambrecht ist nun bereit, Sie zu empfangen«, sagte sie und drehte Julius, der die ganze Zeit nur auf sie gestarrt hatte, am Ellenbogen herum.

Sein Blick irrte durch den Raum. Ein Bett aus dunklem Nussholz, es nahm fast die Hälfte des kleinen Raumes ein. Eine braune Wolldecke, die glatt über das Bettzeug gezogen war, erinnerte ihn an seine eigene in seiner Dachkammer im Weimarer Apothekerhaus. Das Kissen, das hier am Kopfende in seiner leinenen, bestickten Hülle thronte, wirkte zwar zerschlissen, doch durchaus gemütlich. Vor dem Fenster, dessen Ausblick ein leichter Webstoff verschleierte, stand ein kleiner viereckiger Tisch, dekoriert mit einem Deckchen und Wiesenblumen in einem Wasserglas, die, noch frisch, ein paar Farbtupfer in dieses sonst farblose Zimmer brachten. Julius fiel ein Stuhl auf, der exakt zum Tisch ausgerichtet stand. Das Holz seiner Rückenlehne war reich an Verzierungen, offenbar das Werk eines Künstlers. Er verdrängte das Verlangen, den Stuhl zu berühren und nur ein Stück aus der Ordnung heraus zu bewegen. Der nächste Stuhl war das komplette Gegenteil. Er war in der Verarbeitung schlicht gehalten und stand mit der Sitzfläche zum Raum. Offenbar der von Frau Kremer, dachte er. Dann wurde sein Blick zum Vorhang gelenkt, den ein Windstoß erfasst hatte. Der Stoff blähte sich auf, tanzte in Richtung eines dunklen Ohrensessels, der neben der Tischgruppe in der Zimmerecke stand. In dem Moment sah Julius die zierliche, in schwarz gekleidete Person, die in dem großen Polsterstuhl geradezu zu versinken schien.

Ihre sowieso schon hervortretenden Augen hatte sie weit aufgerissen, ihren Blick hielt sie starr vor sich auf die Holzdielen gerichtet.

Nun wurde es vor der Tür wieder lauter. Jemand hämmerte dumpf an eine Wand, vielleicht der Verrückte von vorhin? Dann konnte Julius mehrere Männerstimmen vernehmen. Seelenwärter, dachte Julius. Sie kommen, um sich des Wahnsinnigen anzunehmen. Ihn schauderte.

Lautes Getöse ließ auf Kampfgerangel schließen. Aus dem Tumult stach eine helle, angstverzerrte Stimme hervor, die mehr Schimpfwörter losließ, als Julius glaubte je gehört zu haben. Der spitze Aufschrei währte nur kurz, dann folgte ein dumpfer Schlag und es war Ruhe. Einen Moment später hörte er etwas über den Boden schleifen.

Julius, der nicht wusste, ob es ihm nun wohler war, sah bekümmert zu Frau Kremer. Die versuchte zu lächeln, doch stand ihr die Sorge ins Gesicht geschrieben. Sie hob ihre Hände in einer hilflosen Geste.

»Es … es tut mir leid! Plötzlich stand er vor mir. Ich weiß nicht, wo er herkam«, brach es aus Julius heraus. »Ich … Es lag mir fern, Sie so zu erschrecken«, wandte er sich nun an die reglose Margot. Die reagierte mit einem kurzen Aufschrei, erstarrte jedoch gleich wieder. Erschrocken zog sich Julius zurück.

Er wünschte, er wäre nicht gekommen. Erst der falsche Name, dann der Vorfall im Flur, und nun hatte er die junge Dame, mit der er sprechen sollte, auch noch verschreckt. *Schlimmer kann es wirklich nicht mehr werden. Laurenz wird es mir danken, dass ich ihm so seine Bitte erfülle*. Julius seufzte.

Als er nun – beseelt von dem Wunsch nach ein wenig Ruhe an diesem verrückten Morgen – den so einladend hingestellten Stuhl an der Lehne packte, hatte er nicht daran gedacht, dass ihm noch gar kein Platz angeboten worden war. Daran erinnerte ihn das Fräulein Lambrecht, in die plötzlich wieder Leben fuhr. »Nein! Nicht dort! Nein!«, schrie sie wie von Sinnen.

Frau Kremer zog ihn unsanft zurück. »Bitte, Herr Lehnau, Sie verstehen sicher ... Sie dürfen sich hier nicht hinsetzen!«, flehte sie.

Julius gab irritiert nach. »Sicherlich, wenn Sie es wünschen.«

»Es ist mein Stuhl, verstehen Sie? Sie erlaubt niemandem darauf zu sitzen.«

»Ja, natürlich. Es tut mir leid.«

Julius bemerkte, dass Margot Lambrecht sich in dem Moment wieder in die unbewegliche Puppe zurückverwandelte, die sie gewesen war, als er von dem Stuhl abließ. Eine seltsame Art der Gastfreundschaft, dachte er grimmig und wandte sich nun einem anderen Stuhl zu mit einer verzierten Lehne. Doch kaum hatte er die Hand auch nur erhoben, um den Stuhl ein Stück zurückzuziehen, schrie Margot auch schon wieder auf. Der schrille Ton ging ihm durch Mark und Bein. Julius fuhr herum. Was sollte das Theater?, dachte er. Befand er sich denn hier in einem Tollhaus? Hilfe suchend sah er zu Frau Kremer, doch die hielt sich nur die Hände vors Gesicht und jammerte irgendwas hinein, von dem Julius nicht mehr als »Geht nicht, es geht einfach nicht« verstand.

»Frau Kremer?«, sprach Julius sie an. Er wollte gehen, doch dazu brauchte er den Schlüssel. Kraftlos ließ sie ihre Hände sinken. »Herr Lehnau, es tut mir wirklich leid, aber ich fürchte, Sie sind umsonst gekommen. Fräulein Margot ... Es war alles zu viel für sie. Sie kann nicht ... Sie ist nicht ... Wenn es Ihnen nichts ausmacht, würde ich Sie bald aufsuchen, um über den Brief zu sprechen. Eine andere Möglichkeit sehe ich im Moment nicht.«

Julius sah zu Margot Lambrecht, die entweder schon wieder oder immer noch auf die Bodendielen vor ihren Füßen starrte. Armes Ding, dachte er und unterdrückte das Bedürfnis, ihr über den Kopf zu streicheln. Er ahnte, dass dies keine gute Idee war.

»Was hat sie?«, flüsterte er stattdessen Frau Kremer zu und nickte in Margots Richtung.

Die schob ihn jedoch, statt ihm eine Antwort zu geben, Richtung Tür, den Schlüssel aus ihrem Ausschnitt ziehend.

»Ich werde Sie aufsuchen, Herr Lehnau, das verspreche ich Ihnen. Dann kann ich Ihnen alles erklären und wir können über alles reden«, sagte sie, als sie ihn auch schon hinausbugsierte.

Nur einen Augenblick später stand er schon wieder allein auf dem Flur, die Tür hinter ihm fest verschlossen. Dieser Besuch würde ihm wohl für immer im Gedächtnis bleiben, dachte er wenig amüsiert, als er die Treppenstufen hinuntereilte. Mit den Gedanken ganz bei sich und dem, was gerade vorgefallen war, bemerkte er nicht, dass die Stille, die über dem Haus gelegen hatte, als er es vor weniger als einer Stunde betreten hatte, schon lange etwas anderem gewichen war. Es war ihm, als könnte er einen klagenden Ton vernehmen, das Echo unzähliger Stimmen, die wie einsame Wölfe durch das Treppenhaus und alle Etagen zogen.

KAPITEL 5

Eleonore Lehnau saß am Fenster und blickte gedankenverloren auf die Linde, deren Blätter sanft im Wind raschelten. Seit ihrer Verlobung mit Erasmus Brackhagen hatte sie kaum ein Auge zugetan. Die Schmetterlinge im Bauch wollten sich nicht beruhigen. Sie streckte den Ringfinger aus und versuchte sich einen Ring daran vorzustellen. Sie sollte glücklich sein, doch im Augenblick fühlte sie sich einsam. Erasmus weilte in der Stadt und auch Julius war fort, strebte seiner eigenen Zukunft entgegen. Ihr Leben kam Eleonore vor wie ein Buch, das in einer fremden Sprache geschrieben war. In zwei Wochen war das Warten jedoch vorbei, dann würde sie wissen, wohin sie gehörte, hätte ihren festen Platz und würde die neuen Aufgaben als Ehefrau meistern. Vielleicht war sie ja in einem Jahr schon Mutter und wiegte einen Säugling in ihren Armen. Ein Pieksen am Handgelenk lenkte ihre Aufmerksamkeit in die Gegenwart zurück. Eleonore holte aus und erschlug eine Stechmücke. Blutig und tot klebte das ehemals vollgesogene Tier an ihrer Handfläche. Eleonore griff nach ihrem Taschentuch, tunkte es in eine Wasserschale und säuberte sich.

Die Köchin fragte gerade nach, ob sie die Speisen auf dem Tisch nochmals auf dem Herd erwärmen sollte, als die Türglocke anschlug. Gottlieb Lehnaus Miene war im Laufe der letzten Stunde immer säuerlicher geworden. Vorwurfsvoll hatte er Eleonore angeblickt, als könnte sie etwas für die Verspätung ihres Verlobten. Sie hatte trotzig zurückgeblickt, weshalb sich ihr Onkel jeglichen Kommentar verkniffen hatte.

Eleonore erhob sich, als ihr Verlobter ins Esszimmer geführt wurde.

»Behalten Sie Platz, werte Eleonore«, sagte Erasmus und erwiderte beiläufig den Händedruck ihres Onkels. Seine Stimme klang atemlos, heiser.

Steif setzte sich Erasmus auf den Stuhl gegenüber von Eleonore und vermied jeglichen Blickkontakt. Eleonores Magen zog sich zusammen.

»Nun, wie stehen die Dinge an der Friedrichsuniversität?«, eröffnete Gottlieb Lehnau das Gespräch.

»Gut, danke.«

Gottlieb warf Eleonore einen aufmunternden Blick zu. Doch sie war nicht in der Lage, etwas Sinnvolles zur Unterhaltung beizutragen. Sie fühlte sich schwach und unbeholfen.

»Wie macht sich denn Julius Weiland?«, wagte Lehnau einen weiteren Vorstoß, ein Gespräch in Gang zu bringen.

»Er ist ambitioniert.«

Anscheinend wusste Gottlieb danach auch nicht weiter. Schweigend aßen sie. Nachdem die Köchin die Speisen abgetragen hatte, verabschiedete sich Lehnau und ließ sie mit Brackhagen allein zurück.

»Wir sollten mit den Planungen für unsere Eheschließung beginnen«, sagte er, nachdem Lehnaus Schritte verklungen waren.

Eleonore klatschte vergnügt in die Hände. »Ich hatte gehofft, dass Sie es ansprechen.«

Zum ersten Mal sah er sie direkt an. Seine Augen verengten sich missbilligend und er kniff die Lippen zusammen. Eleonore legte sittsam die Hände in den Schoß und gab sich Mühe, ihre Freude zu verbergen. Anscheinend war er kein Freund emotionaler Ausbrüche. Sie würde ihr Bestes geben, eine Ehefrau zu sein, derer er sich nicht schämen musste. Aber sie wusste so wenig über ihn. Wusste nicht einmal, wo sich sein Haus befand, in das sie nach der Hochzeit einziehen würde.

»Ich wünsche eine angemessene Feier«, sagte Brackhagen und begann im Raum umherzuwandern. Er atmete mehrmals hörbar ein und aus.

»Ist Ihnen nicht gut?«, wollte Eleonore wissen.

Er tat ihre Frage mit einer ungeduldigen Handbewegung ab. »Mit angemessen meine ich eine Feier, zu der alle notwendigen Gäste geladen werden, die ich aufgrund meiner Reputation einladen muss.«

Eleonore zuckte mit den Schultern. Brackhagen starrte sie so unnachgiebig an, dass sie sich genötigt fühlte, ein »Ja« hinterherzuschicken.

Brackhagen nickte und fuhr fort. »Packen Sie am besten schon jetzt ein paar persönliche Dinge, die Sie vor der Feierlichkeit in mein Haus transportieren lassen. Aber beschränken Sie sich auf Wichtiges. Kinkerlitzchen sind mir zuwider.«

Eleonore schnappte nach Luft. Brackhagen ließ ihr indes keine Zeit für Einsprüche. »In drei Tagen um fünf Uhr haben Sie einen Termin beim Schneider Knock, hier ist seine Karte. Seien Sie pünktlich. Einen Stoff für Ihr Brautkleid habe ich bereits ausgewählt. Darum müssen Sie sich nicht mehr kümmern.«

Eleonores Augen wurden glasig. Sie wandte den Blick zur Decke und hoffte, den Tränen damit Einhalt gebieten zu können. Ihr Leben lang hatte sie sich auf den Tag ihrer Hochzeit gefreut. Und nun erwies sich die Planung des schönsten Tages in ihrem Leben als Austausch von Fakten. Fakten, die ihr Brackhagen vorgab, ohne dass sie mitentscheiden durfte. Zweifel keimten in ihr auf. War die Annahme des Antrags die richtige Entscheidung gewesen? Hatte sie denn überhaupt eine Wahl gehabt? Er war Arzt, ein angesehener Mann. Sollte sie nicht stolz sein, dass ein so mächtiger Mensch ausgerechnet sie zur Frau wollte? An diesem Gedanken hielt sie sich fest, er gab ihr Trost. Es würde eine Annäherung geben, die Zeit würde ihr Übriges tun.

Julius streunte ziellos durch die Straßen. Es wurmte ihn, kläglich versagt zu haben. Er wollte doch nur helfen und erntete nichts als Undank. Warum sprach diese Margot nicht mit ihm? Blasiert kam sie ihm nicht vor. Es musste eine Form ihres Wahnsinns sein, die sie dazu zwang, derartig unhöflich zu reagieren. Ein Junge zupfte ihn am Hosenbein. Da erst bemerkte er, dass er stehen geblieben war. Er blickte auf einen zerzausten Haarschopf, kurz darauf wandte sich ihm ein schmutziges Gesicht zu. »Ham Se Lust off'n Spielchn?«

Der Junge zauberte drei Hütchen und eine Holzmurmel aus seiner Tasche hervor. Julius strich sich verlegen über das Kinn, musterte den Jungen lange, der ihn mit glänzenden Augen fixierte. Dann ging er vor dem Knaben in die Hocke und sagte: »Warum nicht?«

Nur wenige Minuten später war Julius um mehr Münzen ärmer, als ihm lieb war, und er verfluchte seinen Wagemut. Wie konnte er sich mit einem Streuner messen, der offenbar mit diesem Spiel seinen Lebensunterhalt bestritt?

Ihm fiel die Geschichte der Straßenjungen mit den ausgerissenen Zungen wieder ein, die Laurenz ihm mal erzählt hatte. Ihn schauderte.

»Noch mal?«, fragte der Junge.

»Nein, sonst kann ich mir nichts mehr zu trinken kaufen.«

Enttäuscht wandte sich das Kind einem Paar zu. »Kleines Spiel jefällich?«

Julius ging weiter und landete schließlich in einer Schenke, die man gut und gerne als Mittelmaß bezeichnen konnte. Die Tische waren schon ein wenig abgewetzt. Der Boden war weder sauber noch schmutzig. Auch das Bier schmeckte dementsprechend. Es gluckerte wohlschmeckend die Kehle herab, hinterließ aber einen faden Nachgeschmack. Julius trank Schluck um Schluck in der Hoffnung, das Aroma loszuwerden. Doch nicht nur das Bier schmeckte im Nachgang schal. Auch sein Besuch bei diesem Fräulein Lambrecht erschien ihm jetzt absurd. Was hatte er erwartet?

Einige Krüge später ermahnte ihn ein leichtes Schwindelgefühl, mit dem Trinken aufzuhören. Es war besser, die Zeche zu begleichen und sich zu Bett zu begeben. Der Schreck machte ihn fast schlagartig wieder nüchtern, als er vergeblich seine Taschen nach seiner Geldbörse durchsuchte.

Dieser Halunke, dieser kleine Taugenichts!, schimpfte er innerlich. *Da hat mich der kleine Teufel doch tatsächlich bestohlen.*

Julius sah zum Wirt, der leider in der Nähe der Schenkentür an einem der Tische stand und sich mit einem Gast unterhielt.

Ich habe zwei Möglichkeiten, dachte Julius. *Erstens: Ich gehe zum Wirt und versuche anschreiben zu lassen. Zwei-*

tens: Ich schleiche mich durch die Tür, wenn der Wirt sich anschickt, seinen Posten zu verlassen, und prelle die Zeche.

Beide Alternativen waren ihm zuwider. Der Wirt war groß, sicherlich überragte er Julius um einen Kopf. Von der breiten Statur ganz zu schweigen. Zudem machte er keinen sonderlich zugänglichen Eindruck.

Das Glück schien ihm jedoch hold zu sein. Der Wirt verließ seinen Posten und den Schankraum. Julius sprang auf, eilte zur Tür und frohlockte, als er durch die Tür war und es ungeschoren um die Hausecke geschafft hatte. Da prallte er gegen die Brust eines großen Mannes. »Na, wolltste wohl nicht bezahln, wa?«

Julius' Füße verloren die Bodenhaftung, als ihn der Riese am Hemd hochriss. Der Kerl, dem er nun wohl oder übel in die Augen sehen musste, war noch größer als der Wirt, jedoch ließ sich eine gewisse Ähnlichkeit nicht leugnen.

Julius krächzte: »Doch, aber ein Straßenjunge hat mir mein Geld geklaut und ich habe es erst gemerkt, als ich schon die drei Krüge Bier getrunken hatte.«

»Was Blöderes is dir nich einjefalln?«

»Ich schwöre, es ist die Wahrh…«

Julius' Rückenwirbel gaben ein Knacken von sich, als er gegen die Hauswand geschleudert wurde. Ein greller Blitz zuckte vor seinem inneren Auge auf, dann schoss der Schmerz durch seinen Kopf. Benommen schaffte er es lediglich lahm auszutreten, als der Wirtsbruder ihn abermals unsanft in die Höhe hob. Die Faust, die gegen seine Schläfe donnerte, raubte ihm das Bewusstsein.

Es war dunkel, als er wach wurde. Er stellte fest, dass er in einem Innenhof lag. Julius schmeckte Blut im Mund. Er spuckte mehrmals aus, ein Backenzahn wackelte. Seine Lippen fühlten sich an, als seien sie mit Luft gefüllt. Mühsam und unter viel Ächzen rappelte er sich auf. Kälte umhüllte seine Füße. Erst als er eine geraume Weile auf seine nackten Zehen gesehen hatte, ging ihm auf, dass er seiner Schuhe beraubt worden war.

Wenig später betrat Julius sein Zimmer. Ihm taten sämtliche Knochen weh. Schon das leise Rascheln der Decke eines seiner Zimmergenossen versetzte ihm gemeine Stiche in den Schläfen. Das Tappen seiner nackten Füße beschämte ihn genauso wie der Dreck, der daran klebte. Schnell und – wie er hoffte – unauffällig schob er sie unter die Decke.

Am nächsten Morgen erklomm Julius schwerfällig die Treppe in den zweiten Stock der Rathswage. Dort hatte Doktor Brackhagen eine Handvoll Studenten zu einer Vorlesung in sein Büro eingeladen. Dass dies nicht gerade üblich war, hatte Julius von Nachter erfahren. Die Wage bot für die etwa 800 Studenten der vier Fakultäten Philosophie, Jura, Theologie und Medizin nicht annähernd genügend Platz. Das große Auditorium war oft von den anderen Fakultäten belegt und stand im Übrigen auch der Bürgerschaft als Festsaal zur Verfügung. Daher luden die meisten Professoren normalerweise zu Vorlesungen in ihre Stadthäuser ein. Doch Julius hatte gehört, dass Doktor Brackhagen dies noch nie getan hatte. Es wurde gemunkelt, er beschäftige zu wenig Personal, weshalb es sehr unaufgeräumt sein solle.

Als Julius nun dessen Büro betrat, erntete er ob seines demolierten Aussehens teilweise belustigte, in jedem Fall jedoch neugierige Blicke. Die meisten Kommilitonen rückten ein Stück ab, als wären Julius' Blessuren ansteckend. Zwei nebeneinanderliegende Plätze waren noch frei, einer neben Nachter, und da der ihn angrinste, setzte Julius sich neben ihn.

Brackhagen blieb von Julius' Auftreten unbeeindruckt. Sein Blick schweifte über die Gesichter der Studenten. Jäh wandte er sich zur Tür um, die von Konstantin Großmacher aufgerissen wurde. Ein entschuldigendes Lächeln stahl sich auf Großmachers Gesicht, als er rechts neben Julius Platz nahm. Er wirkte atemlos.

»Herr Großmacher, schön, dass Sie uns mit Ihrer Anwesenheit beehren«, hob Brackhagen an. Beim letzten Teil des Satzes überschlug sich seine Stimme. Er räusperte sich vernehmlich und fuhr leiser fort: »Dies war das letzte Mal, dass Sie meine Vorlesung gestört haben. Sollten Sie sich abermals verspäten, werde ich Sie ausschließen.«

Beschämt nickte Großmacher.

»Dabei hat er noch nicht mal angefangen«, empörte sich Julius leise.

Als hätte Brackhagen seine Worte vernommen, sagte er: »Nun kann ich endlich beginnen.«

Die Studenten legten sich Papier und Schreibwerkzeug auf ihren Schreibbrettern zurecht. Julius hatte seine Tasche mit den Schreibutensilien vergessen. Er hoffte, sich alles merken zu können. Links neben ihm schrieb Nachter wie besessen, dabei hatte Brackhagen erst wenige Sätze geäußert. Auch die anderen Studenten legten sich ins Zeug. Niemand schaute nach rechts oder links, alle hielten die Augen starr auf das Papier vor sich gerichtet. Brackhagen redete immer schneller, kam von den üblen Säften zu allerlei Leiden, die Entzündungen verursachen konnten. Dann wieder erging er sich in einem Exkurs über die Sinne der Menschen. Anschließend sprach er über fiebrige Zustände. Wie das alles zusammengehörte, erschloss sich

Julius nicht. Sein Herz klopfte immer schneller, je mehr die Wortflut zunahm. Keine Pause trennte Brackhagens Sätze, keine Miene verzog der renommierte Arzt. Es war Julius, als spräche Brackhagen mehr zu sich selbst als zu ihnen, den Studenten.

Als Brackhagen das Ende seiner Vorlesung verkündete, saßen die Studenten noch einige Augenblicke wie gelähmt vor ihren Aufzeichnungen. Dann begannen einige ihre Handgelenke auszuschütteln, Tintenfässer zuzuschrauben und ihre Mitschriften trocken zu pusten. Anerkennend nickte Julius, als Nachter sage und schreibe acht eng vollgeschriebene Seiten durchzählte.

»Und das ist noch gar nichts«, äußerte sich der Kommilitone. »Meist sind es mehr.«

»Darf ich die Notizen abschreiben?«, fragte Julius bang.

»Wenn ich das nächste Mal kopieren darf, gerne.« Die beiden lächelten sich an.

»Und da wir wohl künftig öfter miteinander zu tun haben, wäre es mir eine Freude, wenn wir die vertrauliche Anrede benutzen. Ich heiße Hans.« Nachter streckte ihm die rechte Hand entgegen.

»Julius.«

»Du siehst aus, als wärst du unter die Räder einer Kutsche geraten. Tut weh, oder?«

»Sagen wir es so, der verletzte Stolz schmerzt mich in diesem Fall mehr«, sagte Julius mit einem Seufzen.

Es klopfte und Doktor Hellenthal trat in den Raum. Nach einem Blick in die Runde sagte er schmunzelnd: »Wer von Ihnen Interesse an praktischem Unterricht im Klinikum hat, möge sich mir bitte anschließen.«

Nach der Vorlesung Brackhagens waren die Studenten froh um den strammen Marsch durch die Stadt. Im Klinikum, so hatte Julius erfahren, konnten die Medizinstudenten Praxiserfahrungen sammeln, die Patienten waren oft mittellos und dankbar für die kostenlosen Untersuchungen.

Dort angekommen, fanden sich Julius und seine Mitstreiter am Bett eines Patienten ein, der unter einem mehrfachen Knochenbruch des rechten Arms litt. Der Ellenbogen war stark angeschwollen und auch der Unterarm deformiert. Das bleiche Gesicht des Mannes war schweißüberströmt. Hellenthal berichtete kurz, wie es zu dem Unfall gekommen war.

»Dies wird Anamnese genannt«, erläuterte er. »Vergessen Sie niemals, den Patienten zu befragen, so dieser bei Bewusstsein ist. Greifen Sie auch auf Angehörige oder Augenzeugen zurück. Je mehr Informationen Sie zum Krankheits- oder Unfallhergang in Erfahrung bringen, umso gezielter können Sie behandeln.«

Bei dem Patienten handelte es sich um einen Fleischer, dem das Rind durchgegangen war, das er zur Schlachtbank hatte führen wollen. Das Tier hatte den Mann niedergetrampelt. Hellenthal erläuterte kurz den anatomischen Aufbau des menschlichen Arms und sah dabei jeden Studenten eindringlich an. Als er Julius erblickte, deutete er auf ihn und fragte laut: »Was ist Ihnen denn da für ein Malheur widerfahren?«

»Der zornige Bruder eines Wirtes«, gab Julius zurück.

Die Studenten brachen in Gelächter aus.

Sogar Hellenthal lächelte. »Sie sollten das behandeln lassen. Kommen Sie doch später bei mir vorbei.«

»Das werde ich«, versprach Julius.

Im Gegensatz zu Brackhagens Vortrag herrschte nun eine beinahe zwanglose Atmosphäre. Während Hellenthal sich um den Patienten kümmerte, referierte er über Knochenbrüche, das Richten von selbigen und wie man Patienten am besten lagerte. Die Studenten hingen wie gebannt an seinen Lippen und verfolgten jeden Arbeitsschritt. Der Schlachter schien dankbar um die Aufmerksamkeit zu sein, die ihm zuteilwurde.

Wie merkwürdig, ging es Julius durch den Kopf, wie schnell die Zeit verrann, wenn man Kurzweiliges erlebte. Er mochte Hellenthals Art zu lehren.

»Was hast du dem Wirt bloß angetan, dass er seinen Bruder auf dich gehetzt hat? Normalerweise zeichnet ihn das Gemüt eines sehr alten Gauls aus!«, riss ihn Hans Nachter aus seinen Gedanken.

»Du meinst, du kennst den Wirt?«

»Klar, den kennt doch jeder. Und den Bruder! Er hat nicht viel im Kopf, doch dafür in den Armen. Es ist stadtbekannt, dass er dem Wirt auf Befehl aus der Patsche hilft. Normalerweise trifft dieses Schicksal jedoch nur Ganoven, Zechpreller und …« Hans Nachter stockte, als er Julius' betretenes Gesicht bemerkte. »Nein! Du hast doch nicht etwa die Zeche geprellt?«

»Schscht!« Julius sah sich um.

»Julius Weiland, schau einer an, das hätte ich nun wirklich nicht von dir gedacht!« Dann fuhr er mit gedämpfter Stimme fort: »Ich dachte, du hast dein Auskommen? Man munkelt hier, du seist Brackhagens Günstling! Ihr seid doch privat bekannt, oder?«

»Wie kommst du darauf?« Julius wich einen Schritt zurück. Nachter ging nun entschieden zu weit. Es fiel ihm Mutter Nortius ein, die für Menschen solchen Schlages nur ein Wort übrig hatte: impertinent!

»He, schon gut, war nicht so gemeint.« Nachter wirkte

betreten. »Ich wollte wirklich nicht neugierig sein. Vielleicht war ich etwas zu ungestüm. Einer meiner zahlreichen Fehler, über die ich dank meines alten Herrn bereits seit Kindestagen bestens informiert bin. Eigentlich wollte ich dich nur fragen, ob wir heute Abend Brackhagens Seminar noch einmal zusammen durchgehen wollen. Es ist immer so viel, dass ich dir nur raten kann, die Nacharbeitung nicht aufzuschieben. Wiederholungen gehören nicht zu seinem Repertoire.«

»Ja, wahrscheinlich hast du recht.« Julius war besänftigt. »Mein Problem ist nur, dass ich mit meinen Blessuren nicht so schnell eine Mitschrift anfertigen kann.« Julius deutete auf seinen schmerzenden Arm.

Nachter kratzte sich an der Stirn, dann lächelte er. »Wie wäre es, wenn ich die Abschrift meiner Aufzeichnungen selbst übernähme? Dann können wir heute Abend doch noch lernen und du verrätst mir zum Dank, was es mit dem Gerücht auf sich hat, dass du eine Einladung zu Brackhagens Hochzeit hast. Wäre dies eine annehmbare Alternative für dich?«

»Welche Hochzeit?« Julius sah sein Gegenüber bestürzt an.

»Mein Gott, Weiland, du wirst ja aschfahl im Gesicht. Wenn du eine Frau wärst, könnte man meinen, du würdest ohnmächtig. Solltest du nicht sowieso bei Hellenthal vorbeischauen?«

Hellenthal setzte Julius sofort in einen Lehnstuhl, als er seiner ansichtig wurde. Anschließend verabreichte er ihm einen kräftigen Schluck Hochprozentigen, der ihm auch gleich zu einer gesünderen Gesichtsfarbe verhalf, schälte ihn aus seiner Jacke und schob den Hemdsärmel über den schmerzenden Arm nach oben. Als er den Unterarm mit leichtem Druck abtastete, verzog Julius das Gesicht. »Machen Sie sich keine Sorgen, Sie sind nicht der erste Fuchs*, dem so etwas passiert. Da kommt man in eine fremde Stadt und fühlt sich wie in der Höhle des Löwen. Doch glauben Sie mir, in nur ein bis zwei Jahren werden Sie darüber lachen.«

Unbeeindruckt von Julius' Befinden tastete er sich weiter Richtung Schulter vor. Abschließend untersuchte er das Ellenbogengelenk, dieses Mal ging er behutsamer vor, strich mit einer Hand jeweils von oben und unten in Richtung der schmerzenden Stelle. »Nun, Herr Weiland, eine Fraktur kann ich nicht feststellen. Ebenso wenig eine Luxation. Nein, ausgekugelt ist die Schulter in der Tat nicht. Sie sind, nehme ich an, auf den Arm gefallen?«

Julius nickte.

Während Hellenthal den Arm und die Schulter sorgfältig weiteruntersuchte, gerieten sie ins Plaudern. Hellenthal fragte, wie Julius auf die Idee gekommen sei, Medizin zu studieren. Julius erzählte erst zögerlich, doch als er merkte, dass Hellenthal echtes Interesse an seiner Geschichte zeigte, wurde er immer ausführlicher. Er berichtete von seinem Unfall, seinen Experimenten und dass er mehr über das Wunder Mensch erfahren wollte. Hellenthal empfahl ihm, sich die Anatomische und die Meckelsche Sammlung anzusehen. »Das wird Sie sicherlich sehr interessieren«, meinte er. »Ich freue mich immer, es mit wissbegierigen Menschen zu tun zu haben, so wie Sie einer zu sein scheinen, Herr Weiland. Nur weiter so.«

Hellenthal fasste für Julius zusammen, was er bei seiner Anamnese herausgefunden hatte. »Eine leichte Überdehnung des Gelenks. Am schmerzhaftesten bei dem Versuch, den Arm gerade durchzustrecken. Es wird noch ein paar Tage wehtun. Aber seien Sie froh: Den armen Schlachter beispielsweise hat es wesentlich schlechter getroffen.«

Schließlich besah er sich noch die Schürfwunden, meinte jedoch, der Heilungsprozess habe bereits begonnen. »Solange sich kein Eiter bildet, brauchen Sie nichts weiter tun.«

Julius nickte ergeben. Er bedankte sich bei Doktor Hellenthal für die Mühe und verabschiedete sich. Er sehnte sich nach seinem Bett und etwas Ruhe. Hoffentlich waren seine Mitbewohner an anderen Orten beschäftigt.

Er war drauf und dran, das Klinikum zu verlassen, da hörte er Brackhagens Stimme. »Nein, es tut mir leid, werte Dame, es gibt hier wirklich keinen Medizinstudenten mit dem Namen Julius Lehnau.«

»Aber es muss ihn hier geben, er hat sich mir persönlich so vorgestellt.«

»Sie müssen ihn mit Doktor Gottlieb Lehnau verwechseln. Doch dieser befindet sich nicht mehr in der Ausbildung, sondern im Ruhestand. Keine Möglichkeit also, ihn hier anzutreffen. Und nun verzeihen Sie, ich habe zu tun.«

KAPITEL 6

Als Brackhagen ihm entgegenkam, senkte Julius den Blick. Dann war der Professor an ihm vorbei. Julius verkrampfte sich in der Erwartung, gleich seinen Namen zu hören. Nichts geschah. Eine Tür klappte, Brackhagen war fort. Julius wartete, bis Frau Kremer dem Eingang des Klinikums den Rücken gekehrt hatte, dann eilte er ihr hinterher.

»Frau Kremer«, rief er ihr nach, nachdem er sich vergewissert hatte, dass niemand Bekanntes sie zusammen sah.

»Da sind Sie ja. Warum kennt Sie da drinnen denn niemand, Herr Lehnau?«, rief sie.

Julius legte den Finger an die Lippen und bedeutete ihr, ihm zu folgen.

Sie gingen ein ganzes Stück Richtung Moritztor, ohne ein Wort zu wechseln. Zwar holte Frau Kremer des Öfteren tief Luft, als wollte sie etwas sagen, doch dann entlud sich der Atemstrom in einem Schnaufen.

Sie kamen an einer Schenke vorbei. Julius hielt an und musterte das Schild. »Frau Kremer, kennen Sie diese Wirtschaft?«

»Ja, kenne ich. Nichts besonderes, aber handfeste Kost haben die.«

»Gut, ich habe nämlich Hunger.«

Ergeben folgte Frau Kremer ihm in die Schenke.

Erst als vor beiden in Scheiben geschnittene und scharf angebratene Wurst mit gedünstetem Kohl auf großen Tellern dampfte, brachen sie das Schweigen.

»Warum suchten Sie mich?«

Frau Kremer fuhr mit der Gabel durch den Kohl und zog die Stirn kraus. »Ich hatte Ihnen ja versprochen, mit Ihnen über den Brief und über das Fräulein Lambrecht zu sprechen. Allerdings bin ich nun früher bei Ihnen, als ich gedacht hatte, denn Fräulein Lambrecht wurde heute Nacht abgeholt.«

»Abgeholt? Warum? Und von wem?«

»Es war ein grober Kerl, der sagte, Frau Reuss habe ihn geschickt, das Fräulein zu holen. Überprüfen konnte ich es in dem Moment ja nicht – ich durfte meine Margot doch mit dem nicht alleine lassen. Er ist geradewegs ins Zimmer und wollte sie aus dem Sessel zerren. Dabei ist er nicht gerade zimperlich mit ihr umgesprungen. Erst schrie Margot und schlug um sich, doch dann wurde sie plötzlich ganz still. Wie ein Püppchen. Mit großen Augen hat sie den Kerl angesehen, ach, mir war fürchterlich zumute. Über die Schulter hat er sie sich geworfen wie einen Sack Mehl!«

»Das verstehe ich nicht.«

Frau Kremer ließ die Gabel sinken. »Nachdem sie aus dem Zimmer sind, bin ich sofort zu Frau Reuss' Büro gerannt. Und tatsächlich, sie war da. Ich habe sie gefragt, warum Margot abgeholt wurde, wohin sie gebracht wurde und ob ich sie bald wieder in meine Obhut kriege. Schließlich bin ich ja auf das Geld angewiesen, das mir die Pflege einbringt. Aber sie hat nur gemeint, das Geld von Fräulein Lambrecht sei nun einmal aufgebraucht und deshalb bräuchte sie das Zimmer für die, die auch zahlen könnten. Ich habe ihr den Brief gezeigt, den Sie mir neulich gebracht haben. Er hat eine Zahlung von Margots Vormund, Herrn Lambrecht aus Weimar, angekündigt. Doch Frau Reuss ließ sich nicht erweichen. Es hätte alles seine Richtigkeit und ich soll mir nur keine Sorgen machen. Und wenn das Geld aus Weimar einträfe, nähme sie Fräulein Lambrecht natürlich gern wieder auf.«

»Hat die Dame gesagt, ob sie sie ins Klinische Institut gebracht haben?«, wollte Julius wissen.

»Nicht direkt. Nur, dass sich die, zu denen Fräulein Lambrecht gebracht wurde, mit obskuren Krankheiten auskennen. Also Krankheiten an der Seele. Und ich solle Vertrauen haben, es würde alles gut werden. Doch ich mache mir solche Sorgen. Sie hat doch Angst vor fremden Leuten. Was soll sie denn ohne mich machen?«, klagte Frau Kremer. »Niemand außer mir darf ihr das Kissen aufschütteln. Und wer liest ihr jetzt vor? Können Sie mir nicht helfen, sie zu finden?« Frau Kremer schluchzte verhalten und beugte sich über ihre Tasche, die sie zwischen Tischkante und Schoß geklemmt hielt. Sie zog ein Taschentuch hervor und schnaubte hinein, ehe Julius ihr seines anbieten konnte.

»An was leidet sie denn eigentlich?«, wollte Julius wissen.

»Ich nenne es bei mir ›Margots Ordnungskrankheit‹. Alles muss immer am bestimmten Ort sein. Wenn die Haarbürste nur einen Centimeter zu weit rechts auf der Kommode liegt, dann gibt's Geschrei. Abgesehen vom eigenen Getöse, das sie selber nicht zu hören scheint, regt sie Lärm ganz ungemein auf. Ich darf beim Vorlesen auch nur flüstern.«

»War sie denn schon einmal alleine draußen?«

»Einmal ist sie durch die Tür entwischt, weil eine dicke Spinne auf ihrem Kissen saß. Im Flur kauerte sie an der Wand, presste die Hände auf die Ohren und heulte erbärmlich.«

»Wie lange betreuen Sie sie denn schon?«

»Am Christfest werden es auf den Tag zehn Jahre.« Erneut schluchzte Frau Kremer bitterlich und drückte das Tuch vor die Augen.

Sanft legte Julius ihr die Hand auf die Schulter. »Es geht ihr gut, ganz sicher.«

Frau Kremers Miene drückte Zweifel aus. »Meinen Sie wirklich?«

Julius nickte vehement. »Ganz sicher. Ich kann mir vorstellen, dass sie sich in der Obhut von Herrn Doktor Tamm befindet. Er gehört zu Doktor Reils Gruppe. Der Name Reil dürfte Ihnen ein Begriff sein, oder?«

Frau Kremer dachte kurz nach und sagte: »Ihm unterstehen alle Ärzte im Klinischen Institut, nicht wahr?«

Julius nickte. »Er, Doktor Tamm sowie Doktor Brackhagen führen eine besondere Abteilung, in der Menschen studiert werden sollen, um sie in all ihren Eigentümlichkeiten zu begreifen. Sicherlich ist sie dort.«

Frau Kremer schien erleichtert und drückte Julius' Hand. »Danke, Doktor Lehnau.«

Julius schluckte. »Ähm, Frau Kremer, ich muss Ihnen auch noch etwas beichten.«

Sie sah ihn fragend an.

»Nun, ich heiße nicht Lehnau. Mein Name ist Weiland, Julius Weiland. Es tut mir leid, dass ich Sie belogen habe. Ich habe den Namen in das Besucherregister von Frau Reuss eingetragen.«

»Aber warum?«

Julius zuckte mit den Schultern. »Es war spontan. Und ich habe es auch gleich bereut. Doch das Haus, Frau Reuss, es wirkte alles sehr beklemmend.« Er sah sie entschuldigend an. »Vielleicht habe ich mich einfach nicht getraut, meinen richtigen Namen einzutragen.«

Frau Kremer seufzte. »Das kann ich sogar verstehen.«

Laurenz Weiland, seines Zeichens der zehn Jahre ältere Bruder von Julius und als Unterinspektor in Weimar beschäftigt, lehnte sich seufzend an die Wand des Zimmers seines Vorgesetzten, Inspektor Niemer. Sein Blick wanderte dabei von eben jenem aus dem Fenster zum Exerzierplatz und wieder zurück. Niemer, der zum wiederholten Male mit großen Schritten den kleinen Dienstraum durchmaß, hielt ihm währenddessen eine ordentliche Standpauke zum Thema Diebe und kriminelles Pack im Allgemeinen sowie Waisenkinder im Besonderen. Des Weiteren warf Niemer ihm vor, eigenmächtig – und ohne seinen Rat einzuholen – gehandelt zu haben. »Wie konnten Sie eines dieser missratenen Kinder nur dazu auffordern, sich im Polizeidienst ausbilden zu lassen? Da können wir uns ja gleich zurückziehen und den Ratten die Stadt überlassen!«, erboste sich Niemer gerade in dem Moment, als Weiland den Grund für Niemers schlechte Laune über den Platz heranschlendern sah.

Der Gescholtene trat vor das Fenster. »Er ist ein guter Junge! Er wird sich beweisen«, versuchte er sich für seinen neuen Schützling, den zehnjährigen Friedemann, einzusetzen. Es war gerade erst ein paar Wochen her, seitdem sie mithilfe des Jungen die schrecklichen Morde in Weimar aufgeklärt hatten. Niemer hatte damals auf das falsche Pferd als Tatverdächtigen gesetzt und dabei die Spuren, die zum wirklichen Mörder führten, glatt übersehen. Dementsprechend befand sich die Laune seines Chefs immer noch auf dem Tiefpunkt – was Friedemann in vollen Zügen zu spüren bekam.

Weiland sah hinaus. Friedemann war nur noch wenige Schritte vom Wachgebäude entfernt. Als er Weiland durch das Fenster erkannte, lächelte er und winkte. Weiland nickte zum Gruß zurück.

»Der Junge würde hier nur alles durcheinanderbringen«, schimpfte Niemer währenddessen weiter. »Was vermag er schon zu können, dieser Nichtsnutz?«

»Friedemann ist kein Nichtsnutz! Sein Blick ist sehr aufmerksam. Auch wenn ihn sein Hunger zuweilen zu unüberlegten Taten geführt hat, so meine ich doch, dass er sehr gewissenhaft ist. Und wenn er das Rechte zu tun bekommt, kann sich auch sein Gemüt festigen. Denken Sie nur daran, wie er zu Dennfelder gehalten …«

»Ha!« Niemer machte einen Satz und stand nun direkt vor ihm. Sein ausgestreckter Zeigefinger berührte fast Weilands Nase. »Weiland, schweigen Sie! Sofort! Ich habe mir bereits ein Urteil gebildet und bleibe dabei. Diese frechen Augen. Dieser vorlaute Mund. Nein, der Bengel wird nicht zur Polizei kommen, solange ich hier noch etwas zu sagen habe!«

In dem Moment hörte Weiland, wie die Eingangstür zur Wache ins Schloss fiel. Gleich würde der diensthabende Wachmann anklopfen und Friedemann melden. *Und diese Begegnung sollte ich besser beiden ersparen*, dachte sich Weiland. »Gut, Inspektor, für dieses Mal gebe ich nach. Doch früher oder später werde ich für Friedemann bei Polizeigeneraldirektor von Fritsch ein gutes Wort einlegen, daran können auch Sie nichts ändern.«

Weiland ärgerte sich darüber, dass Niemer für seine zurückliegende Fehlentscheidung den armen Jungen büßen lassen wollte. Wenn man verloren hatte, sollte man dem Sieger aufrichtig die Hand reichen, so pflegte der Apotheker Nortius, der Ziehvater seines jüngeren Bruders Julius, immer zu sagen. Laurenz hatte schon so manches Mal über diese Worte sinniert. Gerade in der Wachstube konnte er häufig genug erleben, dass die Menschen derartige Angelegenheiten lieber zum eigenen Vorteil und zugunsten der eigenen Ehre lösten. Aber irgendwie hatte Nortius recht. Niemer im Duell mit einem zehnjährigen Jungen? Unvorstellbar. Doch die Variante des verletzten Stolzes zu wählen, wie Niemer es vorzog, war nun auch nicht besser. Er machte sich damit einfach nur lächerlich.

Weiland war gerade auf halbem Wege zur Tür, als es klopfte. Niemer, immer noch erbost, rief aufgebracht: »Herein!«

In dem sich öffnenden Spalt erschien das runde Gesicht des Wachmanns. »Ähm, Inspektor Niemer, der Junge, der wartet hier dr…«

Weiland unterbrach ihn. »Schon gut, ich kümmere mich darum«, sagte er und drängte den Wachhabenden zurück.

»Weiland!« hörte er Niemer bellen.

Weiland seufzte. »Ja?«

»Ich verlasse mich auf Sie!«

Als Weiland endlich die Tür zwischen sich und Niemer gebracht hatte, gönnte er sich, für einen Moment die Augen zu schließen und einmal tief durchzuatmen. Als er wieder aufsah, blickte er direkt in die großen Augen des Jungen. Und nun wusste er auch, was zu tun war, Gehorsam hin oder her. »Friedemann!«

»Inspektor Weiland!« Friedemann grinste ihn breit an.

»Schön, dass du da bist. Wir haben heute viel zu tun.« Weiland ging schnurstracks auf die Außentür zu, dabei winkte er den Jungen hinter sich her.

»Ja? Was machen wir denn? Gibt es einen neuen Mordfall aufzuklären?«

Weiland blieb stehen und wandte sich um. Er musste sich zusammenreißen, um nicht dem Drang nachzugeben, dem Jungen über seinen dicken blonden Haarschopf zu streichen. Friedemann wollte ein Mann werden, deshalb war er hier, rief er sich ins Gedächtnis. »Nein, Gott bewahre. Das kann ich dir zum Glück – zumindest vorerst – ersparen.«

Er meinte, eine Spur der Enttäuschung in Friedemanns Gesichtsausdruck zu erkennen, was ihn zum Schmunzeln brachte. »Nein, keinen Mordfall. Heute besuchen wir einen guten Freund von dir!«

Jetzt huschte ein ängstlicher Gesichtsausdruck über Friedemanns Gesicht. »Wen? Peter? Oder Gabriel etwa? Er hatte sicherlich nur Hunger. Wissen Sie, er ist so kräftig, sein Magen knurrt stän…«

Jetzt fuhr Weiland ihm doch über das Haar. »Nein, keinen von deinen kleinen Freunden. Wir wollen zu Herrn Dennfelder.«

Friedemann trat entrüstet einen großen Schritt zurück. »Inspektor Weiland, ich sage Ihnen lieber gleich, dass ich Ihnen kein Wort glaube. Herr Dennfelder hat nichts gemacht. Darauf würde ich gleich mehr als einen Taler verwetten!«

»Wenn du überhaupt nur einen davon hättest«, spottete Weiland. »Ach, Friedemann! Du hast ein viel zu großes Herz. Mal sehen, wie weit dich das noch bringen wird. Aber sei unbesorgt, dein Herr Dennfelder hat sich tatsächlich nichts zuschulden kommen lassen. Im Gegenteil, er ist heute unser Auftraggeber.«

»Nein!«, staunte Friedemann.

Weiland schüttelte amüsiert den Kopf. »Lass uns gehen, junger Mann. Wie du weißt, kann Herr Dennfelder Unpünktlichkeit gar nicht ausstehen.«

Als sie draußen an Niemers Dienstraum vorbeigingen,

meinte Weiland, dessen wütenden Blick in seinem Nacken zu spüren, doch er kümmerte sich nicht weiter darum.

Eine knappe halbe Stunde später nahm Weiland in dem Lehnstuhl Platz, den Dennfelder ihm angeboten hatte. Bevor sich dieser selbst setzte, drückte er Weiland noch ein Glas Cognac in die Hand.

»Sie denken, dass er Ihre Frau auch ganz sicher nicht belästigen wird?«, fragte Weiland nun.

»Auf keinen Fall. Elsa Luise ist froh, wenn sie ein paar Botengänge erledigt weiß. Und sie vertraut Friedemann von Herzen, machen Sie sich keine Sorgen. Aber warum sollte er unserem Gespräch eigentlich nicht beiwohnen?«

Weiland holte tief Luft. »Ich wollte Friedemann nicht unnötig enttäuschen, falls sich mein Plan nicht umsetzen lässt. Doch lassen Sie mich von vorn beginnen: Es hat sich ein Problem aufgetan, das ich gern mit Ihnen besprechen würde.«

»Nun?« Dennfelder sah ihn neugierig an.

»Sie wissen, dass ich dem Jungen versprochen habe, dass er bei uns in der Wache aushelfen kann.«

»Er hat sich riesig gefreut, das stimmt.«

»Doch Niemer ist nicht einverstanden.«

»Macht ihm seine Niederlage also immer noch zu schaffen«, stellte Dennfelder fest.

»So ist es. Doch ich kann es dem Jungen einfach nicht sagen.«

»Hmm.«

Beide Männer nahmen einen Schluck.

»Ich dachte mir, vielleicht könnte er meinem Bruder helfen, die Sache mit Lambrechts Verwandten zu klären?«

»Nun, lassen Sie mich überlegen. Kann er denn bei Ihrem Bruder wohnen?«

»Nein, das geht nicht. Das ist das eine Problem.«

»Und das andere?«

»Sein Auskommen. Da er nicht offiziell bei uns aushilft, kann ich auch nicht dafür sorgen.«

»Das lassen Sie mal meine Sorge sein, Inspektor Weiland.«

Weiland stieß erleichtert die Luft aus. »Ich hatte gehofft, dass Sie das sagen würden.«

»Und ich habe auch schon eine Idee, wie er sich außerdem verdient machen kann.«

»Nun?«

»Er soll zu Toni Weber in die kleine Wohnung über dem Geschäft in der Halle'schen Galgstraße ziehen. Der sorgt dort im Moment sowieso für mächtig viel Staub, da er bald heiraten will. Er ist gerade dabei, aus den paar Zimmern ein Prachtschloss zu bauen.«

Weiland lachte. »Das wird ihm gefallen.«

Dennfelder prostete ihm augenzwinkernd zu.

Als Friedemann eine halbe Stunde später zurück in die Weinhandlung kam, staunte er über die verschmitzten Gesichter des Unterinspektors und des Weinhändlers.

»Ich habe nichts gemacht!«, fiel er sofort wieder in seine Gewohnheit, sich immer gleich zu verteidigen. »Frau Dennfelder hat gesagt, ich habe meine Sache sehr gut gemacht!« Dann drückte er die Hand, die er die ganze Zeit schon fest zu einer Faust geballt hatte, gegen seine Brust und legte die andere auch noch schützend darüber.

»Du kannst deinen Taler behalten. Das ist es doch, was du versteckst, oder?«, mutmaßte Dennfelder. »Wenn Frau

Dennfelder dir einen Taler gibt, dann hast du ihn dir auch verdient.«

Weiland stimmte Dennfelder mit einem Nicken zu.

Friedemann ließ erleichtert seinen Arm sinken. »Ich dachte schon, Sie würden denken, ich hätte ihn geklaut.«

»Nein, Friedemann, keiner von uns denkt, dass du so etwas tust«, sagte Dennfelder. »Doch nun genug mit dem Unsinn. Wir haben eine Überraschung für dich.«

»Du wirst morgen früh mit Dennfelders Lastenkutsche nach Halle reisen. Dort wirst du bei Toni Weber wohnen und im Laden aushelfen.«

Auf Friedemanns Gesicht zeichnete sich ein Mienenspiel ab, das verriet, dass er zwischen Freude und Enttäuschung hin- und hergerissen war.

»Freust du dich nicht?«, fragte Dennfelder.

»Doch, schon«, stammelte er, während seine Wangen rot anliefen. »Ich dachte nur … Ich wollte doch …«

»Na los, Junge, raus mit der Sprache«, ermunterte ihn Weiland.

Friedemann trat von einem Bein auf das andere. »Darf ich nun nicht mehr im Polizeidienst helfen?« Angespannt wartete er auf eine Antwort.

»Wir haben etwas Besseres für dich«, sagte Weiland.

»Etwas Besseres als Verbrecher zu fangen kann es nicht geben«, protestierte Friedemann.

»Wir suchen jemanden«, fuhr Dennfelder fort.

»Sie suchen jemanden?«, wiederholte Friedemann erstaunt. »Aber wen denn?«

»Dennfelders ehemaliger Diener Lambrecht, Gott habe ihn selig, hat offenbar für jemanden gesorgt. Er hat Geld gespart und dieses regelmäßig nach Halle geschickt. An eine gewisse Person namens Margot«, erklärte Weiland.

»Und der jüngere Bruder von Inspektor Weiland, Julius Weiland, der sich gerade in Halle zum Mediziner ausbilden lässt, sucht bereits nach ihr. Wir haben uns gedacht, dass du ihm dabei zur Hand gehen könntest«, ergänzte Dennfelder.

»Vorausgesetzt, du willst«, warf Weiland ein.

»Vorausgesetzt, dass ich will? Natürlich will ich«, schrie Friedemann auf.

»Trotzdem musst du auch für Toni Weber da sein«, mahnte Dennfelder. »Dadurch wirst du dir deinen Unterhalt verdienen.«

»Natürlich, Herr Dennfelder. Das mache ich. Ich werde Toni Weber helfen und dem Herrn Weiland. Und ich werde diese Margot-Person finden.« Friedemanns Wangen leuchteten wie reife Süßkirschen im Sommer.

Nachdem sie Friedemann erklärt hatten, was er noch alles bis zum morgigen Abreisetag erledigen musste, hatte er es plötzlich eilig, das Geschäft zu verlassen.

»Als könnte er die Kutsche schon heute verpassen«, sahen ihm die beiden Männer schmunzelnd hinterher. Weiland rüstete sich auch zum Gehen, er wollte Friedemanns Vater einen Besuch abstatten, um ihn über den Gang der Dinge zu informieren.

»Ich denke, wir haben eine Lösung für Ihr Problem gefunden, Inspektor Weiland, was meinen Sie?«, fragte Dennfelder beim Abschied.

»In der Tat, Herr Dennfelder.« Dann lachte er. »Wissen Sie, mit welchem Gedanken ich gerade spiele?«

»Nun?«

»Ich hätte gut Lust, die ganze Geschichte Inspektor Niemer zu erzählen.«

»Vorsicht, Vorsicht! Dann müsste er uns womöglich noch zu Dank verpflichtet sein.«

»Und ob! Ich kann es mir kaum verkneifen, so viel Freude würde mir dies bereiten.« Weiland lachte in sich hinein. »Auf Wiedersehen, Herr Dennfelder. Bis bald.« Weiland tippte sich noch einmal an den Hut, dann drehte er sich um und nahm den Weg über den Marktplatz in Richtung Jakobsvorstadt.

TEIL II

Weimar

DIE NACHT WAR SCHON WEIT VORANGESCHRITTEN, als Unterinspektor Weiland heimkam. Er gähnte, entzündete die Kerze in der Fensternische neben der Tür, dann sperrte er das Haus von innen ab. Er hatte nun mehrere Stunden versucht, einem Witzbold aufzulauern, der derzeit Unruhe dadurch stiftete, dass er tote Mäuse vor die Türen älterer Damen legte. Dass es sich dabei nur um eine harmlose Katze handeln könnte, hatte sein Vorgesetzter rigoros ausgeschlossen. »Welche Katze sucht sich schon gezielt alte Damen aus?«, hatte Niemer erbost gepoltert. Nun, Weiland hatte heute Nacht jedenfalls weder eine Katze noch einen Witzbold stellen können.

Als er in sein kleines Wohnzimmer kam, nahm er mit Freude zur Kenntnis, dass die Glut im Kamin noch nicht erloschen war. Er dankte still seiner Zugehfrau, die offenbar ein extragroßes Stück Holz aufgelegt haben musste, bevor sie gegangen war. So brauchte er nur den Schürhaken und einen neuen Scheit, um noch in aller Gemütlichkeit den Tag bei einem Glas Portwein – ein Geschenk von Dennfelder – ausklingen lassen zu können. Als er sich in den alten Sessel sinken ließ, das Glas Portwein in der Hand, fiel ihm ein Brief auf, der neben ihm auf dem Beistelltisch lag. Neugierig griff er ihn sich. Er war von Julius und außergewöhnlich schwer. *Er wird hoffentlich viel über diese Margot zu erzählen haben*, hoffte er und löste das Siegel.

Die erste Seite las er noch ausführlich, die zweite überflog er schon. Als er am Ende angelangt war, hatte er außer

Jamben und Trochäen nur ein paar philosophische Gedanken zum Thema Freundschaft gefunden. Enttäuscht ließ Weiland den Brief sinken. Kein Wort über Friedemann, Frau Kremer oder diese Margot. Was war eigentlich mit dem Jungen los? Anstatt sich aufs Medizinstudium zu konzentrieren, hatte er den Kopf offenbar voller Flausen.

KAPITEL 1

Eleonore Lehnau erwachte von Vogelgezwitscher. Sie streckte sich im Bett und genoss den Zustand, noch nicht richtig wach zu sein. Ihr Herz machte einen kleinen Hüpfer. Heute würde sie ihr Brautkleid anprobieren. Sie schielte auf die kleine Schale, in der noch zwei der Pralinés lagen, die sie gestern Abend bei der vergnüglichen Lektüre eines Schauerromans genascht hatte. Sie liebäugelte kurz mit dem Gedanken, sich die beiden ebenfalls einzuverleiben, ließ sie dann jedoch unversehrt.

Ihr Blick fiel auf das dünne und billig hergestellte Büchlein, das sie wieder sorgfältig hinter den schweren Lederfolianten im Lesesalon verstecken würde.

Was wird Erasmus wohl von solch trivialer Literatur halten?

Einerlei, ihr gefiel die anspruchslose Schreibweise, und so mancher der Helden hatte sich schon in ihr Herz gestohlen. Zumindest so lange, bis sie einen neuen Roman mit einem neuen Helden in einer der Buchhandlungen entdeckte.

Einige Stunden später betrat Eleonore den Verkaufsraum der Schneiderei Alfons Patrick Knock. Ein Herr, er mochte um die Fünfzig sein, kam ihr freudestrahlend entgegen und stellte sich als Herr Knock vor, seines Zeichens Ladeninhaber. Sein Backenbart war immens. Dieser Eindruck wurde noch verstärkt, wenn er lächelte und die Haare umso mehr zur Seite abstanden.

»Es freut mich, werte Dame. Sie müssen die glückliche Braut von Herrn Doktor Brackhagen sein. Nehmen Sie

Platz, wir können gleich beginnen. Ach, wie unhöflich, hätten Sie zuvor vielleicht gerne eine Tasse Tee?«

Eleonore nickte und plumpste wenig damenhaft auf den angebotenen Stuhl. Sie war überwältigt. Feinste Stoffe lagerten säuberlich aufgewickelt in den Regalen. Einige davon glänzten im Licht. Zwei Kleider mit Namensschildern versehen lagen zur Abholung bereit. Eleonore hatte von solch einer Schneiderkunst bislang nur geträumt. Zierliche Stickereien waren an den Säumen und Armabschlüssen angebracht, winzige Edelsteine funkelten verführerisch. Die Schleppen bauschten sich verschwenderisch auf. Die Farbvielfalt war beinahe zu viel für ihre Augen.

Nun, sagte sie sich, *an Buntes oder reines Weiß brauche ich gar nicht erst zu denken. Das Brautkleid, in dem er mich sehen möchte, ist sicherlich sahnefarben. Aber später vielleicht. Als Gattin eines Arztes muss ich stets repräsentativ aussehen. Ich werde Bälle und Konzerte besuchen.* Eleonore lächelte und tanzte im Geiste schon über blankgebohnertes Parkett.

»So, Ihr Tee, Madame.« Um den Hals des Mannes hing ein Messband. Eleonore konnte gerade noch das herabbaumelnde Ende vor einem Teebad bewahren.

»Ach, wenn es nicht um Kleidung geht, bin ich stets schrecklich ungeschickt. Sie mögen mir meine Tollpatschigkeit verzeihen.«

Er ließ Eleonore ausreichend Zeit, die Stoffe im Regal zu betrachten. Dann reichte er ihr die Hand und half ihr aufzustehen. »Bitte hier entlang.«

Der Schneider führte sie in ein Hinterzimmer, das durch einen dicken Vorhang vom Verkaufsraum abgetrennt lag. Ein niedriges Podest thronte in der Mitte des Raumes, zu dem der Schneider sie nun führte. Überall brannten Lampen, die Luft war stickig. Eine ältere Dame saß auf einem Stuhl, hob eine Handbreit das Gesäß zur Begrüßung und sagte, als sie Eleonores fragenden Blick bemerkte: »Man kann doch keine unverheiratete Dame allein in männlicher Gesellschaft belassen. Das schickt sich nicht. Der Herr Doktor hat mich gebeten, nach dem Rechten zu sehen.«

Herr Knock nickte ungeduldig, half Eleonore auf das Podest und tänzelte dann grazil um sie herum. Er nahm Maß, notierte, maß nochmals nach und ermahnte Eleonore zwischendurch immer wieder, gerade zu stehen. Dabei grummelte er konzentriert vor sich hin. Die Anstandsdame beäugte die Prozedur wachsam und murmelte ab und an Unverständliches.

Nach schier endloser Zeit, Eleonore bekam allmählich schwere Füße, erlöste er sie.

»Unglaublich«, stieß der Schneider verblüfft hervor.

Eleonore zog fragend die Augenbrauen hoch.

»Ihr Bräutigam hat wahrlich das beste Augenmaß, das mir je untergekommen ist. Ich gebe zu, er hat schon eine Einschätzung Ihrer Statur getroffen. Aber dass er damit so richtig liegt, das hätte ich nie gedacht.«

Die Anstandsdame lächelte freudlos und teilte mit, dass sie das gleich hätte sagen können. Der Herr Doktor irre sich niemals.

»Kann ich den Entwurf einmal sehen?«, bat Eleonore.

»Natürlich, deshalb sind Sie ja hier.«

Als der Schneider das abgesteckte Kleid auf dem Holzständer drapierte, schrie Eleonore auf. »Das ist ja traumhaft!«

Der Schneider Knock lächelte etwas verschämt und rieb sich den Bart. »Aber nicht doch, das ist nur das Rohstück.

Wenn es genäht ist, sieht es natürlich ansprechender aus. Es muss selbstverständlich angepasst werden. Der Saum wird noch mit einem Band aus Atlasseide und Goldfäden eingefasst und die Schulterstücke könnten ein paar mehr Rüschen vertragen. Ansonsten bin ich zufrieden.«

»Es ist blütenweiß und es ist aus Seide«, jubelte Eleonore, betrachtete den eckigen Ausschnitt und überlegte, welche Halskette dazu passte. Ehrfürchtig schätzte sie die Länge der Schleppe ab und bangte das erste, wohl aber nicht das letzte Mal darum, bloß nicht darüber zu stolpern, wenn sie zum Altar schritt. Und plötzlich konnte sie den Tag nicht mehr abwarten, hätte dem werten Herrn Knock am liebsten Nadel und Faden in die Hand gegeben, damit er sich sofort ans Werk machen und den Traum vollenden könne.

»Glauben Sie bloß nicht, dass der Herr Doktor eine Gattin dulden wird, die nur feine Kleider und Geschmeide im Kopf hat. Sie sollten Ihre geistlose Haltung gründlich überdenken, meine Liebe.« Mit diesen Worten verabschiedete sich die Anstandsdame vor der Tür des Schneiders von Eleonore.

Kaum hatte das Dienstmädchen ihr bei der Heimkehr in ihr Elternhaus in der Vorstadt Neumarkt die Tür geöffnet, eilte Eleonores Mutter in den Flur, musterte sie kritisch und fragte: »Wie sieht es aus, dein Brautkleid?«

Eleonore zwang sich ein Lächeln auf. Sie versuchte die Frau beim Schneider außen vor zu lassen, die mit ihrem Verhalten ein düsteres Licht auf das bevorstehende Ereignis geworfen hatte.

»Ist es weiß?«, hakte ihre Mutter nach.

»Was?«

»Das Kleid, Dummchen. Was ist denn mit dir?«

»Ich bin müde, das ist alles.«

»Mein gutes Kind. Eine schöne Braut wirst du sein.« Sie musste sich etwas strecken, um Eleonores Stirn zu erreichen, auf die sie einen sanften Kuss drückte. Eleonore lächelte sie an.

»Es war anstrengend bei Meister Knock. Ich ziehe mich etwas zurück, ja?«, entschuldigte sich Eleonore.

Ihre Mutter kniff sie in die Wange und entließ sie aus ihrem prüfenden Blick.

Eleonore widerstand dem Impuls, sich angekleidet auf ihr Bett zu werfen und setzte sich stattdessen auf die Kante ihres Lesesessels. Ihr Blick schweifte über ihre mittlerweile erkleckliche Sammlung an Büchern. Es mochten an die fünfzig Werke sein, die ihr Nussholzregal schmückten. Ihre wahren Schätze jedoch verbargen genau jene fünfzig Werke. Sie hielt die Luft an, horchte auf die schlurfenden Schritte ihres Vaters, hörte nichts und griff schließlich hinter die Ilias, um ein dünnes Büchlein hervorzuziehen. Der Einband war abgegriffen und die Bindung so schlecht, dass hier und da bereits Seiten herauszufallen drohten. Sie blätterte zu ihrer Lieblingsstelle und las die Passage, in der ein junges Mädchen von einem Geist heimgesucht wurde. Das Mädchen drohte, dem Wahnsinn zu verfallen, und musste der Gesellschaft Normalität vorgaukeln. Dann war da noch der Verlobte, der die Rachsucht des Geistes besonders zu spüren bekam. Diese Stelle liebte Eleonore am meisten. Allerdings war sie in ihrer Familie mit ihrer Vorliebe für jene Geschichten allein. Ihre Mutter pflegte nicht zu lesen, allenfalls hin und wieder die Zeitung. Für Romane indes, so betonte sie immer wieder, fehle es ihr entschieden an Zeit. Wer solle sich denn um den kranken Vater kümmern? Eleonore wusste, dass ihr Vater auch gerne ohne die besorgte Mutter in seinem Lehnstuhl saß und noch lieber einen großen Schluck aus seiner Birnenschnapsflasche nahm, wenn keiner zusah. »Das hält das Zittern in Schach«, sagte er. Eleonore wusste, dass dies nicht stimmte, und doch gönnte sie ihrem Vater das kleine Vergnügen aus tiefstem Herzen. Gebeugt ging er, in kleinen abgehackten Schritten. Sein Gesicht war oft starr, er trug es fast wie eine Totenmaske vor sich her. Die Menschen mied er schon lange. Es mochte über ein Jahr her sein, dass er das letzte Mal das Haus verlassen hatte. Eleonore traf es bis ins Herz. Was war aus dem belesenen Mann geworden? Er brabbelte zuweilen undeutlich vor sich hin, vergaß alles um sich herum. Seine Bücher fasste er nicht mehr an. »Kann nicht behalten, was ich gelesen habe«, stieß er missmutig hervor.

Von dem schleifenden Geräusch ihrer Tür wurde sie aufgeschreckt. Schnell legte sie eine Decke über ihre Beine, worunter auch die Schauergeschichte verschwand, und schloss die Augen.

»Eleonore, was hat Gottlieb gesagt, wer sich um die Einladungen kümmert?«, hörte sie die Stimme ihrer Mutter.

»Ich versuche zu schlafen«, gab sie zurück.

»Am helllichten Tag?«

»Ich sagte doch schon, sie hat mich ermüdet, diese Anprobe.«

»Eleonore, du heiratest nur einmal im Leben. Ich möchte, dass du eine schöne Feier hast. Dazu gehören nun einmal auch die Vorbereitungen.«

Eleonore stellte sich die Hochzeit ihrer Eltern vor. Ihr Vater, noch nicht gezeichnet von seiner Krankheit, ihre

Mutter jung und lebensfroh. Davon war im Jahre 1805 nicht mehr allzu viel zu spüren. Ihre Mutter ging ihren täglichen Aufgaben pflichtbewusst nach. Eleonore konnte nicht sagen, dass es der Familie an Fürsorge mangelte, doch da war keine Begeisterung in den Augen ihrer Mutter zu sehen. War es das, was die Ehe mit einem machte? Furcht schnürte Eleonore die Kehle zu.

»Hörst du mir zu?«

»Doch, doch, Mutter«, beeilte sich Eleonore zu antworten.

»Dann ist es also abgemacht?«

»Wenn du meinst.« Eleonore war entgangen, was ihre Mutter mit ihr ausgehandelt hatte. Eine Rückfrage ihrerseits würde allerdings ihre vorangegangenen Worte Lügen strafen. Eleonore lächelte zaghaft. Ihre Mutter schien zufrieden.

Julius fühlte sich benommen. Seit er sich entschieden hatte, das Studium der Medizin aufzunehmen, ereignete sich so viel in seinem Leben, was ihn beunruhigte. Als Nachter ihn angesprochen hatte, dass er, Julius, zu Brackhagens Hochzeit geladen war, hatte sich ein Stechen im Magen bemerkbar gemacht. Der Schmerz bedeutete, dass es ernst wurde mit Eleonore und Brackhagen. Julius hatte den Gedanken an die Verlobung verdrängt, hatte sie als schlechten Scherz abgetan. Doch offizielle Einladungen zu Hochzeiten befanden sich zweifelsohne außerhalb von kurz Dahergesagtem. Und nun hielt er den Beweis in den eigenen Händen. Julius saß auf einer Bank auf dem Marktplatz und starrte missmutig auf die schön geschwungene

Schrift der Einladungskarte, die ihm verkündete, dass er in einer Woche zur Trauungszeremonie in der Dorfkirche von Amendorf zu erscheinen habe. Die anschließende Feierlichkeit fände auf dem nahe gelegenen Gut Lehnau statt. Eleonores Onkel freue sich schon auf die Gäste. Und so weiter und so fort. Allein der Gedanke, die muntere Eleonore in Gesellschaft Brackhagens zu wissen, versetzte ihm einen Stich.

»Sie ziehen ja ein Gesicht, als wären Sie in einen Topf mit saurer Milch gefallen. Hat Ihnen denn jemand ein Leid angetan?«

Julius zuckte zusammen und blickte auf. Vor ihm stand Hellenthal, der ungeniert einen Blick auf die Einladung warf.

»Nein, es ist nur ... Ich ...«, versuchte Julius sich zu erklären.

»Sie sollten mit Ihren Kommilitonen sprechen. Ihre Einladung zur Hochzeit wirft wohl einige Fragen auf, und das nicht nur bei den Studenten.«

Julius verbeugte sich knapp.

Dann verabschiedete sich Hellenthal. Er war schon zwei Schritte weitergegangen, als Julius ihn aufhielt. »Herr Doktor, können Sie mir mit einer Auskunft behilflich sein?«

Julius fragte ihn nach Fräulein Lambrecht. Doch Doktor Hellenthal hob nur bedauernd die Schultern. »Ich bin Chirurg und komme selten in Berührung mit Geisteskranken. Ich kann meine werten Kollegen fragen, wenn Ihnen dazu der Mut fehlt. Aber denken Sie daran, ich werde Sie möglicherweise auch eines Tages um eine Gefälligkeit bitten.«

Julius nickte. »Sie können auf meine Hilfe zählen.«

Als er und Hellenthal auseinandergingen, kehrten Julius' Gedanken zur Hochzeit zurück.

Julius hatte das Bedürfnis bei einem Spaziergang einen klaren Kopf zu bekommen. Und um sich auf andere Gedanken zu bringen, schlug er den Weg zur Einrichtung von Frau Reuss ein. Möglicherweise war Margot Lambrecht ja wieder da.

Er passierte den Eingang zum Innenhof und nahm die unheimliche Stille wahr. Obwohl Julius mehrfach an die Tür klopfte, öffnete niemand. Unschlüssig sah er sich um und entdeckte neben der Remise eine schlichte Holztür. Ohne zu zögern, steuerte er sie an, fand sie unverschlossen und betrat das Gebäude. Ein muffiger Gang führte zur Küche, die er verlassen vorfand. Offenbar war hier mehr als nur ein Brei angebrannt. Es roch nach verdorbenem Fleisch, und die benutzten Metallschalen, die auf einem Tisch gestapelt standen, sonderten einen widerlichen Geruch ab.

Mein Gott, was bekommen die hier zu essen? Julius schüttelte sich und beeilte sich weiterzukommen. Aus der Küche führte eine Tür zu einem Stiegenhaus. Er verharrte und horchte. Kein Laut war zu hören. Schritt für Schritt erklomm er die Holztreppe. Er gelangte in das erste Stockwerk. Wieder war er von der großen Anzahl der Räume, verglichen mit der Größe des Gebäudes, überwältigt. Fräulein Lambrechts Zimmer lag weiter oben, erinnerte er sich. Vor ihrer Tür entsann er sich der Begegnung mit dem unflätigen Kerl, der ihn aufs Übelste beschimpft hatte. Er drückte die Klinke herunter und stöhnte enttäuscht auf. Sie war verschlossen. Also sah er zu, dass er aus der Anstalt kam.

Er war schon fast in der Kühlebrunnen-Gasse angelangt, als ihm die Idee kam, dass Margot, sollte sie nicht in Reils neuer Abteilung sein, im Zuchthaus untergebracht worden sein könnte. Gottlieb hatte ihm einmal erzählt, dass Irre und Häftlinge gemeinsam aufbewahrt würden. Und auch wenn es dort öfter zu tödlichen Handgreiflichkeiten käme, galt dies allgemeinhin als passable Lösung.

Als Julius sein Zimmer betrat, fand er zu seinem Entsetzen seinen Kommilitonen von Auer vor. Er saß vor einem säuberlich aufgeschichteten Stapel an Papieren, eine Seite hielt er in der Hand, die er mit gekrauster Stirn studierte. Julius stand wie erstarrt.

»Was ist?«, fragte von Auer, ohne den Blick vom Text abzuwenden.

»Nichts, ich dachte, ich könnte …«

»Hier ist besetzt, Sie müssen sich schon einen anderen Ort suchen.«

»Nun hören Sie mal, ich wohne hier genauso wie Sie. Und wir können uns den Tisch teilen.«

»Das können wir nicht und nun stören Sie nicht länger, Fuchs.«

Wutschnaubend schlug Julius die Tür hinter sich zu. Er klopfte bei Nachter an. Zumindest er hieß ihn willkommen und räumte bereitwillig einen Stuhl frei, damit sich Julius setzen konnte.

»Das tut gut«, sagte Julius und streckte die Beine aus.

»Wo warst du? Ich habe dich gesucht. Wir wollten doch noch einmal unsere Mitschriften über das Erbrechen durchgehen«, beschwerte sich Nachter. »Aber du hast noch nicht einmal deine Aufzeichnungen dabei.«

»Das Erbrechen habe ich beinahe praktisch geübt.«

»Bist du Brackhagen begegnet?«

Bei der Erwähnung des Namens zog sich Julius' Magen tatsächlich zusammen. Tapfer lächelte er über Nachters Scherz und spürte, wie schwer es ihm fiel.

KAPITEL 2

Die Nacht vor der Trauung war fürchterlich gewesen. Eleonore hatte geträumt, dass sie mutterseelenallein in einem Palast saß, der weder Türen noch unvergitterte Fenster aufwies. Im Traum war ihr klar geworden, dass sie sich in einer Irrenanstalt für Reiche befand und zeit ihres Lebens nie wieder herauskommen würde. Ihre Tränen, die sie ob ihres Schicksals vergoss, weckten sie auf. Draußen war es noch dunkel, aber Eleonore wusste, dass sie keinen Schlaf mehr finden würde. Sie setzte sich ans Fenster, hörte den Grillen zu, sah hier und da ein Glühwürmchen. Es war eine gute Entscheidung gewesen, die letzten drei Tage bei Onkel Gottlieb zu verbringen. Zu Hause hätte sie das Herumgeschleiche und die unsteten Schlafgewohnheiten ihres Vaters wohl um den Verstand gebracht. Hier war *sie* die einzige Person, die um diese unchristliche Uhrzeit umhergeisterte.

Ich habe alles erreicht, was eine Frau meines Standes überhaupt erreichen kann. Wieso freue ich mich nicht, die Gattin eines angesehenen Arztes zu werden? Warum kann ich mich nicht einmal für all die Vorbereitungen bedanken? Warum kommt es mir so vor, als sei ich nichts als eine Puppe, die von anderen angezogen wird und Tee aus einer winzigen Tasse eingeflößt bekommt?

Eleonore vermochte nicht zu sagen, wie sie die letzten Tage verbracht hatte. Ständig war sie von Onkel Gottlieb zu den Hochzeitsvorbereitungen hinzugezogen worden. Als er gespürt hatte, dass sie zu keinerlei Entscheidung fähig gewesen war, hatte er ihr alles abgenommen. Sie war dankbar dafür und gleichzeitig traurig, ihre Dankbarkeit nicht zeigen zu können.

Geht es allen Frauen vor ihrer Hochzeit so? Ich bin mir selbst gänzlich fremd, dachte sie beklommen.

Als der goldene Glanz des Morgenlichts die Landschaft überflutete, holte Eleonore ihre Lieblingsschauergeschichte hervor, die sie heimlich in ihrem Koffer mitgeschmuggelt hatte, und vertiefte sich in den Text. Sie spürte, wie sich die Aufregung allmählich legte. Was würde sie nur ohne ihre Geschichten tun? Sie wäre zweifelsohne ein halber Mensch.

Später am Tag kehrte die Aufregung zurück. Ihre Mutter war früh angereist und staffierte ihre Tochter nun ordentlich aus. Ihre Vorstellung, wie eine Braut auszusehen hatte, unterschied sich leider gänzlich von Eleonores. Diese wippte ungeduldig mit den Füßen.

»Jetzt halte doch still, Kind!«, wurde sie prompt gescholten.

»Ich sitze nun seit Stunden still, mich drängt es nach Bewegung.«

»Du heiratest nur einmal im Leben. Da kannst du wohl ein wenig Ruhe halten.

Eleonore seufzte und verlegte sich darauf, nur die Zehen zu bewegen.

»Man sollte meinen, du freust dich gar nicht.«

Eleonore sah in die forschenden Augen ihrer Mutter. »Ich freue mich nach innen. Weißt du, jetzt, wo der große Tag endlich gekommen ist, kann ich es gar nicht glauben.«

Die Antwort schien ihre Mutter zufrieden zu stellen. Sie nickte und begann von ihrer Hochzeit zu erzählen. Offensichtlich hatte es im Leben ihrer Mutter fröhliche, unbeschwerte Tage gegeben. Als sie jedoch den Kuchen pries, der den Gästen damals aufgetischt worden war, schweiften Eleonores Gedanken ab. Ob Julius tatsächlich erscheinen würde? Onkel Gottlieb hatte sehr lange mit Erasmus Brackhagen gesprochen. Nicht, dass sie absichtlich an der Tür gelauscht hätte, aber um nichts in der Welt hätte sie ihren Horchposten verlassen können. Nicht, nachdem mehrfach Julius' Name gefallen war. Leider hatte sie den Beginn des Gesprächs verpasst und wusste nicht, um was es sich genau gedreht hatte, aber das Ende bekam sie wohl mit. Julius war eingeladen.

»Hast du mich nicht gehört, Kind?«

Eleonore schreckte hoch.

»Wir sind fertig. Steh auf und lass dich anschauen.«

Eleonore erhob sich steif. Das Korsett schien ihr die Rippen zu brechen. Sie stieß flach die Luft aus und stand.

Tränen der Rührung rollten aus den Augen ihrer Mutter.

»Du bist wunderschön! Wenn dein Vater dich nur sehen könnte. Aber er muss ja leider das Bett hüten.«

»Du bist da und das ist mir das Wichtigste«, tröstete Eleonore ihre Mutter.

Die Treppe war eine Herausforderung. Eleonore schielte auf ihre Schuhspitzen, strauchelte, fing sich jedoch wieder. Dennoch reichte das kleine Stolpern, um ihrer Mutter einen spöttischen Kommentar zu entlocken: »Wenn du dich in der Vergangenheit mehr wie eine Dame gekleidet hättest, wäre die Bewältigung der Treppe ein Leichtes. Aber du musstest ja immer wie ein Wildfang daherkommen.«

Eleonore verkniff sich eine Antwort.

Onkel Gottlieb schlug begeistert die Hände zusammen. Eleonore musste sich drehen, damit er sie von allen Seiten betrachten konnte. Für ihren Onkel drehte sie sich gerne, denn sie kam sich bei ihm niemals vor wie ein Rind, das zum Verkauf stand.

»Hopp, hopp, die Kirche wartet«, trieb er die beiden an.

Eleonore thronte in dem Zweispänner, aufrecht wie eine Königin. Dabei fühlte sie sich so schwach und wäre am liebsten wie ein leerer Trinkschlauch in sich zusammengesackt. Ihr Hals war trocken und sie zwinkerte unentwegt. Auch die Hand ihrer Mutter, die bleischwer auf ihren im Schoß gefalteten Händen lastete, vermochte ihr keine Linderung zu verschaffen.

Es ist mir, als würde ich zu meinem eigenen Begräbnis fahren. Nun freu dich, Eleonore!, ermahnte sie sich selbst zum Trotz.

Das Resultat war, dass sie sich noch elender fühlte. Viel zu schnell gelangten sie auf den Kirchplatz. Nur ihr Zweispänner durfte direkt vor der Kirche halten, alle anderen Kutschen säumten die Straßen ringsum. Erwartungsvolle Blicke hefteten sich auf Eleonore, als Onkel Gottlieb ihr beim Aussteigen behilflich war.

So viele Menschen, schoss es ihr durch den Kopf. Hoffentlich wurde sie nicht ohnmächtig.

»Nun lächle, Kind. Sie sind alle wegen dir hier«, ließ sich ihre Mutter mit einem gewissen Stolz in der Stimme vernehmen.

Eleonore fühlte sich während der Trauungszeremonie so allein wie niemals zuvor. Den Blick starr auf den Pfarrer gerichtet, tat sie alles, was von ihr erwartet wurde. Sie schaffte es gar, an der rechten Stelle »Ja« zu sagen. Brackhagen neben ihr atmete ruhig, im Gegensatz zu ihr. Den Brautkuss platzierte er keusch auf ihrer Wange, kaum, dass sie die Berührung seiner Lippen spürte. Zum Abschluss sang der Chor. Mit den letzten Klängen verließ die Hochzeitsgesellschaft die Kirche. Am liebsten wäre Eleonore in die Stille des nunmehr leeren Gotteshauses geflohen, angesichts des Trubels, der sie vor dem Kirchenportal erwartete. Es wurde ein Salut geschossen, und gemeinsam duckten sie sich unter einem Spalier hindurch, das aus den überkreuzten Säbeln der alten Herren Doktoren bestand.

Ob jemand schon einmal darin hängen geblieben und sich selbst enthauptet hat? Eleonore, du musst lächeln und so tun, als gingest du täglich unter scharf gewetzten Klingen hindurch, mahnte sie sich. *Mach deiner Familie keine Schande*.

Endlich waren sie hindurchgeschlüpft, ein Regen aus Blütenblättern ergoss sich über ihnen. »Hurra« und »Hoch lebe das Brautpaar« schallte es ringsum. Dann fiel ihr Blick auf Julius. Er jubelte nicht. Er stand abseits der lärmenden Menge und sah sie lediglich ruhig an. Es war etwas in seinem Blick, das sie zutiefst aufwühlte. Sie wollte zu ihm gehen. Doch ihre Mutter stand mit einem Mal vor ihr und riss sie in eine feste Umarmung. Tränen standen in ihren Augen und sie bedurfte aller Versicherung, dass sie, Eleonore, ebenfalls vor Glückseligkeit zerfloss.

Die geladenen Gäste strebten den wartenden Kutschen und offenen Gespannen zu. Brackhagen schloss seine Hand um Eleonores Oberarm und zog sie zum festlich geschmückten Brautwagen. War sie ein Tier, das zur Tränke geführt werden musste? Wollte er ihr, wie einer Kuh, einen Strick um den Hals binden und sie mit Stockschlägen antreiben? Wie betäubt saß sie neben ihrem Gemahl und tat alles, um sich ihre Empörung nicht anmerken zu lassen.

Julius fuhr mit den Doktoren Hellenthal und Tamm. Während Tamm verträumt um sich sah, hatte Hellenthal offenbar kein Interesse an der Umgebung, wohl aber an Julius, den er ohne jedwede Gesichtsregung anstarrte. Julius ertrug den Blick nur kurz, dann wendete er sich ab und sah hinaus.

»Ihre erste Hochzeit?«, fragte Hellenthal.

Julius, der nun gezwungen war, Hellenthal anzusehen, antwortete knapp mit einem »Ja.«

»Eine schöne Zeremonie«, warf Tamm abwesend ein und versank wieder in die Betrachtung der Passanten auf der Straße.

Hellenthal lächelte spöttisch. »Haben Sie denn auch eine Liebste?«

»Ohne Sie brüskieren zu wollen, aber ich möchte nicht darüber sprechen.« Julius fühlte sich unwohl, ihm war heiß und kalt zugleich.

»Mein werter Kollege hat es gut getroffen, finden Sie nicht? Selten sah ich eine schönere Braut. Wenngleich sie etwas abgekehrt vom Geschehen wirkte, was ich jedoch der Aufregung zuschreibe, die ein solcher Tag mit sich bringt.«

Julius knurrte Unverständliches, um nicht näher darauf eingehen zu müssen.

»Ich verstehe allerdings nicht, warum nur die Mutter der Braut zugegen war. Der Vater lebt doch noch, oder?«, ließ sich Tamm vernehmen.

»Ja, aber er ist krank«, sagte Julius.

»Was fehlt ihm denn? Nicht, dass fast die gesamte Doktorenschaft anwesend ist. Da sollte er doch in besten Händen sein«, mischte sich Hellenthal ein.

»Vielleicht ist es besser, Sie fragen die Braut selbst. Sie kann Ihnen sicherlich mit einer Antwort dienen.« Julius biss sich auf die Lippe. Hatte er das tatsächlich gesagt? Er schielte zu Hellenthal, dessen Gesicht einen schwer zu deutenden Ausdruck aufwies. Tamm schaute peinlich berührt aus dem Fenster.

Das folgende Schweigen war für Julius eine Last. Viel zu langsam bewegte sich die Kutsche ihrem Ziel entgegen. Julius überlegte, wie er eine Entschuldigung formulieren sollte. Je mehr Zeit verstrich, desto mehr schwand auch die Gelegenheit, Hellenthal anzusprechen.

Endlich passierten sie die Einfahrt zu Lehnaus Grundstück. Der Weg war festlich mit bunten Blütenblättern bestreut, alle Fenster des Hauses blitzten im Sonnenlicht. Grüppchen hatten sich vor dem Gebäude versammelt, die größte umringte das frisch gebackene Ehepaar. Die Kutsche hielt an. Tamm und Hellenthal strebten sofort der Gruppe um Brackhagen und Eleonore zu, Julius beeilte sich, eine andere Richtung einzuschlagen. Er umrundete das Haus und fand den Hintereingang offen. Marlene, die rundliche Küchenhilfe, die von Gottlieb Lehnau stets verpflichtet wurde, wenn er ein Fest gab, erschien in der Türöffnung, einen Eimer mit Abfällen in der Hand.

»Julius, mein Junge, wieso biste nich bei die andern Jäste?«

Marlene war die Einzige, die ihn *Junge* nennen durfte, ohne dass es ihn zornig machte. Sie hatte auch alles Anrecht darauf. Wie oft hatte sie sich seiner aufgeschürften Knie angenommen, und wie oft hatte sie ihm schon eine heimliche Leckerei zugesteckt.

»Ich kann nicht«, gab er leise zu.

»Schüchtern Se dich ein, die werten Herren Mediziner?«

Julius nickte.

»Komm rinn inne jute Stube, wa? Trink noch 'n Schnaps und dann krichste wieder Mumm inne Knochen.«

Nach dem Schnaps – letzten Endes wurden aus einem drei – sah die Welt tatsächlich etwas besser aus. Julius spürte mit Wohlbehagen, wie sich der heiß krampfende Kloß im Magen auflöste. Als er zum Eingangsportal zurückkehrte, sah er, dass die Gesellschaft nach drinnen gegangen war. Nur die Kutscher hatten es sich auf der Wiese vor dem Haus auf einer Decke bequem gemacht und ließen einen Branntweinkrug kreisen. Insgeheim beneidete er die einfachen Gesellen. Sie waren gelöst und freuten sich an der Sonne und der freien Zeit. Julius holte mehrmals tief Luft und ging ins Haus. Gottlieb kam ihm aufgeregt entgegen. »Wo bleibst du denn? Wir warten mit dem Kuchen auf dich.«

Die gemurmelten Gespräche verebbten, als beide den Speisesaal betraten. Um an seinen Platz zu kommen, musste Julius den Tisch halb umrunden.

Gottlieb war der Einzige, der ebenfalls noch stand. Er hob die Hände und sagte nervös: »Nun, da wir jetzt vollzählig sind, lasse ich auftragen.«

Die Wirkung des Schnapses ließ schlagartig nach. Julius schämte sich plötzlich, hatte er doch allein an sich gedacht. Seine Gedanken waren nur um Eleonore gekreist, und dabei hatte er sie gleichzeitig ganz vergessen. Sie musste Stunden mit dem Ankleiden verbracht haben und hatte sicherlich kein Frühstück gehabt. Wie hungrig musste sie sein. Sein Blick ging zu ihr. Sie saß mit blassen Wangen da und sah auf ihren leeren Teller. Brackhagen musterte Julius mit gerunzelter Stirn.

Julius dankte Gott, als die Kuchenplatten aufgetragen

wurden. Töpfe mit Schlagsahne wurden gereicht. Ein jeder war nun mit der Auswahl des Kuchens beschäftigt. Julius fiel auf, dass Eleonore nicht wählte. Brackhagen legte ihr ungefragt ein kleines Stück Mandeltorte auf den Teller. Dabei hasste Eleonore Mandeln. Wusste er das nicht? Sie hätte sicherlich das größte Stück Apfelkuchen ausgesucht und es mit einer dicken Haube aus Schlagsahne versehen. Julius war gespannt. Würde sie das Stück zurückgehen lassen und ihrem Lieblingskuchen treu bleiben?

Nein! Sittsam teilte sie ein winziges Stück Mandeltorte ab und führte es zum Mund. Wie widerwärtig musste ihr das Kauen sein. Brackhagen nahm für sich selbst ein Viertelstück Rührkuchen. Keine Sahne, keinen Zucker. Als sich Eleonore an ihren Nachbarn zur anderen Seite wandte und auf die Servierplatte mit dem Apfelkuchen deutete, ging Brackhagen dazwischen. Er sagte ihr leise etwas ins Ohr. Eleonore nickte, lächelte gezwungen und senkte den Blick.

Da der Brautvater nicht anwesend war, hielt Gottlieb stellvertretend die Rede. Auch Eleonores Mutter richtete ein paar schüchterne Worte an die Hochzeitsgesellschaft. Ihre Rede war wesentlich kürzer, aber sehr anrührend. Hier und da wurden verstohlen Tränen aus den Augenwinkeln getupft.

Als die Gesellschaft den Speisesaal verlassen hatte, damit die Bediensteten diesen für das Abendessen neu eindecken konnten, nutzte Julius die Zeit, um endlich ein paar Worte mit Eleonore zu wechseln. Sie stand allein, Brackhagen war nicht zu sehen. Julius verschränkte die Arme hinter dem Rücken und schlenderte auf sie zu.

Eleonore naschte Trauben, um das Magengrimmen zu besänftigen. Vom Kuchen hatte sie nicht viel gehabt. Was hatte Erasmus nur? Wie fremd der Name für sie klang. Aber daran würde sie sich gewöhnen. Ebenso wie an die Abneigung, die ihr Gatte dem Essen gegenüber verspürte – oder vielmehr der Völlerei. Aus dem Augenwinkel sah sie Julius auf sich zukommen. Er sah gut aus in seinem grauen Anzug. Auch seine Haare waren ausnahmsweise sorgfältig frisiert.

Nur seine Miene war traurig und seine schönen braunen Augen hatten ihren Glanz verloren. Er begrüßte sie mit einem melancholischen Lächeln.

»Juls, wie schön, dass du da bist. Du wärst allerdings lieber woanders, oder täusche ich mich?«

»Wo sollte ich wohl lieber sein als auf diesem gelungenen Fest?«

»Du lügst.«

Er seufzte und strich sich durch die Haare.

»Sag, was ist mit dir? Freust du dich nicht für mich?«

Sie sah, wie er schwer schluckte. Er nahm sich ebenfalls eine Traube und kaute lustlos darauf herum.

»Wir werden nun mal erwachsen und tun das, was mündige Bürger eben so tun müssen«, stieß sie hervor. »Ich sehe nach Erasmus. Du entschuldigst mich bitte.«

Eleonore ließ Julius stehen und ging betont beschwingt auf Doktor Hellenthal und Erasmus zu, die in ein Gespräch vertieft waren. Sie hängte sich bei ihrem Gatten ein und warf Julius ein triumphierendes Lächeln zu.

Julius verstand nicht, was mit Eleonore geschehen war. Wie konnte dieser lebenslustige Mensch freiwillig an der

Seite dieses verkniffenen Arztes leben? Möglich, dass er andere Seiten besaß, die er in der Universität nicht zeigte. Er nahm sich vor, sie bei Gelegenheit zu besuchen, wenn er wusste, dass Brackhagen in der Klinik oder der Rathswage zu tun hatte. Der Tag der Hochzeit war ein denkbar schlechter Zeitpunkt für eine Aussprache.

»Ich wüsste gerne, was Ihnen durch den Kopf geht«, schreckte ihn eine Stimme auf. Julius fuhr herum und sah sich Doktor Tamm gegenüber.

»Ich weiß nicht, was Sie meinen«, sagte Julius und gab sich Mühe, fröhlicher dreinzuschauen.

»Sie starren unentwegt die Braut an. Geben Sie acht, dass Sie nicht den Anschein erwecken, Sie wollten in einem fremden Revier wildern.«

»Ich will nicht wildern. Weder hier noch sonst irgendwo. Ich möchte studieren.«

»Die Tatsache, dass Sie laut werden, gibt mir recht. Passen Sie auf sich auf und verscherzen Sie es sich nicht.«

Julius stellte sein Glas ab und überlegte sich, was er Tamm antworten konnte. Doch der Arzt hatte sich bereits einer Gruppe weißhaariger Männer zugewandt. Einer von ihnen hielt sich ein Hörrohr ans Ohr und wackelte unablässig mit dem Kopf. Tamm wurde freudig begrüßt und in das Gespräch eingebunden.

Julius zwang sich, den Tag irgendwie zu überstehen, ohne weitere Aufmerksamkeit auf sich zu ziehen. Bis zum Abendessen gelang es ihm. Doch dann kam jener Moment, für den er sich selbst verfluchte, und zwar in dem Maße, dass ihm die Schimpfwörter für sich selbst alsbald ausgingen. Zwei langweilige Tischgespräche hatte er bereits hinter sich, als das Thema auf die Gestaltung der freien Zeit kam. Nach einem äußerst detaillierten und überaus ermüdenden Bericht eines Vogelbeobachters sagte Julius lauter als beabsichtigt in die Runde: »Leo, erzähle doch den Anwesenden von deinen Schauergeschichten.«

Zu spät bemerkte er, wie blass Eleonore plötzlich wurde, denn er fügte noch an, wobei er den Blick in die Runde schickte: »Sie sammelt nämlich Schauergeschichten. Ursprünglich kamen sie aus England, doch dann …«

Brackhagen hatte nur leise gesprochen, doch seine Stimme ging in eine hohe Tonlage über, sodass sie nicht überhört werden konnte. »Schauergeschichten! Es gibt wohl kaum eine größere Zeitverschwendung.«

Eleonores blasse Wangen färbten sich dunkelrot. Sie senkte den Blick und griff nach ihrer Serviette, die sie heftig zu kneten begann. Tamm brach schließlich das peinliche Schweigen mit einem Scherz über Schauerromane. Dann fügte er an: »Werter Kollege, was soll denn daran schlimm sein? Erlaubt ist, was uns Freude macht. Oder nicht?«

Brackhagen lächelte dünn. Es entspann sich daraufhin ein Gespräch über Trivialliteratur. Sobald das Essen beendet war, stahl sich Julius davon. Als er in dem kleinen Mietgespann saß und kräftig durchgeschüttelt wurde, weil die Federung marode war, fiel ihm siedend heiß ein, dass er sich noch nicht einmal von Gottlieb verabschiedet hatte.

KAPITEL 3

Als Julius Halle mitten in der Nacht erreichte, fühlte sich sein Kopf an, als wollte er zerspringen. Während er seinen Reisekoffer schulterte und sich über den Marktplatz zur Unterkunft aufmachte, verfluchte er den süßen Wein, den er sich auf der Hochzeit reichlich hatte einschenken lassen. Seine die ganze Fahrt dauernde und doch zu nichts führende Grübelei über Eleonore brachte er nicht mit seinem Schmerz in Verbindung. Kurz vor dem Stadttor hatte er sich geschworen, keinen Gedanken mehr an sie verschwenden zu wollen. Nicht nach dieser Hochzeit. Nicht nachdem sie ihm klar zu verstehen gegeben hatte, zu wem sie ab jetzt gehörte und dass ihre gemeinsamen Erlebnisse nichts mehr für sie bedeuteten.

Als er die dunkle Studentenstube betrat, konnte er sofort Großmachers Anwesenheit durch dessen tiefe Atemzüge ausmachen. Von von Auer waren nur die Umrisse zu erkennen. Wie tot lag er absolut geräuschlos auf dem Rücken, die Arme über der Brust verschränkt. Julius sah genauer hin. Nur ganz leicht bewegte sich der Brustkorb auf und ab. Julius mühte sich, leise zu sein, dass er die beiden nicht weckte. Er ließ sich angezogen auf sein Bett sinken und war im Nu ebenfalls eingeschlafen.

Der neue Tag hatte gerade erst begonnen, als er davon geweckt wurde, dass jemand an einem seiner Stiefel zog.

»Was zum Teufel …?« Julius schüttelte sein Bein so heftig aus, dass demjenigen der Stiefel aus der Hand flog und er zurücktaumelte. Julius erkannte Großmacher. »Was machst du denn? Siehst du nicht, dass ich schlafe?«, schnauzte Julius ihn an. Sein Kopf quittierte seine heftige Reaktion prompt mit einem stechenden Schmerz, der ihm tief in beide Schläfen fuhr.

»Die Stiefel gehören vor die Tür. Das steht in unserer Zimmerordnung«, hörte er Großmacher sagen.

»Zimmerordnung … noch nie gehört«, grunzte Julius zur Antwort, drehte sich zur Wand und zog sich sein Kissen über den Kopf. Wieder griff Großmacher eine seiner Hacken, ohne jedoch daran zu ziehen. »Stiefel stehen vor der Türe, sodass sie frühmorgendlich gereinigt werden können«, drang die freundliche Stimme seines Zimmergenossen durch die Federschicht. »Das war Punkt sieben unserer Zimmerordnung. Punkt vier regelt im Übrigen, wie zu verfahren ist, wenn man nach der neunten Abendstunde heimkehren möchte. Und wenn ich an die letzte Nacht denke, dann …«

Julius fuhr wütend auf und schleuderte sein Kissen in Großmachers Richtung. »Du Plaggeist*, jetzt lass mich in Ruhe. Ich pfeife auf Punkt sieben. Und auf Punkt vier. Und überhaupt auf deine gesamte Zimmerordnung.«

»Davon, mein lieber Weiland, würde ich Ihnen tunlichst abraten«, mischte sich nun eine andere Stimme ein. Von Auer saß vor seinem Bücherrepositorium, seinen Stuhl auf Weilands Bett ausgerichtet. Ein Bein hatte er über das andere geschlagen, ein Fuß wippte auf und ab. »Ich habe die Regeln sorgfältig ausgearbeitet und überdacht und bereits gestern mit Großmacher abgestimmt. – *Sie* waren ja nicht da.« Julius meinte, in seinem Blick so etwas wie Triumph zu erkennen, als er das *Sie* lang gezogen betonte. »Alle Regeln besitzen bereits die zweimalige Zustimmung. Sie brauchen sich also um meinetwillen nicht mehr die Mühe machen, sich selbst eine Meinung darüber zu bilden. Unterschreiben Sie einfach an der für Sie vorgesehenen Stelle, dass Sie die Regeln einhalten und bei Nichtbeachtung eine Strafe akzeptieren wollen.«

Julius sah zu Großmacher, dessen Blick ihn unweigerlich an die betagte Doggendame in der Weimarer Teichgasse erinnerte, die absolut jedem freundlich gesinnt war, der auch nur einmal ihre alten Hüften kraulte. Großmachers Schulterzucken deutete Julius mehr als Zeichen seiner Unbekümmertheit denn als Zeichen eines schlechten Gewissens.

»Ein wenig mehr Ordnung in Ihrem Leben wird auch Ihnen und Ihrem Geiste mehr als gut zu Gesichte stehen«, fuhr von Auer fort. »Wie ich bemerken darf, haben Sie ja noch nicht vielen Vorlesungen beigewohnt. Sie scheinen die Gunst der Professoren ja lieber auf andere Art und Weise zu suchen.«

Julius fixierte von Auer mit zusammengekniffenen Augen. *Na, warte nur ab,* dachte er. *Diese Rechnung wirst du mir noch begleichen!*

Von Auer sah zum Tisch. »Ach ja, fast hätte ich es vergessen. Dieser Studierplan …«, Julius folgte seinem Fingerzeig zu einem Blatt Papier, das dort in der Mitte lag, »regelt im Übrigen fortan, wer sich hier wann und wie lange zwecks Studiums allein aufhalten darf. Somit wird es zukünftig hoffentlich keine Unstimmigkeiten mehr geben, wenn sich einer ernsthaft seinen Mitschriften widmen möchte.« Julius verstand den Verweis auf ihre Auseinandersetzung in der vorigen Woche, auch ohne dass von Auer ihn dabei direkt ansprach. »Und nun wäre es sicherlich auch von Ihnen nicht zu viel verlangt, wenn Sie Großmacher erlauben würden, Ihre Stiefel endlich im Sinne von Punkt sieben vor die Tür zu stellen.«

Julius schwang seine Beine vom Bett, sodass er auf der Kante zum Sitzen kam. Klein beigeben? Das könnte von Auer so passen. Wenn sein Kopf nur nicht so rauschen würde, würde er ihm gleich die Meinung geigen. Er rieb sich die pochenden Schläfen. »Nein, vielen Dank! Ich weiß Ihre Hilfsbereitschaft sehr zu schätzen, doch um meine Stiefel kümmere ich mich selbst.«

Als Julius später vom Frühstück bei der Wirtin zurückkehrte, ging es ihm schon etwas besser. Das Studentenzimmer fand er verlassen vor. Er überflog die neue Ordnung und den Studierplan, beides hatten ihm seine Kommilitonen auf dem Tisch zurückgelassen. Tatsächlich waren die neuen Stubenregeln gar nicht so verkehrt, dachte er. Bis auf Punkt vier – er verwies darauf, dass ein Mitbewohner, der es nicht schaffe, bis zur neunten Abendstunde in die Unterkunft zurückzukehren, für die Nacht gar nicht mehr ins Zimmer kommen dürfe – fand er alles eigentlich ganz annehmbar. Im Grunde bezogen sich die meisten Punkte auf das bisher chaotische Verhalten von Großmacher. *Kommt mir also auch sehr entgegen*, dachte Julius.

Punkt vier allerdings galt ihm, das war klar. Von Auer ging gern früh schlafen, Julius hingegen nicht. Seit er hier war, genoss er ein paar Abendstunden allein am Saaleufer, sooft es ging. »Die schönsten Worte für die lieblichsten Dinge wollen mir dort unter dem weiten Himmelszelt einfallen. Als würde der Fluss meinen poetischen Geist erfrischen«, hatte er erst vor einigen Tagen an seinen Bruder Laurenz nach Weimar geschrieben. Laurenz war der Einzige, der von seiner Dichterleidenschaft wusste. »Auch, wenn ich das Wenigste davon behalte, um es am nächsten Tag zu Papier zu bringen, so genieße ich doch jeden Moment meines so übersprudelnden Geistes. Es ist, als würde ich im Glücke tauchen.«

Zu von Auers Sperrstunde fiel ihm jedoch auch ohne Saale das passende Wort ein: unakzeptabel! Darüber war wahrlich noch nicht das letzte Wort gesprochen, grollte Julius. Auch wenn von Auer betont hatte, dass jegliche Einwände nach bereits festgestellter zweimaliger Zustimmung zwecklos seien.

Die für ihn freigehaltenen Stunden auf dem Studierplan besänftigten Julius noch weniger, im Gegenteil, er hielt sie für einen sehr schlechten Witz. »Die Stube steht mir genau dann zur alleinigen Verfügung, wenn Brackhagen und Hellenthal ihre Vorlesungen geben. Allerdings gönnen sie mir zwei ganze Nachmittage – nämlich die, an denen die Universitätsbibliothek geöffnet ist«, beschwerte er sich bei Nachter, als der vorbeischaute, um Julius nach dem vergangenen Hochzeitsfest zu fragen. »Lediglich bei Doktor Tamm waren sie großzügig. Keine einzige Stunde würde mir da entgehen.«

»Sein Tollhaus ist ihnen offenbar nicht gerade ans Herz gewachsen«, kommentierte Nachter amüsiert.

»Ja, das scheint mir in der Tat auch so«, seufzte Julius. Und als er an seinen Besuch bei Margot Lambrecht dachte, konnte er das sogar verstehen.

»Also steht dir eine Auseinandersetzung mit von Auer bevor?«

Julius nickte. »Allerdings. Ich kann es kaum noch erwarten.«

Nachter lachte. »Und ich erst, mein lieber Weiland, und ich erst.«

Wenig später saßen die beiden gemeinsam in einem offenen Gespann Richtung Botanischem Garten, den Erstsemestern stand eine Einführung in die Anlage bevor. Professor Sprengel hatte dazu eingeladen, um mithilfe des Hofgärtners Richter den Füchsen einen ersten Überblick über die Pflanzungen zu geben.

»Hast du ihn dir schon angeschaut?«, fragte Nachter, der besorgt entlang seiner Wagenseite auf die gepflasterte Straße schielte. »He, he, das war knapp«, stieß er aus, als ihr Wagen haarscharf an einer Gruppe von drei Schweinen vorbeifuhr, die ein Hirtenjunge mit einem Stock vor sich hertrieb. Das Manöver wurde von den Schweinen mit aufgeregtem Quieken quittiert.

»Den Botanischen Garten? Nein. Habe nur von Lehnau gehört, dass er ganz ordentlich sein muss.«

»Du wirst sehen, er ist wirklich beeindruckend«, sagte Nachter, dessen Blick sich nun an ein hübsches Dienstmädchen heftete, das sich an die Hauswand drückte, aus Angst, von dem schnellen Wagen überrollt zu werden.

»Mir kommt es eher so vor, als wäre *sie* wirklich beeindruckend, was?«, neckte Julius seinen Freund.

»Oh ja, sie auch! Hmmm …« Nachter seufzte so theatralisch, dass Julius lachen musste.

»Hoho«, rief der Kutscher nun und zügelte die Pferde, die erst ins Schritttempo fielen und schließlich stehen blieben.

»Was ist los, Meister?«, fragte Julius.

»Schafe im Ullrichsthor«, antwortete der grauhaarige Mann, der offenbar lieber weiter auf einem Strohhalm herumkaute, als ausführlichere Auskunft zu geben.

»Und nun? Wir haben eine Verabredung im Botanischen Garten!«

Der Kutscher zuckte mit den Schultern.

»Eine *dringende* Verabredung!«, betonte Nachter.

Der Grauhaarige zeigte sich zwar immer noch gänzlich unbeeindruckt, doch immerhin setzte er die Kutsche wieder in Bewegung, um wenigstens zur Herde aufzuschließen und ihr in sehr gemächlichem Tempo zu folgen. Und so schauten Julius und Nachter zu, wie Schaf um Schaf im Torbogen verschwand. Ihr Blöken hallte von den Wänden des Torhauses wider und machte die ungeduldigen Freunde glauben, es handele sich um eine fünfmal so große Herde. Als sie das Stadttor endlich in Richtung Neumarkt verließen und die Kutsche wieder schneller wurde, atmeten beide erleichtert auf.

Kurze Zeit später sprangen Julius und Nachter von ihren Sitzen. Nachdem sie den Kutscher entlohnt hatten, rannten sie zum Eingang des Botanischen Gartens. Sie konnten ihr Glück kaum fassen, als sie die kleine Gruppe von Kommilitonen trotz ihrer Verspätung noch entdeckten. Sie war gerade im Begriff, an der nächsten Wegkreuzung rechts abzubiegen. Als Julius und Nachter aufschlossen, hatten sich ihre Kommilitonen gerade nicht unweit der Obstbaumwiesen im Halbkreis um Professor Sprengel aufgestellt. Sprengel quittierte die Ankunft der Freunde mit einem kurzen Blick, dann begann er auch schon mit seinen Ausführungen über die verschiedenen Obstsorten, die hier, wie er gerade sagte, prächtig gediehen.

»Vom *Borstorfer* über den *Gewürz-Pepping* bis zur Unvergleichlichen, der *Reinette non pareille*, hier gedeihen sechzig veredelte Apfelsorten! Der Birnenvielfalt stehen ganze dreiundvierzig Sorten zur Verfügung. Da haben wir beispielsweise die Johannis- und auch die Margarethen-

Birne. Stolz sind wir auf Exoten wie die Melonenbirne, die an süßer Köstlichkeit kaum zu überbieten ist. Aber natürlich wächst hier auch die allseits beliebte Tafel-Birne. Des Weiteren können wir siebenunddreißig Kirsch-, achtzehn Pfirsich- und neun Pflaumensorten vorweisen. Und das ist doch ziemlich beachtlich. Oder? Meine Herren?«

Julius wusste nicht so recht, was er von der Aufzählung der vielen Obstsorten halten sollte. Ihm kam dabei nur sein Magen in den Sinn, der bereits zu rumoren anfing, als er überhaupt nur an reifes Obst dachte.

»So stolz, als hätt' er sie alle allein gezogen«, gab in diesem Moment Nachter leise seine Interpretation der ausführlichen Obstbaumkunde Sprengels preis. Julius war froh, als sie endlich aufbrachen, um auch noch andere Bereiche des fast zwanzig Morgen großen Areals genauer in Augenschein zu nehmen.

Sprengel konnte während seiner Ausführungen die Anstrengungen, die ein gewisser Universitätskanzler von Hoffmann vor etwa einem Vierteljahrhundert unternommen hatte, um der Anlage zu seiner Pracht und Größe zu verhelfen, gar nicht oft genug erwähnen.

»Wenn die Universität eine eigene Religion hätte, ich glaube, wir würden zu diesem von Hoffmann beten wie zu einem Heiligen«, flüsterte ihnen ein anderer Student im Vorbeigehen zu, sodass Julius und Nachter es sich verkneifen mussten, lauthals loszulachen.

»Stimmt aber«, flüsterte Nachter. »Als er vor 15 Jahren seine Oberaufsicht über die Universitätsgeschäfte aus gesundheitlichen Gründen abtrat, empfand die Fridericiana dies als sehr großen Verlust. Vor vier Jahren ist er gestorben. Viele wichtige Persönlichkeiten erwiesen ihm die letzte Ehre.«

»Nun, vielleicht wird ihm zu Ehren ja noch ein Denkmal errichtet. Dann würde ich alltäglich an ihm vorbeischlendern und zum dankbaren Gruße meinen Hut lüften«, scherzte Julius.

»Recht haben Sie, meine Herren«, wandte sich Professor Sprengel um, »diesem Garten wohnt in der Tat ein heiterer Charakter inne. Nur zu, nur zu, seien Sie lustig und amüsiert! Doch wenn es Sie nicht stört, dann ein wenig abseits vom Geschehen, denn wir hier wollen uns noch einiges erzählen.«

Julius und Nachter stieg gleichsam die Röte ins Gesicht, die anderen Studenten lachten leise in sich hinein.

Die Gruppe wanderte noch ein gutes Stündchen weiter, erst auf der schnurgeraden Pappelallee in Richtung Observatorium, das Julius sich nur zu gern sofort angeschaut hätte, doch Professor Sprengel zog die gewundenen Pfade vor, um ihnen die verschiedenen Pflanzabteilungen wie den Medicinal-, den Stauden- oder den Küchengarten zu zeigen. Sie gingen durch den Weingang, nahmen einen Blick auf die Färberkräuter und lernten auch den Königsplatz, das Samen- und das Treibhaus kennen. Als Sprengel schließlich aufführte, was sie alles noch nicht gesehen hatten, war es mit Julius' Konzentration schon lange vorbei. Ihm hing noch die vergangene Nacht in den Knochen. Außerdem musste er, seit sie die Englischen Rosen passiert hatten, zu seinem eigenen Ärger wieder an Eleonore denken. Sie hatte sich in den gemeinsamen Sommermonaten auf Lehnaus Gut nur zu gern im Rosengarten aufgehalten. Sie konnte kaum an einer Blüte vorbeigehen, ohne nicht ihre Nase hineinzustecken. Einmal, als sie in seinen Augen besonders glücklich dabei aussah, wünschte sie sich, als verheiratete Frau täglich in einem Meer aus

Rosenblütenblättern zu baden. Julius war da gerade vierzehn und wusste noch nicht viel von der Liebe, dennoch sah er es selbstverständlich als seine zukünftige Aufgabe an, für diese Extravaganz eines Tages aufzukommen. Vielleicht nicht jeden Tag. Aber von Zeit zu Zeit, befand er, sollte so etwas doch möglich sein.

Heute schlug ihm der betörende Duft der dornigen Pflanzenkönigin jedoch nur schwer auf den Magen.

»Julius, lass uns heute Abend doch nach Passendorf reiten, was hältst du davon? Mein Zimmerkamerad erzählte, dass dort ein Kommers stattfinden soll.«

»Ach, ich weiß nicht. Ich …«

»Ich finde, anstatt Trübsal zu blasen, solltest du lieber die aufregende Seite des Studentenlebens kennenlernen, mein Lieber.«

»Was meinst du damit? Ich blase keine Trübsal. Ich habe nur nicht genug geschlafen.«

Nachter knuffte ihm kameradschaftlich auf den Arm. »Aber auf ein Bier beim Leveaux kann ich doch hoffen?«

»Mal sehen.« Zu mehr ließ sich Julius im Moment nicht hinreißen.

KAPITEL 4

Zu später Stunde steuerte Julius zögerlichen Schrittes das *Hallesche Weinkontor Dennfelder* in der Galgstraße an. In seinen Händen hielt er einen Brief an Laurenz. Auf fünf eng beschriebenen Seiten hatte er sich über seine persönlichsten Gedanken zum Thema Ehe ausgelassen, das Für und Wider von Arrangements abgewogen und sogar den Mut gehabt, von der Liebe als vortrefflichste Zutat eines glücklichen Lebens zu sprechen. Zwar hatte er ursprünglich den Brief begonnen, um von Margot Lambrecht zu erzählen, doch stattdessen waren ihm diese Gedanken aus der Feder geflossen.

Als er die Ladentür der Weinhandlung aufdrückte, plagten ihn immer noch Zweifel, ob er seine persönlichen Schreiben an Laurenz wirklich Dennfelders Lieferanten anvertrauen sollte. Immerhin hatte Dennfelder einmal zum Kreis der Verdächtigen in einem Mordfall gehört – und wer wusste schon, wie es um seine Angestellten stand? Und obwohl Laurenz viel von Dennfelder zu halten schien, war es einfach nicht auszudenken, was passieren würde, wenn seine Post in die falschen Hände geriete!

Von seinen diesbezüglichen Sorgen wurde Julius jedoch in dem Moment abgelenkt, als er sich im Laden plötzlich Doktor Tamm gegenübersah.

»Der junge Fuchs Weiland, sieh an, sieh an«, begrüßte ihn der Professor mit freundlichem Ton und forschenden Augen. »Welch' Überraschung, dass ich Sie hier treffe.«

»Guten Tag, Herr Doktor, … ähm, eine Überraschung? Wieso?«

In dem Moment betrat ein junger Mann von hinten das Ladengeschäft. Sein Blick war auf eine Weinflasche gerichtet, die er in seinen Händen drehte. »Dann wird es dieser Tropfen sein, Doktor Tamm, den Sie probiert hatten. Einen anderen haben wir nicht an Doktor Lehnau ausgeliefert.« Nun sah der Mann auf. »Oh, guten Tag, der Herr …«

»Weiland, Julius Weiland, ich bin …«

»… der Bruder von Inspektor Weiland. Ich weiß. Und ich bin Toni Weber. Willkommen in Halle.«

Julius war ob dieser unerwartet freundlichen Begrüßung erst einmal sprachlos.

»Der Bruder eines Inspektors. Interessant!«, mischte sich Tamm ein. »Kriminalinspektor?«

»Genau«, antwortete Julius knapp.

Eine peinliche Pause entstand, in der Toni Weber zu Doktor Tamm, dieser zu Julius und Julius auf die Weinflasche sah.

»Nun, Herr Professor, denken Sie, dass dies der Wein ist, den Sie suchen?«, löste Weber die Situation auf.

»Zum Henker, Weber, ich weiß es nicht. Aber wissen Sie was? Packen Sie ihn mir ein, ich probiere ihn einfach.«

Während Weber tat, wie ihm geheißen, wandte Tamm sich noch mal in vertraulicherem Ton an Julius. »Mein Kollege, Doktor Hellenthal, sagte mir, dass Sie jemanden suchen? Der womöglich in meiner Abteilung untergebracht ist? Ich kann mir zwar nicht vorstellen, wen Sie meinen könnten, aber was halten Sie davon, wenn Sie mich und meine Patienten einfach mal besuchen? Dann können Sie selbst nachschauen.«

Julius erstarrte vor Schreck. Er hatte schon so viel von Tamms Abteilung gehört und war froh, dass die Erstsemester noch nichts mit deren Betreuung zu tun hatten. Er schluckte. »Äh … Vielen Dank, Doktor Tamm. Sehr gern.«

»Gut, abgemacht. Dann melden Sie sich doch bei mir, wenn Sie vor Ort sind«, sagte Tamm und verabschiedete sich von Julius mit einem Schulterschlag, bezahlte den Wein und war im nächsten Moment aus dem Laden.

Julius sah auf. Weber schaute ihn erwartungsvoll an. »Nun, Herr Weiland. Was kann ich für Sie tun?«

»Ich, äh, ich … Herr Dennfelder sagte meinem Bruder, dass Sie, äh, dass Sie meine Post mit nach Weimar schicken würden?«

Weber lächelte. »Nur zu gern, Herr Weiland.« Dann rief er nach hinten: »Friedemann? Kommst du mal?«

Im nächsten Moment stand ein Junge, etwa um die zwölf, schätzte Julius, neben Toni Weber.

»Dies ist Julius Weiland, Friedemann. Und er hat heute auch mal Post für uns.«

Julius schaute irritiert.

»Wissen Sie, Friedemann hat Ihnen immer die Briefe vorbeigebracht. Er wollte Sie unbedingt kennenlernen.«

»Ich durfte aber nicht auf Sie warten. Immer nur zur Wirtin durfte ich die Post bringen.«

Julius war etwas überrascht ob des Aufhebens, das um seine Person gemacht wurde. »Oh, das ist nett, Friedemann. Vielen Dank.« Sicherlich erwartete der Junge Trinkgeld, dachte er und griff in seine Tasche, um eine Münze herauszubefördern. »Bitte, die ist für dich.«

Das Lächeln des Jungen verschwand augenblicklich von seinem Gesicht, aus seinen Augen sprach Enttäuschung. Und statt das Geldstück zu nehmen, tat er einen Schritt zurück. »Nein, Herr Weiland. Ich will keine Münze.«

»Nicht?« Julius war irritiert.

»Nein«, lachte Weber. »Friedemann möchte kein Trinkgeld von Ihnen. Er wollte lediglich den Bruder seines großen Vorbilds kennenlernen.«

»Vorbild? Was …? Ich verstehe nicht.«

»Laurenz hat sich in Weimar in letzter Zeit um ihn gekümmert. In seinem Auftrag ist er nun hier, um zum einen mir im Laden zur Hand zu gehen, aber auch, um Ihnen beiseitezustehen.«

»Mir? Was sollte er mi…?«

»Lambrechts Verwandte zu finden«, sprudelte es jetzt aus Friedemann hervor. »Das müssen Sie doch wissen. Hat Ihnen denn Ihr Bruder nicht gesagt, dass ich auch mal Inspektor werden will?«

Julius dachte nach. Ja, es stimmte. Laurenz hatte etwas davon geschrieben, dass er sich an das Weinkontor wenden könnte, sollte er Hilfe bei der Suche nach Margot Lambrecht brauchen. Einen Burschen hatte er jedoch nicht erwähnt. Oder doch?

Julius schämte sich, dass er sich nicht erinnern konnte. »Nein, nicht, dass du Inspektor werden willst«, antwortete er dem Jungen. Zumindest dies konnte er wahrheitsgetreu behaupten. »Aber dass du mir helfen willst, kommt mir sehr gelegen. Wenn du Lust hast, kannst du einmal zur Frau Kremer gehen und sie fragen, ob es etwas Neues über das Fräulein Lambrecht zu berichten gibt. Das ist nämlich das, was ich gerade im Begriff war zu tun. Und wenn du mir diesen Gang abnimmst, würdest du mir sehr behilflich sein.«

Der Junge strahlte. »Und ob ich das will, Doktor Weiland.«

»Na, Doktor bin ich aber noch nicht«, lachte Julius verhalten. Ihm war es nicht ganz geheuer, welchen Eindruck er offenbar bei dem Jungen hinterließ.

Am Abend, Nachter und Julius wollten gerade aufbrechen, um noch ein Braunbier in der Stadt zu trinken, kam Friedemann auf sie zugelaufen.

»Herr Doktor, Herr Doktor, ich habe Frau Kremer nun endlich gesprochen. Ich soll Ihnen sagen, dass das Fräulein Lambrecht immer noch nicht da ist. Frau Kremer ist ganz verzweifelt.«

»Immer noch nicht?« Julius seufzte. Und während er sich mit der Hand über die Stirn fuhr, dachte er mit wenig Freude daran, dass er nun nicht umhinkam, Doktor Tamm auf seiner kuriosen Station zu besuchen.

Julius fand sich am nächsten Vormittag in Doktor Tamms Abteilung für Irre ein. Die vom Leiter der medizinischen Fakultät, Doktor Reil, eingerichtete Abteilung war ein Novum im Klinikum und wurde nicht nur von den übrigen Ärzten, sondern von allen Professoren der Universität sehr kritisch beäugt. Durch Beobachtungen sollte hier etwas über die Ursachen der Geisteszerrüttung herausgefunden werden, gleichzeitig kamen die Patienten in den Genuss der allerneuesten Behandlungsmethoden.

Julius betrat die Abteilung mit einem mulmigen Gefühl. Die Luft roch dumpf wie nach einem Gewitter. Er schob den Umstand auf die nassen Bodenfliesen. Beinahe wäre er mit einem Mann zusammengestoßen, dessen Hose an den Knien durchgewetzt war und der mit grimmiger Miene Unverständliches murmelte. Julius wich den Wasserlachen, die sich in den Vertiefungen der Fliesen gebildet hatten, so gut es ging aus und entschied, den schlecht gelaunten

Mann nicht nach Doktor Tamm zu fragen. Ein Schrei von rechts ließ ihn zusammenzucken. Er wandte den Blick in die Richtung und sah, wie zwei Männer im angrenzenden Raum einen tobenden Greis zu bändigen versuchten. »Guck nicht so, pack lieber mit an«, rief einer der beiden.

Julius sah sich um und fragte: »Meinen Sie mich?«

»Wen denn sonst?« Der Seelenwärter stöhnte, als ihn der Ellenbogen des Alten am Kinn traf.

Julius trat in den Raum und griff nach den Füßen des Alten. Der Greis verfügte jedoch über ungeahnte Kräfte und trat Julius mehrfach in den Magen. Glücklicherweise hatte Julius die Muskeln angespannt, sodass die Tritte zwar schmerzten, ihn aber nicht auf den Boden schickten. Als der Alte merkte, dass seine Kraft nicht für drei Männer ausreichte, verlegte er sich schließlich darauf, lautstark um Gnade zu winseln. Schlaff hing er nun in den Armen der Seelenwärter, die ihm behände die Gurte anlegten.

»Was geschieht nun mit ihm?«, übertönte Julius das Heulen des Greises.

»Der kriegt erst mal ein paar kalte Umschläge, dass sich sein rasendes Herz beruhigt, und dann werden wir ihn eine Stunde verkehrt herum aufhängen. Das Blut muss in den Kopf fließen.«

Julius erinnerte sich, wie Gottlieb ihm einmal erzählt hatte, dass Kälte das Blut langsamer fließen ließ. Das Herz pumpte den Lebenssaft überall hin, da schienen die kalten Umschläge nachvollziehbar. Aber das Aufhängen? Er erspähte eine Vorrichtung, die an der Zimmerdecke befestigt war. Dick gepolsterte lederne Gurte waren mit einem Seilzug verbunden.

»Was hat es damit auf sich, dass der Mann nachher mit dem Kopf zum Boden aufgehängt werden soll?«

Ein Räuspern ertönte. Julius wandte sich zur offenen Tür, in der Doktor Tamm erschienen war. »Das, mein lieber Junge, ist ein Versuch, die Verwirrtheit des alten Mannes zu durchdringen. Wir gehen davon aus, dass nicht genügend Blut in seinem Hirn ankommt. Haben Sie einmal längere Zeit auf dem Kopf gestanden?«

Julius schüttelte selbigen.

»Nun, dann sollten Sie dies ausprobieren. Es wirkt Wunder, glauben Sie mir. Das Denken fällt danach viel leichter.«

Julius betrachtete den alten Mann erneut. Zahllose Runzeln bedeckten dessen Gesicht, die faltigen Lippen umschlossen keinen Zahn mehr, doch seine Augen waren klar und ein boshaftes Glitzern stahl sich in seinen Blick. Er gab ein gurgelndes Geräusch von sich und ehe Julius sichs versah, landete ein dicker Batzen Spucke auf seinem Jackenärmel.

Doktor Tamm legte Julius die Hand auf die Schulter und sagte: »Kommen Sie, ich möchte Ihnen die Einrichtung zeigen.«

Julius beäugte den Speichel angeekelt. Wortlos reichte Tamm ihm ein Tuch, mit dem er seinen Ärmel säuberte.

»Ich hoffe nicht, Sie erschreckt zu haben. Dies war einer der schwereren Fälle. Wir haben allerdings durchaus auch aparte Persönlichkeiten bei uns zu Gast.«

Julius gefiel, dass Tamm von seinen Irren als *Persönlichkeiten* sprach. Als wären es richtige Menschen.

Sie betraten einen großen Raum mit vielen Fenstern, in dem sich acht Personen aufhielten. Verteilt standen einige Tische mit Stühlen, sogar eine durchgesessene Chaiselongue konnte Julius ausmachen.

»Hier, sehen Sie, was ich mit ›apart‹ meine.« Tamm deutete auf eine Frau, die auf den ersten Blick nicht wie eine

Irre wirkte. Sie saß an einem der kleineren Tische, vor ihr stand eine Schale, aus der es dampfte. Die Frau hielt sittsam die Hände im Schoß und lächelte den Seelenwärter an, der sich soeben neben sie setzte. Er hielt einen Löffel in der Hand und begann, die Frau mit Suppe aus der Schale zu füttern.

»Kann sie nicht selbst essen?«

»Als sie herkam, glich sie einem Skelett. Ihr Mann brachte sie zu uns, weil sie aufgehört hatte zu essen.«

»Warum das denn?« Julius begriff nicht, wie man freiwillig auf Essen verzichten konnte.

»Sie gebar vor sechs Monaten einen Sohn, der nach nur wenigen Tagen verstarb. Sie konnte ihn nicht ernähren und eine Amme war für die junge Familie zu teuer. Das selbst auferlegte Hungern begann an dem Tag, an dem das Kind begraben wurde.«

Julius sah betroffen zu, wie die Frau langsam Löffel um Löffel der Suppe schluckte.

»Er ist der Einzige, der sie füttern darf«, führte Tamm weiter aus. »Zu ihm hat sie Vertrauen.«

»Wo schlafen die Irren?«, fragte Julius.

»Ich zeige es Ihnen.«

Julius wurde von Tamm aus dem Raum und weiter den Gang entlang geführt. Die Luft roch frischer, nicht so dumpf wie im Eingangsbereich der Abteilung. Tamm öffnete eine Tür und machte eine einladende Geste. Julius spähte in den Raum. Er sah vier Betten, dazwischen standen niedrige Kommoden, auf denen einige persönliche Habseligkeiten der Irren lagen.

»Hier nächtigen vier weibliche Patienten. Man kann sie getrost in einem Raum unterbringen, da sie keine gewalttätigen Neigungen aufweisen.«

»Und diejenigen, die eine solche Neigung haben?«

»Auch das kann ich Ihnen zeigen«, antwortete Tamm, »doch erschrecken Sie bitte nicht. Wir haben zwei Zellen für solche Fälle. Da wir jedoch weitaus mehr gewalttätige Patienten haben, müssen wir genauestens auswählen, welche wir zur Erforschung aus dem Zuchthaus zu uns holen.«

Tamm steuerte eine Tür an, die dem Viererzimmer gegenüberlag. Sie war mit Eisenbändern verstärkt und besaß ein kleines Schiebefenster auf Augenhöhe. Tamm öffnete es und trat beiseite, damit Julius hindurchspähen konnte.

Julius war fassungslos. Auf dem Boden lag ein Mann auf der Seite, die Beine hatte er eng an sich gezogen. Sein Oberkörper steckte in einer Jacke, die mit Schnüren so festgezurrt war, dass er die Arme, die vor der Brust überkreuzt waren, unmöglich bewegen konnte. Julius sah sich nicht in der Lage, das Alter des Mannes zu schätzen, da dessen Gesicht mit Blutergüssen übersäht war. Die Unterlippe war zerkaut und voller Schrunden. Das braune Haar hing strähnig herab.

»Es sind keine Möbel im Raum.«

»Ja, und die Wände sind gepolstert, sehen Sie.« Tamm zeigte auf die Matten, die an der Wand befestigt waren.

»Wer hat ihm die Verletzungen zugefügt? Gab es Ärger mit den anderen?«

»Die hat er sich selbst zugefügt. Hier haben wir es mit einem zu tun, dessen Gewalt sich ausschließlich gegen sich selbst richtet. Es mag den Anschein von Barbarei haben, dass wir ihn so verwahren, doch wir schützen ihn vor sich selbst.«

»Und die Raserei kann so weit gehen, dass sie sich selbst töten?«, stieß Julius hervor.

»Damit müssen Sie immer rechnen, ja. Wir haben zahlreiche Freitode, auch solche, die wir vorher nicht erahnen.«

»Das ist ja fürchterlich!«

»Und genau aus diesem Grund, mein junger Freund, erforschen wir die Irren.«

Julius ging einen Schritt rückwärts. Sein Magen rebellierte und seine Stirn bedeckte sich mit klammem Schweiß. Der Anblick des zerstörten Mannes in der Zelle war so hoffnungslos.

»Gehen wir in mein Bureau«, lud Tamm ihn ein. »Sie können ja kaum noch stehen.«

»Hier, trinken Sie ein Glas Wasser.« Tamm schob eine schlichte Karaffe und ein Glas über den Schreibtisch. Julius' Hände zitterten so sehr, dass ein Teil des Wassers danebenging. Er brauchte beide Hände, um das Glas einigermaßen ruhig zum Mund führen zu können, und verschluckte sich prompt.

»Jetzt wissen Sie, warum wir keine Füchse an diesem Ort ihren Dienst verrichten lassen. Es wundert mich ohnehin, dass Sie meiner Einladung gefolgt sind. Die gesuchte Person scheint Ihnen am Herzen zu liegen.« Tamm wartete eine etwaige Reaktion Julius' gar nicht erst ab, sondern fuhr fort. »Wenn Sie sich wieder ein wenig erholt haben, dann zeige ich Ihnen die restlichen Patienten. Sollte besagte Person dabei sein, können Sie sich gerne mit ihr in Ruhe unterhalten.«

Julius nickte dankbar. Er hoffte sehr, Fräulein Lambrecht zu finden.

Leider hatte er Pech. Sie war nicht unter den Insassen. Tamm bedauerte dies und verwies ihn auf das Zuchthaus, um dort nach ihr zu suchen. Die Kapazitäten seien zu gering, sie alle in die Klinik zu holen, und die Verwandten seien oft überfordert, die Kranken im eigenen Heim zu betreuen. Julius hatte den Eindruck, dass Tamm darüber sehr traurig war.

KAPITEL 5

Siegesgewiss trieb Eleonore ihren Schimmel voran. Ihr Vorsprung zur Ausflugsgruppe war nun schon ganz beachtlich. Auch wenn sie wusste, dass ihr Verhalten unschicklich war und es ihr sicherlich von Erasmus vorgeworfen werden würde, scherte sie sich nicht darum. Die anderen konnten noch nicht die Hälfte des Weges geschafft haben, so langsam, wie sie waren. Und dafür hatte Eleonore einfach keine Geduld! Sie wollte endlich ankommen. Und sie wollte die Erste sein, die die alte Klosterruine betrat. Eine echte Ruine! Eleonore konnte ihr Glück kaum fassen.

Der viereckige Turmbau des alten Klosters, den sie seit einer Weile über den Baumwipfeln ausmachen konnte, wuchs immer bedrohlicher in den blauen Himmel, je näher sie kam. Eleonore genoss die Aufregung, die dies in ihrem Körper auslöste. Welch' Abenteuer würde sie dort erwarten?

Nur ein einziges Mal sah sie sich um, doch da von den anderen weiterhin nichts zu sehen war, trieb sie ihren Schimmel erneut an. Nur noch ein Galopp über das offene Feld, und sie wäre da. Sie genoss den Wind, der ihr während des schnellen Ritts über das Gesicht fuhr und ihr ab und an den Hut rauben wollte.

Herrlich.

Bald hatte sie die mannshohe Mauer erreicht, die das Kloster umgab. Ihr Herz klopfte wie wild. Nun würde sie sehen, worüber sie schon so viel gelesen hatte!

Ein großer Stein in der Nähe bot sich an, ihn zum Absteigen zu benutzen, und so glitt sie im nächsten Moment auch schon herab und band ihr Pferd an einem Mauerring fest. Gerade wollte sie den Eingang suchen, als sich ihr ganz in der Nähe, wo sie eben nur Mauerwerk zu sehen geglaubt hatte, ein riesiges Steinportal offenbarte und sie einlud, das Klostergelände zu betreten. Und da der Wind ihr just in dem Moment die Stimmen der anderen herübertrug, brauchte sie nicht lange überlegen. Sich jetzt noch den Sieg nehmen zu lassen, wäre doch mehr als töricht.

Als sie den ersten Schritt auf das von romantischem Wildwuchs beherrschte Areal getan hatte, flogen laut schimpfend von einem nahe stehenden Baum ein paar schwarze Krähen auf. »Wie unheilvoll«, freute sich Eleonore und genoss den kalten Schauer, der ihr den Rücken hinunterlief.

Erasmus' raue Stimme erklang jenseits der nun wieder torlosen Mauer. Er rief nach ihr. Eleonore huschte schnell über den gewundenen Pfad, der vorbei an Bäumen und Sträuchern auf eine kleine Anhöhe führte. Von hier aus konnte sie fast die ganze Ruine sehen. Der Anblick derselben raubte ihr den Atem. Nie, niemals hatte sie sich vorstellen können, wie wunderbar es war, im Angesicht dieser imponierenden Mauerreste zu stehen. Spitzbögen über Türen, die ins Leere führten. Fenster, die kein Drinnen mehr vom Draußen trennten. Überbleibsel eines Kreuzgangs, der in ihr den sehnlichsten Wunsch heraufbeschwor, ihn noch einmal in voller Pracht sehen zu dürfen. Wie gern würde sie noch einmal unter ihnen wandeln, um dabei die Demütigung zu spüren, die so viele gequälte Seelen Jahrhunderte zuvor spüren durften. Eleonore seufzte aus tiefstem Herzen.

Ein Windstoß erfasste ihr Kleid, riss an ihrem Hut, trieb sie ein zwei Schritte vorwärts. Sie frohlockte ob der verhängnisvollen Stimmung, die sie dabei erfasste und auf die sie kaum zu hoffen gewagt hatte. Jetzt schon übertraf ihr Abenteuer bei Weitem alles, was sie sich je vorgestellt hatte.

Von so viel gruseligem Gefühl beflügelt, zögerte Eleonore keine Sekunde, dem Pfad zu folgen, der sich wie von Geisterhand gerade vor ihr auftat und sie auf direktem Wege zu dem verfallenen Turm führte. Mit jedem ihrer Schritte schien sich dieser immer mehr aufzurichten, fehlende Mauerstücke fanden sich ein, Moos und Geflecht verschwanden, und schließlich, als sie nur wenige Meter vor ihm stand, erstrahlte er in altem Glanz. *Ach, könntest du doch nur sprechen*, wünschte sich Eleonore. *Ich würde von den schrecklichen Geschichten hören wollen, deren einziger Zeuge du nun bist. Von den vielen unglücklichen Seelen, die bei dir Schutz suchten und nur noch mehr Pein fanden.*

Eleonore wünschte es sich so inbrünstig, dass sie das Aufziehen des Unwetters als selbstverständlich nahm. Die tiefschwarzen Wolken tauchten das Klostergelände im Nu in düsteres Licht. Sie erwog keine Sekunde, zu den anderen zurückzukehren. Als die ersten dicken Regentropfen zu Boden fielen, hatte sie bereits den Türknauf in der Hand, und mit dem darauf folgenden Donnergrollen war Eleonore auch schon ins Dunkel des Raumes verschwunden.

Sie versuchte sich umzusehen, doch der Raum lag komplett in der Finsternis. Die feuchtkalte Luft bescherte ihr eine Gänsehaut. Sie fröstelte. Hinter sich ertastete sie grobes Mauerwerk. Ein Blitz erleuchtete den Raum. Das Licht reichte aus, dass sie eine Holztruhe unweit neben sich erspähte. Im Dunkeln erreichte sie sie. Beim nächsten Lichtschein hatte sie die Verriegelung ausgemacht, und nach einem weiteren gelöst. Just in dem Moment, als sie den Deckel anhob, entflammten zwei Kerzen links und rechts von ihr und erleuchteten das Innere der Kiste. Ein zusammengefalteter gräulicher Stoff lag zuoberst. Überzeugt davon, dass er etwas verbergen musste, zerrte sie daran. Und siehe da, was in der Truhe noch grau und grob wirkte, wurde immer weißer und weicher, je mehr sie es herauszog. Als sie den Stoff schließlich ganz in den Händen hielt, meinte Eleonore, es sei gar ein Stück Seide, und sie konnte nicht anders, als es zu probieren. Und so legte sie es sich um die Schultern. Der Stoff schmiegte sich wie von selbst um ihren Körper. Warm und weich fühlt er sich an. Fast wie eine zweite Haut, dachte Eleonore. Froh, den herrlichen Stoff so unerwartet gefunden zu haben, beugte sie sich erneut über die Truhe. Eine Fackel lag darin. Als sie sie an den Kerzen entzündet hatte, warf sie auch schon ihr flackerndes Licht in den weiten Raum. Mit ihrer Hilfe fand Eleonore wenig später einen breiten Treppenabgang.

Als sie die ersten Stufen hinabgestiegen war, hörte sie wieder Erasmus, der ihren Namen rief. Seltsamerweise wurde die Stimme weder leiser noch lauter, je weiter Eleonore hinabstieg. »Eleonore, Eleonore!«, rief seine Stimme. Plötzlich verstummte sie.

Eleonore gelangte in ein großes Kellergewölbe, dessen Ausmaße sie nicht einmal erahnen konnte. Ein Säulengang, bestückt mit unzähligen brennenden Kerzen, führte hindurch. Der Boden war mit weißen, etwa einen Fuß breiten Fliesen ausgelegt, die in unregelmäßigen Abständen von schwarzen abgelöst wurden. Als Eleonore den Fuß auf die erste weiße Fliese setzte, erklang ein heller Ton. Erschrocken wollte sie den Fuß wieder zurückziehen, doch ihr zweiter befand sich bereits auf der nächsten Fliese und löste einen zweiten Ton aus, diesmal etwas tiefer. Ohne Einfluss darauf genommen zu haben, folgte sie nun dem schwarz-weißen Fliesenmuster immer tiefer in den Raum hinein und löste dabei eine immer tiefer werdende Tonfolge aus. Als sie den achten Schritt setzte, hatte sie gerade die erste Säule erreicht, als sie den neunten setzte, begann die Tonfolge von Neuem.

In diesem Moment begriff Eleonore, dass sie nicht mehr Herrin ihrer eigenen Bewegungen war. Nun hatte sie wirklich Angst. Sie versuchte, um Hilfe zu rufen, doch kein Laut wollte ihr über die Lippen kommen. Es gab nichts als die Töne der immer wiederkehrenden Tonleiter. Töne, die sie selbst einen nach dem anderen mit ihren Schritten auslöste.

Eleonore ergriff nun Panik. Sie erinnerte sich an die Fackel in ihrer Hand. Wenn sie ihre Füße nicht befehligen konnte, dann vielleicht ihre Hände? Und wenn sie die Fackel fortwarf, würde sie dann nicht im Lichtschein sehen können, was außerhalb des Säulengangs vor sich ging? Vielleicht lag dort die Lösung ihres Problems. Doch sie musste mit Entsetzen feststellen, dass sie zwar ihren Arm bewegen, die Fackel aber nicht loslassen konnte.

Auf einmal wurde ihr der Seidenstoff von den Schultern gezerrt und schon tanzte er wie ein Geist vor ihr in der Luft. Im nächsten Moment fuhr er auf sie zu, schlang sich unter ihre Arme und um ihren Körper, einmal, zweimal, dreimal, bis er sie von den Schultern bis zu den Füßen eindeckte. Schließlich zog er sich enger und enger, bis Eleonore dachte, sie würde bald keine Luft mehr bekommen. Doch auf einmal ließ der Druck nach und der Stoff fiel von ihren Schultern hinab wie ein Kleid. Als Eleonore an sich hinabsah, bemerkte sie, dass sie tatsächlich statt ihres Reitkostüms ein Seidenkleid trug. Mein Hochzeitskleid, hauchte Eleonore, der Ohnmacht nahe.

Doch was war das? Am Ende des Säulengangs waren zwei Gestalten aufgetaucht. Wie Eleonore durchschritten auch sie das Gewölbe im Rhythmus der Musik. Säule um Säule, Tonleiter um Tonleiter kamen sie auf Eleonore zu. Ihr brach der Schweiß aus, gleichzeitig zitterte sie am ganzen Körper.

Bald konnte sie einen Mann und eine Frau ausmachen. Sie war in Weiß gekleidet, er in Schwarz. Sie hielten sich an den Händen. Als sie noch näher kamen, erkannte Eleonore die Frau. Eleonore konnte kaum atmen. Die Frau war sie selbst. Sie selbst in ihrem Hochzeitskleid. Und ihre Hand wurde geführt von …

Eleonore schrie und schrie, und konnte doch keinen Laut über die Lippen bringen. Sie versuchte wegzurennen, doch ihre Füße suchten nur den nächsten Ton. Unaufhaltsam kam sie ihrem Abbild näher.

Als sie nur noch etwas mehr als eine Armlänge trennte, erkannte Eleonore endlich den Spiegel, auf den sie zugelaufen war. Sie wollte gerade aufatmen, als ihr ein fürchterlicher Gedanke kam: Wenn dies mein Spiegelbild ist, wer führt dann meine Hand?

Sie wagte nur ganz langsam, ihren Blick zu wenden. Und was sie entdeckte, ließ ihr endgültig das Blut in den Adern gefrieren. Ihre Hand umschloss schon lange nicht mehr den Griff der Fackel – ihre Hand umschloss einen der knochigen Finger von Erasmus. Ihr Blick wanderte seinen schwarzen Anzugärmel hinauf bis zum hochgeschlossenen Kragen. Die Hutkrempe seines Zylinders war tief in den Nacken gezogen. Sein Gesicht konnte sie nicht sehen, denn er blickte zur anderen Seite. »Erasmus«, flüsterte sie fast lautlos, doch er schien es gehört zu haben, denn er drehte sich zu ihr um. Auf seinem ausdruckslosen Gesicht formte sich ein Lächeln. Zuerst waren es die Zähne, die sie bemerkte. Sie schienen immer größer zu werden, bis ihr auffiel, dass sich seine Lippen zurückzogen wie eine Welle vom eroberten Strand. Seine Augäpfel verloren den Glanz, vertrockneten und fielen ohne Halt immer tiefer in die Augenhöhlen zurück, sein Fleisch, seine Muskeln rieselten gleichzeitig wie Asche von seinen Wangen.

Der Schrei, den Eleonore nun ausstieß, erfüllte das ganze Gewölbe und ließ die Wände erzittern. Die Säulen barsten und fielen in die endlosen Tiefen, die sich neben dem schwarz-weißen Gang aufgetan hatten. Bevor die Fliesen selbst zerbrachen und hinabstürzten, rannte Eleonore auf den Ausgang zu. Als sie den Treppenaufgang erreicht hatte, ließ sie sich erschöpft darauf fallen und konnte nichts mehr tun, als in einen endlos tiefen Schlaf zu sinken.

Mit einem gellenden Schrei fuhr Eleonore aus dem Schlaf hoch. Sie war schweißgebadet, ihr Herz pochte wie verrückt und ihr Atem ging so schnell, als habe sie das Gut Lehnau einmal im Laufschritt durchquert. Noch halb in der Traumwelt gefangen, konnte sie sich nicht sofort orientieren. Wo war sie? Und wer war die Alte, die ihr mit einem Tuch die Stirn tupfte? Eleonore schlug die Hand fort.

»Frau Doktor, is doch alles gut. Legen Se sich doch erst ma wieder hin!«, sagte die Frau und drückte Eleonore beherzt aufs Bett zurück. Jetzt erkannte sie die Köchin, die sie mit ernsthaft besorgtem Blick musterte.

Tonleitern! Eleonore hörte ganz entfernt Tonleitern. Ich kann dem Albtraum nicht entfliehen, dachte sie entsetzt und presste ihre Hände fest auf die Ohren. Und als könnte sie ihn dadurch vertreiben, warf sie ihren Kopf wild hin und her und wimmerte und weinte entsetzlich.

»Mensch Mädchen, is doch alles wieder jut. Jeträumt haben Sie doch nur, Frau Doktor. War es denn so schlimm?«

»Das Klavier«, jammerte Eleonore und sah die Köchin flehentlich an.

»Ach, das Klavier meinen Se. Ich hör das jar nich mehr, wa? Das ist doch der Doktor. Tonleitern übt der doch, wie jeden Morjen!«

Ein Bild von Erasmus am Klavier kam ihr in den Sinn. Kurz nach ihrer Ankunft in Halle hatte sie ihn spielen hören und gedacht, sie könnte ihm ein wenig Gesellschaft leisten. Sie liebte Musik, auch wenn sie selbst kein Instrument beherrschte. Um ihn nicht zu stören, hatte sie leise sein Zimmer betreten und sich neben ihn gestellt. Als er sie jedoch bemerkt hatte, hatte er sofort den Klavierdeckel zugeklappt. Er hatte nicht sehr erfreut gewirkt. Doch anstatt sich zu erklären, hatte er sie nur stumm aus dem Zimmer geschoben und seine Tür abgeschlossen. Bei dem Gedanken daran schloss Eleonore beschämt die Augen.

Sie hörte, wie im Hintergrund eine Tür geöffnet und wieder geschlossen wurde. »Und? Kann der Doktor nun kommen?«, hörte sie die Köchin. Die Antwort musste stumm erfolgt sein, denn Eleonore vernahm als Nächstes nur das Grummeln der Alten. »Hat nich ma Zeit, nach seiner jungen Frau zu gucken. Det arme Ding.«

»Soll ich einen Arzt rufen?«, hörte Eleonore nun eine unsichere Mädchenstimme.

»Na, det wär ja noch schöner. Der Doktor Brackhagen is doch schließlich selber Arzt«, ärgerte sich die Alte über die Frage. »Na jut, Frau Doktor«, sagte sie nun und tätschelte Eleonores Arm. »Doktor Brackhagen meinte, Sie wolln vielleicht krank werden. Weil er Sie nich wecken konnte. Aber ich sach Ihnen, Sie schlafn einfach noch ma ne Runde. Det ist immer richtig und danach sieht die Welt noch immer schöner aus, wa? Ich muss nu aber wieder inne Küche. Und det Mädchen hier, die Annemie, die wird nach Ihnen gucken.«

Die Köchin tätschelte noch einmal Eleonores Schulter, dann eilte sie hinaus.

In den frühen Mittagsstunden wachte Eleonore wieder auf. Sie hatte tief und fest geschlafen und fühlte sich nun wesentlich besser. Einzig ihr Magen grummelte und verlangte ein ordentliches Mahl, schließlich hatte es gestern Abend nur dünne Suppe gegeben. Im Hause Brackhagen gab es abends immer nur dünne Suppe, »das verträgt sich besser mit der Nachtruhe«, war Erasmus' Auffassung, der Eleonore wohl oder übel zustimmen musste, schließlich war er ja der Arzt. Als sie die Glocken des Rothen Turmes zur elften Stunde schlagen hörte, erschrak sie. *Jetzt habe ich das Frühstück verpasst!*, ärgerte sie sich. Erasmus hielt nichts von ungeregelten Essenszeiten, weshalb sie wusste, dass sie jetzt kein Stück Kuchen oder irgendwelches Brot mehr ergattern konnte. Nun entdeckte sie Annemie, das Dienstmädchen, an dem sie ihren Ärger ausließ. »Warum hat mich denn heute keiner geweckt?«, schimpfte sie.

»Der Herr Doktor hat es versucht, gnädige Frau. Doch

Sie wollten nicht aufwachen. Und deshalb hat er gemeint, Sie würden krank werden, und Ihnen für den heutigen Tag statt der Mahlzeiten nur Brühe verordnet. Wenn Sie wollen, hole ich Ihnen etwas davon.«

Beim Gedanken an den wässrigen Geschmack wurde Eleonore ganz schummerig. »Nein, danke. Ich werde sie lieber unten essen«, entgegnete sie und schwang sich aus dem Bett. Sie ließ sich von Annemie in ihre Kleider helfen, dann eilte sie hinunter. Sie fand den Küchenbereich verlassen vor, von Magd und Köchin war nichts zu sehen. Wahrscheinlich erledigten sie den Einkauf, freute sich Eleonore, da sie hoffte, so ungesehen einen Blick in die Vorratskammer werfen zu können. Doch zu ihrem Unglück war diese zugesperrt. *Bleibt mir also doch nur die Suppe,* dachte sie enttäuscht und hob den Deckel des Topfes an, der als Einziger auf dem großen Herd stand. Der mildwürzige Duft einer Gemüsebrühe schlug ihr entgegen. Mit einem Seufzer langte sie nach der großen Kelle und füllte sich eine Tasse voll Brühe ein. Während sie am Küchentisch die Suppe löffelte, dachte sie über Annemie nach, die erst seit gestern zu ihrem Haushalt gehörte. *Hat sich tatsächlich recht geschickt angestellt*, befand sie, *obwohl sie nach eigener Aussage noch keiner Dame in die Kleider geholfen hat. Nur etwas zu schüchtern, mit ihr werde ich kaum herumalbern können.* Eleonore dachte mit Wehmut an ihre alte Zofe, die Erasmus vor einer Woche mit dem Kommentar, sie sei »ein überflüssiger Luxus, der nur bequem macht«, gnadenlos vor die Tür gesetzt hatte. Zum Glück konnte Eleonore ihr die Adresse einer Freundin zustecken, von der sie wusste, dass sie zuverlässige Hilfe suchte. Als Ersatz hatte Erasmus das unerfahrene Dienstmädchen Annemie eingestellt, nach Köchin und Magd die dritte Bedienstete im

Hause Doktor Brackhagen. »Und das ist weit mehr, als ein vernünftiger Haushalt wirklich braucht«, meinte er, sich seiner jungen Frau entgegenkommend zu zeigen. Eleonore hatte all die Veränderungen kommentarlos akzeptiert, hatte sie doch bereits gelernt, dass Erasmus keinerlei Widerspruch duldete.

Sie erinnerte sich nur ungern an das einzige Mal, als sie gewagt hatte zu protestieren. Das war auf den Tag drei Wochen her. Ihre Mutter hatte ihr ihre Staffelei samt Malutensilien geschickt und sie hatte sie gerade im Hof aufgebaut, als Erasmus herangestürmt kam und sie ohne jegliche Erklärung aufforderte, alles sofort wieder einzupacken und zurückzuschicken. Eleonore hatte sich natürlich gewehrt, schließlich hatte sie gelernt, einen eigenen Standpunkt zu vertreten. Sein anfängliches und so ruhig wirkendes »Kommt nicht infrage!« hatte sie nicht weiter gestört. Natürlich war er es gewöhnt, bei seinen Entscheidungen auf niemanden Rücksicht nehmen zu müssen, dachte sie. Sie würde ihn mit den richtigen Argumenten und weiblichem Charme sicherlich umstimmen können. Doch leider bewirkte es das Gegenteil: Er wurde mit jedem Satz, den sie sagte, ärgerlicher. Seine Stimme begann zu schlingern, ab und zu mischte sich ein heller Ton in sein sonst dunkles Timbre. Doch auch damit konnte Eleonore umgehen, es war schließlich nicht das erste Mal. Es stellte sich immer dann ein, wenn ihn etwas empörte, hatte sie festgestellt. Doch dann passierte etwas, das sie so erschreckte, dass sie augenblicklich verstummte: Seine Stimme kippte dauerhaft um. Als erwachsener Mann geiferte und schimpfte er wie ein Knabe vor dem Stimmbruch. Und während er immer mehr in Rage geriet, wuchs Eleonores Angst von Sekunde zu Sekunde.

Als er es schließlich selbst bemerkte – und sie war sich im Nachhinein sicher, dass er es nur anhand ihres entsetzten Gesichtsausdrucks gemerkt hatte –, verstummte er von jetzt auf gleich. Der Kopf rot vor Scham, die Lippen fest zusammengepresst, schnappte er sich die Staffelei samt Utensilien und rannte in sein Arbeitszimmer. Dort sorgte er höchstpersönlich für Tatsachen: Er verbrannte alles in seinem Kamin. Danach verloren sie nie wieder ein Wort über das Malen.

Eleonore hatte sich daraufhin, was seine Wünsche betraf, mehr als gelehrige Schülerin gezeigt. Sie wollte etwas Derartiges nie wieder erleben. Und so lernte sie letztlich zu akzeptieren, dass er – und nicht sie – entschied, was das Beste für sie sei. Allerdings bemerkte sie auch, dass nicht alle Dinge seiner Entscheidung bedurften. Sie entschied beispielsweise, ihm nichts von ihrer Schauerromansammlung zu erzählen, sondern sie gut vor ihm zu verstecken.

Doch neben all diesen Dingen, die Eleonore so gänzlich fremd vorkamen, machte sie sich zusätzlich über etwas ganz anderes Sorgen. Seit ihrer Hochzeit hatte er sie noch nie in ihrem Schlafzimmer besucht. Zuerst war sie froh gewesen, da sie Angst hatte, auch dabei etwas falsch zu machen. Doch inzwischen nistete sich mehr und mehr ein Gefühl der Kränkung in ihr ein. Ihr kam oft Onkel Gottlieb in den Sinn, der gern so getan hatte, als sei sie kostbarer als jedes Juwel. Hatte er denn falsch gelegen, sein familiärer Blick ihn blind gemacht? Erasmus jedenfalls schien sie nicht zu begehren.

Eleonore ließ gerade den letzten Rest der Brühe aus der Tasse in ihren Mund laufen, als sie Erasmus ihren Namen mit betont tiefer Stimme rufen hörte. Sie hatte nicht damit gerechnet, dass er überhaupt zu Hause sein könnte, und so beeilte sie sich, das Essgeschirr schnell zum Spülstein zu tragen. Als sie in den Flur kam, stand Erasmus gerade vor der Tür seines Arbeitszimmers. Er sah sie mit forschendem Blick an.

»Du bist also doch nicht krank geworden? Umso besser. Dann begleitest du mich zu einer Gesellschaft von Doktor Hellenthal. Um sieben Uhr. Zieh bitte das hellblaue Kleid an und sei pünktlich zur Abfahrt bereit.« Ohne sich weiter um sie zu kümmern, verschwand er in seinem Arbeitszimmer.

Eleonore stand einen Augenblick verwundert im Flur. »Ich dachte, wir gehen nicht auf Abendgesellschaften«, flüsterte sie erstaunt. Sie lehnte sich mit dem Rücken an die Wand. Erst war sie verunsichert, wie das einzuordnen war, doch je mehr sie an den Abend dachte, desto mehr freute sie sich darauf, mit Erasmus auszugehen. Vielleicht wurde nun doch alles anders, dachte sie. Vielleicht brauchte Erasmus einfach Zeit, sich an sie zu gewöhnen. Der Streit hatte ihn sehr beschämt, so etwas war für einen Mann nicht leicht zu ertragen. *Die Zeit heilt alle Wunden*, sagte das nicht immer Onkel Gottlieb? Heute Abend werde ich in Gesellschaft sein, mit anderen Menschen sprechen. Ich werde ihm zeigen, dass er stolz auf mich sein kann. Und vielleicht … ja, vielleicht wird er mich heute Nacht besuchen.

KAPITEL 6

Julius hatte, wie auch der Rest der kleinen Studentenschar, unter ihnen Nachter und Großmacher, nicht das Bedürfnis, zu dicht an den Untersuchungstisch heranzutreten, auf dem – noch von einem Tuch verdeckt – eine Leiche lag.

»Unser Untersuchungsobjekt litt über die Zeit von zwei Jahren an unregelmäßig wiederkehrenden Koliken sowohl oberhalb des Nabels als auch tief im Unterleib«, führte Brackhagen mit ruhiger, tiefer Stimme in die Krankheitsgeschichte des Toten ein, während er selbst demselben den Rücken zukehrte. »Bei den Untersuchungen zu seinen Lebzeiten konnte ich weder Verhärtungen noch eine Geschwulst feststellen. Der Patient hatte weder einen trockenen Mund noch unstillbaren Durst.« Brackhagen räusperte sich, während sein Blick von Student zu Student wanderte. Dann drehte er sich langsam um und fasste das Tuch an der Kopfseite. »Im Laufe der Zeit magerte er jedoch immer mehr ab. Seine letzten zwanzig Tage gestalteten sich sehr qualvoll für ihn.« Julius starrte wie gebannt auf Brackhagens Hand, doch der zupfte nur etwas am Laken herum, anstatt es anzuheben. »Von seiner Haut ging eine brennende Hitze aus und die geringste Berührung des Unterleibes war für ihn sehr schmerzhaft. Er hatte Probleme beim Wasserlassen und der Urin war von roter Farbe.« Jetzt zog Brackhagen mit einem Mal das Tuch herunter und Julius stierte direkt in das kreidebleiche, ausgemergelte Gesicht des Toten. »Und nun, meine Herren, wollen wir also sehen, was wir bei der Leichenöffnung außerdem noch feststellen können.« Als er in die Runde der Erstsemester schaute, blieb er bei Julius hängen. »Nun, Weiland, wie sieht es aus, wollen Sie den Schnitt machen?«

Mit wächsernen Knien trat Julius vor und nahm das Skalpell vom Instrumententisch. Irritiert sah er auf den Hals der Leiche, auf dem bereits drei parallele Schnitte verliefen. Als er Brackhagen fragend anschaute, räusperte der sich. »Das hat nichts mit dem zu tun, was wir heute untersuchen wollen. Es sind nicht immer nur die todbringenden Merkmale, die die Wissenschaftler an einer Leiche interessieren. Das sollten Sie sich merken, Weiland.«

Julius erwiderte nichts darauf, obwohl er es doch fragwürdig fand, dass die Wissenschaft es erlaubte, eine Leiche nach Belieben zuzurichten. Wahrscheinlich eine Frage des Geldes, dachte er. Irgendeine Witwe hatte nun vielleicht ein besseres Auskommen, wer wusste das schon so genau.

Als er sich dem abgemagerten Körper wieder zuwandte, versuchte er, sein Unbehagen zu vertreiben. Er konzentrierte sich darauf, den Schnitt so zu setzen, wie Brackhagen es zu Beginn des Unterrichts erklärt hatte. Gleichzeitig befürchtete er, das Durchtrennen der Haut könnte sich anfühlen, als würde er mit seinem Taschenmesser den etwas widerspenstigen Darm einer prall gefüllten Wurst zerschneiden. Doch das Messer glitt nahezu widerstandslos durch die Hautschicht und Julius atmete erleichtert auf. Als Brackhagen nun zur weiteren Untersuchung einen anderen Namen aufrief, legte Julius mit zittriger Hand das Skalpell auf den Instrumententisch zurück. Auch wenn das unbehagliche Gefühl nicht ganz gewichen war, Julius konnte nicht umhin, stolz auf sich zu sein.

Gegen Ende ihrer ersten Leichenöffnung kam Doktor Hellenthal hinzu. Während die Studenten noch ein paar Mitschriften vervollständigten, besprach er sich leise mit Doktor Brackhagen. Julius stellte fest, dass ihre Blicke dabei immer wieder zum Hals der Leiche wanderten. Irgendwann fing Hellental Julius' Blick ein.

»Herr Weiland, wie schön, Sie zu sehen.«

Julius verbeugte sich und Hellenthal kam näher.

»Wie Sie sicherlich schon gehört haben, gebe ich heute Abend eine Gesellschaft. Und dazu lade ich gern, das wissen Sie bestimmt auch, ein paar Studenten ein.« Hellenthal lachte. »Alles im Sinne der Wissenschaft natürlich. Es ist immer eine Freude, wenn sich die klugen Köpfe von heute mit denen der Zukunft im ungezwungenen Rahmen austauschen können, finden Sie nicht?«

Julius nickte mechanisch, während er bemerkte, dass ihr Gespräch nun Gegenstand des allgemeinen Interesses war. Alle Studenten schauten aufmerksam zu ihnen herüber.

»Und ich dachte, dass ich Sie heute Abend gern dabei hätte. Sie haben doch Zeit?«

»Äh ... natürlich, Doktor Hellenthal. Gern«, brachte Julius heraus.

»Dann erwarte ich Sie um sieben Uhr in meinem Haus am Großen Berlin. Ich freue mich darauf«, sagte Hellenthal und war auch schon fort.

Großmacher kam auf ihn zu. »Na, das ist nicht schlecht, Weiland. Als Fuchs zum Hellenthal. Das schafft kaum einer. Und ich wohn' gleich mit zweien zusammen«, grinste er. »Wenn das von Auer erfährt!«

In dem Moment bemerkte Julius den Blick von Brackhagen, der ihn mit zusammengekniffenen Augen kalt musterte.

Die Nachricht, dass Julius bei Hellenthal eingeladen war, verbreitete sich dank Großmachers Prahlerei wie ein Lauffeuer unter den Studenten. Im Klinikum und auf dem Heimweg musste Julius reichlich Spott erdulden, und allein dafür verwünschte er Großmachers geschwätzige Zunge. In der Unterkunft hatte Julius zumindest so lange seine Ruhe, bis Großmacher auch heimkam. Von Auer war sowieso nicht da, der war bei einer privaten Vorlesung, wie er seine Zimmergenossen heute früh hatte wissen lassen. Bei wem hatte Julius nicht nachgefragt.

Großmacher umschwirrte ihn wie eine Fliege und machte jede Menge Aufhebens um die abendliche Einladung, sodass Julius immer nervöser wurde. Irgendwann hielt er es nicht mehr aus. Er zog sein bestes Hemd und seine feinste Jacke an. Mit dem Mantel über dem Arm verließ er die Unterkunft weit vor der Zeit. Er sehnte sich nach etwas Ruhe, und so steuerte er das Saaleufer an. Während er durch die Straßen ging, dachte er an seine Mitstudenten. Keiner hatte es ausgesprochen, doch in allen Gesichtern hatte die Frage gestanden: Wie war er an die Einladung gekommen? Manche hatten ihre Köpfe zusammengesteckt und von »Beziehungen« getuschelt. Offenbar hatte keiner seine Einladung zu Brackhagens Hochzeit vergessen. Nachter hatte Partei für ihn ergriffen, Julius hatte gehört, wie er ihn verteidigte hatte. Er selbst war einfach geflohen. Er hatte keine Antwort, für niemanden, nicht einmal für Nachter. Als er jetzt über die Klausbrücke ging, überkam ihn deshalb ein schlechtes Gewissen. Er stoppte und schlug mit seiner Faust gegen das Brückengeländer. »Ich schenke euch meine guten Beziehungen«, schimpfte er lauthals. Wütend blickte er auf die Saale herunter. An den Seiten erkämpfte sich das Wasser seinen Weg durch ein paar aufgetürmte Steine, die es aufhalten wollten. Strudel und Schaumkronen zeichneten dort seinen Weg. In der Mitte floss es jedoch in sanfter Strömung dahin. Dieser Anblick konnte Julius mit der Zeit beruhigen. Warum sollte er sich schon vorher den Kopf zerbrechen? Heute würde er hingehen, sich alles anschauen, und morgen wäre er schlauer. Dann könnte er Nachter sicherlich erklären, dass um Hellenthals berühmte Abendveranstaltungen mehr Aufhebens gemacht wurde als nötig.

Eine Viertelstunde vor der verabredeten Zeit erreichte Julius den Großen Berlin. Er wählte einen unbeleuchteten Platz mit Blick auf Hellenthals Hauseingang, um die restliche Zeit abzuwarten. Das mehrgeschossige Haus lag friedlich da. In den hell erleuchteten Fenstern der ersten beiden Etagen huschte dann und wann eine Gestalt vorbei. Nach ein paar Minuten kam ein Mann aus der Märker Straße und eilte als Erster auf den Hauseingang zu. Und da, von links, näherte sich noch einer. Julius überlegte gerade, ob es sich gehörte, vor der verabredeten Uhrzeit einzutreffen, als er den ersten der sieben Schläge der Kirchturmuhren hörte. Im nächsten Moment fuhren gleich mehrere Kutschen vor. Sie versperrten für eine Weile die Sicht auf den Eingang, doch als schließlich auch der letzte Glockenschlag verstummte, setzten sie sich wieder in Bewegung.

Nun denn, dachte Julius, *dann werde ich mich auch mal zu den feinen Herren begeben*.

Wenige Schritte vor dem Haus eilte ein weiterer Gast von rechts heran. Als sie beide gleichzeitig in den Lichtschein der vor dem Haus stehenden Laterne traten, erkannte Julius von Auer. Julius verneigte sich zur Begrüßung, doch von Auer würdigte ihn keines Blickes. Julius pfiff leise durch die Zähne, ließ es aber dabei bewenden. Er stellte sich einfach neben ihn vor die Eingangstür. Und während sie ihren eigenen Atem in der Luft kondensieren sahen, warteten sie auf den erlösenden Einlass.

Als Julius nach von Auer den Salon betrat, zu dem ein Hausdiener sie geführt hatte, stürzte Hellenthal mit großer Willkommensgeste auf sie zu. Damit war Julius' Hoffnung im Nu zerplatzt, er könnte sich einfach unbemerkt unter die Gäste mischen. Von Auer bekam jedoch nur einen kleinen Teil der Wiedersehensfreude des Professors ab, schnell hatte der mit diesem ein paar Höflichkeitsfloskeln ausgetauscht, als er seine volle Aufmerksamkeit auch schon auf Julius richtete.

»Herr Weiland! Ich freue mich wirklich, dass Sie den Weg zu meiner kleinen Gesellschaft gefunden haben. Fühlen Sie sich doch einfach wie zu Hause. Oder warten Sie, Sie sehen ja ganz durstig aus. Ich besorge Ihnen etwas zu trinken … Gustav? Ja, Gustav, kommen Sie und bringen Sie bitte ein Glas Wein für den Herrn hier.«

Im nächsten Moment hatte er Julius ein Weinglas in die Hand gedrückt und ihn an der Schulter zu einer Gruppe von Herren geführt, die er als Freunde von der Göttinger Universität vorstellte. Julius hatte die Namen gerade erst erfahren, als er sie auch schon wieder vergessen hatte, denn er erkannte durch die geöffnete Flügeltür im benachbarten Raum Professor Brackhagen. Und neben ihm saß Eleonore. Julius bemühte sich redlich, wenigstens ein paar Fragen der Herren aus Göttingen mit Sinn und Verstand zu beantworten. Doch als Hellenthal die Gruppe verließ, nutzte er die Gelegenheit, sich ebenfalls zu entschuldigen.

Er durchquerte den Raum, tat so, als würde ihn das Paar auf dem Sofa wenig interessieren, doch schließlich gab er sich einen Ruck. *Warum sollte ich sie nicht begrüßen, schließlich war ich auf ihrer Hochzeit!*, machte er sich Mut. Und um diesen nicht wieder zu verlieren, trank er das Weinglas auf dem Weg zur Flügeltür in großen Zügen leer.

Als Julius den Raum betrat, lenkte er seinen Blick zu den Stuckverzierungen an der Decke. Wie zufällig sah er dann zum Sofa. Eleonore scheute sich nicht, seinen Blick zu erwidern. Für einen Moment dachte er, sie freue sich gar, dass er da war. Irgendetwas meinte er in ihren Augen aufblitzen zu sehen. Doch als Eleonore sich gleich darauf bei ihrem Mann unterhakte, war er sich da gar nicht mehr so sicher. Er steuerte auf sie zu. Die Begrüßung verlief unspektakulär, nachdem das Ehepaar sich erhoben hatte. Eine höfliche Verbeugung seinerseits, ein Knicks ihrerseits, und schon war es vorbei.

Auch Brackhagen zeigte offenkundig, dass er über ein paar Höflichkeitsfloskeln hinaus kein Interesse an einer Unterhaltung mit Julius hatte. Er sah immer wieder an ihm vorbei. Deshalb verbeugte sich dieser schon bald wieder, enttäuscht darüber, dass die einstige Vertrautheit zwischen Eleonore und ihm wirklich der Vergangenheit angehörte.

Julius vertrieb sich die Zeit damit, mal hier, mal dort den Gesprächen zu lauschen, die sich allesamt um die Medizin drehten. Es wurde einiges über Doktor Reil fallen gelassen, den Direktor des Klinischen Instituts, dem Julius persönlich noch nicht begegnet war. »Was mich beeindruckt, ist dieser unbedingte Wille, mit dem er es wagt, in den finsteren Abgrund des Wahnsinns zu schauen. Doch ob er dort wirklich einen Menschen zu finden vermag?«, hörte Julius einen Mann reden, dem ein paar graue Haarsträhnen über die Ohren fielen. Seine Frisur erinnerte ihn an die der Salzarbeiter im Thal, die Halloren.

»Ach Georg, du ewiger Zweifler. Akzeptiere endlich, dass die Seelenlehre nicht nur den Philosophen gehört. Überall in unserem Lande und auch darüber hinaus haben sich die Mediziner aufgemacht, ihren Beitrag dazu zu leisten, den Menschen in diesen tiergleichen Geschöpfen zu finden«, erwiderte ein noch junger Herr, dessen Augenbrauen schon jetzt so dicht beieinander wuchsen, dass Julius in den Sinn kam, sie würden vielleicht in ein paar Jahren ein Ganzes ergeben.

»Aber mit welchem Erfolg? Bis jetzt ist noch kein Organ, kein Knochen gefunden worden, der eine Erklärung anböte«, ließ sich der Silberhaarige nicht von seinem Kurs abbringen.

»Aber der Weg ist doch meistens das Ziel, meine Herren, also warum nicht auch hier? Sagt Reil nicht selbst, dass es nicht nur darum gehe, Vortreffliches zu liefern, sondern auch darum, dieses in die Wege zu leiten?«, ergriff nun ein dritter Partei für den Fortgang in der Wissenschaft.

Julius hörte gebannt zu. Auch wenn er sich vor vielen von Tamms Patienten gruselte, so sprach doch einiges dafür, dass die Medizin sich hier einmischen sollte. Wenn nun doch eines Tages etwas gefunden wurde, was helfen könnte? Eine Operation, und Margot Lambrecht bräuchte nicht aufzuschreien, wenn jemand ihren Platz berührte? Doch ehe er weiter zuhören konnte, wurde seine Aufmerksamkeit auf von Auer gelenkt. Er stand abseits und war in ein Gespräch mit Hellenthal verwickelt. Von Auer wirkte geknickt, Hellenthal erbost. Was ging da vor? In dem Moment schaute sich Hellentahl um und fing Julius' Blick ein. Er winkte ihn zu sich.

»Herr Weiland. Haben Sie eigentlich schon einmal bei einer Operation assistiert? … Nein? Der Herr Studiosus von Auer stand mir schon oft tüchtig zur Seite und kann Ihnen gern bestätigen, dass diese Art von praktischem Unterricht sehr lehrreich ist. Nun, Weiland, ich würde mich freuen, auch ihre Dienste von Zeit zu Zeit in Anspruch nehmen zu können. Was halten Sie davon? Und Sie sollten wissen, dass ich meinen Privatunterricht nicht jedem anbiete.«

Von der Angelegenheit geschmeichelt, sagte Julius zu, ohne nachzudenken. Dass er dafür von von Auer mit einem vernichtenden Blick abgestraft wurde, störte ihn nicht. Als er eine Stunde später nach Hause schlenderte, hatte er das Gefühl, einen angenehmeren Abend verbracht zu haben, als er erwartet hatte. Einzig wenn er an Eleonore und ihr abweisendes Verhalten dachte, wurde ihm das Herz schwer.

Als Julius sich am nächsten Morgen Richtung Klinikum begab, stand das Wasser hoch in den Straßen. Julius ging auf dem Breiten Stein, eine etwas breitere Pflasterreihe in der Mitte der Gasse, um sich selbst vor nassen Füßen zu schützen. Wie immer wichen ihm die Leute aus, wenn sie ihn an seinen gelbledernen Beinkleidern, die in hohen Kanonenstiefeln steckten, und seiner kurzen Jacke als Student erkannten. Nachter hatte es ihm erklärt. Der Breite Stein gehörte den Studierenden. Sie genossen ein hohes Ansehen in der Stadt, brachten sie den Menschen doch das Geld in die Kassen. Selbst die Soldaten, die ihm nun entgegenkamen, machten Platz. Einer hob den Hut zum Gruße. Julius schaute ihm hinterher. Dann fiel es ihm ein, der junge Mann hatte mehrfach die Stiefel zum Putzen abgeholt. Auch wenn der es nicht mehr sehen konnte, erwiderte Julius noch im Nachhinein den Gruß. Als er sich wieder nach vorn drehte, sah er sich auf einmal von Auer gegenüber. Es trennten sie nur noch wenige Meter. »Wenn dir auf dem Breiten Stein ein Student begegnet, so zeige deinen Respekt und biete ihm die Hälfte des Platzes«, fielen ihm Nachters Worte ein. »Solltest du dies nicht tun, bewahre Gott, dann magst du gefordert werden!« Nachter hatte damals gelacht und seinen Bierkrug an den von Julius geschlagen. Sie waren in wirklich guter Bierlaune gewesen.

Julius dachte nicht nach. Er wollte von Auer einfach keinen Platz machen. Und auch von Auer schien dies nicht vorzuhaben. Und so standen sie sich nur Augenblicke später gegenüber, Aug in Aug, Brust an Brust, zwei stolze Herren, bereit, für die eigene Ehre alles zu tun. Die ersten Schaulustigen hielten bereits an, um sich den Streit nicht entgehen zu lassen.

»Wer, meinst du, bist du, dass du glaubst, du könntest meinen Platz einnehmen?«, zischte von Auer kalt.

»Ich bin nicht an deinem Platz interessiert«, erwiderte Julius.

»Du glaubst wohl, du kannst hierher kommen und einfach so den Liebling der Doktoren spielen, was?«

»Der Platz war noch zu haben, denn du bist es ja offensichtlich nicht.«

Vier Hände ballten sich zu Fäusten.

»Ein Fuchs hat einem Älteren Platz zu machen.«

»Ein Fuchs hat einer Person, der er Respekt zollt, Platz zu machen.«

»Ich sage es nur noch einmal: Geh zur Seite!«, flüsterte von Auer.

»Oh nein!«

Von Auer beugte sich vor. Julius spürte seinen Atem im Gesicht. »Du wirst mir Satisfaktion geben. In acht Tagen.

Wenn die Kirchen der Stadt des Nachtens zur elften Stunde schlagen, sehen wir uns zum Duell auf Hieb. Und zwar auf dem Holzplatz hinter Stegmanns Garten! Bringe du nur deinen Adjudanten mit, für den Rest werde ich sorgen.«

Julius tat in dieser Nacht kein Auge zu, ganz im Gegensatz zu von Auer, dessen ruhige Atemzüge einen tiefen Schlaf verhießen. Entgegen seiner sonstigen Gewohnheit stand Julius noch vor dem Morgengrauen auf und ging spazieren, bis die erste Vorlesung begann.

Der Studentenschar stand ein Besuch in Tamms Irrenabteilung bevor. Zum Glück war von Auer nicht zugegen. Julius kannte die Räumlichkeiten bereits und konzentrierte sich ganz und gar auf die Irren, die an diesem Tage völlig aus dem Häuschen zu sein schienen. Es gab ein wildes Handgemenge zweier Männer, das durch drei Seelenwärter mit Knüppeln recht bald unterbunden wurde. Die Studenten wurden von Brackhagen in den Gemeinschaftsraum gelenkt, in dem es wesentlich zivilisierter zuging. »Zu viele Fremde regen die Geisteskranken auf«, erklärte er den Gewaltausbruch auf dem Flur. »Verhalten Sie sich ruhig, reden Sie mit keinem der Irren. Es soll heute primär darum gehen, dass Sie zuerst einmal diese Abteilung kennenlernen. Nun, die Behandlung der Irren erfordert viel Geschick und Erfahrung.«

Julius erfuhr aus einer Unterhaltung, die zwei Seelenwärter führten, dass Doktor Tamm an diesem Tag keinen Dienst in der Irrenabteilung hatte, sondern sich in der Universität aufhielt, um Korrespondenzen zu erledigen. Julius sah sich um und entdeckte ein bekanntes Gesicht. Der Irre, Gerôme, dem er am ersten Tage hier in Halle begegnet war, starrte Julius herausfordernd an. Da Julius indes die Blicke von Auers gewöhnt war, prallte der visuelle Affront an ihm ab. Er lächelte den irren Aktzeichner gewinnend an. Dieser ging einen Schritt auf Julius zu, machte jedoch auf dem Absatz kehrt und marschierte wie ein Soldat zu der Frau, die, so erinnerte sich Julius, beinahe verhungert wäre. Julius fand, dass sie gesünder als bei seinem ersten Besuch aussah. Sie hatte an Gewicht zugenommen, besaß rosige Wangen und ihre Augen glänzten fröhlich.

Gerôme setzte ein spitzbübisches Lächeln auf und verbeugte sich tief. Dann entließ er eine Wortkaskade aus seinem Mund, der die Frau, selbst wenn sie des Französischen mächtig gewesen wäre, unmöglich hätte folgen können. Erst als er ihr die Hand auf die Schulter legte, verschwand das Lächeln aus ihrem Gesicht und sie eilte davon. Ein Seelenwärter fing den nun wieder marschierenden Gerôme ein und brachte ihn weg. Julius fiel abermals auf, dass Gerômes Stimme wie die eines Mädchens klang, rein und hoch. Hätte er nicht das Gesicht und den geschlossenen Mund der Frau gesehen, er hätte geglaubt, sie habe gesprochen.

Brackhagen ließ seine Schäfchen, die allesamt zum Dienst in der Klinik eingeteilt waren, einige Stunden später von einem Pfleger zusammentreiben, um, wie er es nannte, »die Praxis mit der Theorie zu unterfüttern.«

Die Gruppe fand sich in einem leeren Behandlungsraum ein. Brackhagen begann über nervöse Zuckungen zu referieren. Eine Angewohnheit, die vielen der Irren zu eigen wäre. »Man sollte wissen, dass das Zucken eine unwillkürliche Bewegung ist, welches die Irren nicht abstellen können«, teilte Brackhagen mit erhobenem Zeigefinger mit. Ein junger Arzt, der erst im August in den Rang eines Doktors aufgestiegen war, trat in den Raum.

»Entschuldigen Sie«, sprach er Brackhagen an. »Gehe ich fehl in der Annahme, soeben Herrn Doktor Hellenthal hier gesehen zu haben?«

»Sie täuschen sich, werter Kollege«, gab Brackhagen Auskunft. »Er wollte meines Wissens sein nächstes Seminar vorbereiten. Ich wäre Ihnen überdies sehr verbunden, würden Sie auch als Promovierter die Grundregel des Anklopfens beherzigen.«

Der junge Arzt lief rot an. Mit einem hastigen »Vielen Dank« verschwand er.

Nur wenig später ging die Tür erneut auf. Brackhagen schüttelte verärgert den Kopf. »Es geht hier zu wie in einem Taubenschlag.« Dann zog er überrascht die Augenbrauen in die Höhe.

Es war Doktor Hellenthal, der Julius zu sich heranwinkte. Julius trat auf ihn zu und sah ihn fragend an.

»Haben Sie Zeit, mir bei einer kleinen Operation zu assistieren? Es ist soeben ein Patient hergebracht worden, den wir eilends versorgen müssen.«

»Selbstverständlich«, gab Julius zurück und folgte Hellenthal.

»Halten Sie das«, bat Doktor Hellenthal und reichte Julius eine Klammer aus Metall. Julius fasste sie sorgsam am Haltegriff und vermied jegliche Berührung der Griffbacken. Er hatte mittlerweile an die geschätzte hundert Gerätschaften mit destilliertem Ethanol gereinigt, sie in Tücher eingeschlagen, die er am Tag zuvor abgekocht und zum Trocknen aufgehängt hatte. Es sei wichtig, so war ihm immer wieder eingebläut worden, die Geräte frei von jedweder

Verschmutzung zu halten, um so einen Wundbrand zu verhindern.

Julius hatte bereits zwei brandige Wunden gesehen und einer Amputation beigewohnt. Er legte alles daran, kein Stäubchen auf die Instrumente gelangen zu lassen.

Doktor Hellenthal setzte die Klammer an und spreizte die Wundränder. Es handelte sich um eine Oberschenkelverletzung. Der Patient, ein Bauer, war mit dem Mähen seiner großen Wiese in Zeitverzug geraten und hatte sich gesputet. Wohl etwas zu eifrig, denn er hatte nicht achtgegeben und sich das Sensenblatt tief in den Muskel getrieben.

Am schwierigsten war es gewesen, den Mann zu bändigen. Erst der Blutverlust und ein sedierendes Tonikum aus Mohnblütensaft hatten ihn in den Dämmerzustand geschickt, in dem er sich lediglich durch hohles Stöhnen gegen die Behandlung wehren konnte.

Julius half mit, das austretende Blut abzutupfen, hielt dann die Klammer, während Doktor Hellenthal den Faden ins Nadelöhr führte. Als Hellenthal begann, kleine Stiche zu setzen, zog Julius auf seine Anordnung hin die Klammer aus der Wunde und tupfte weiter fleißig das Blut ab. Julius blickte auf und entdeckte von Auer. Er stand direkt hinter Hellenthal und sah ihm über die Schulter. Seine Augen wurden schmal, als Julius ihn fragend anschaute.

Auch Hellenthal war die Anwesenheit von Auers nicht entgangen. Er wandte sich halb um und sagte: »Möchten Sie fortfahren?« Hellenthal deutete auf den Faden. Von Auer nickte selbstbewusst, wusch sich die Hände mit Destillat und übernahm das Zunähen der Wunde. Julius fiel auf, dass nicht mehr viel zu tun war. Von Auer bemühte sich verbissen, die Stiche ebenso klein zu setzen wie Hellenthal, doch man sah den Unterschied deutlich.

»Weiland, räumen Sie hier auf und assistieren Sie Herrn von Auer, falls er Hilfe benötigt.« Hellenthal verließ den Raum.

Julius war nicht glücklich damit, auf von Auers Befehle warten zu müssen. Er warf die blutigen Tücher in den vorgesehenen Korb, überprüfte den Zustand des Bauern und sah, dass hier nicht viel zu tun war. Er tupfte dem armen Mann die Stirn trocken, fühlte den Pulsschlag, befand, dass dieser zwar etwas schwach, jedoch regelmäßig klopfte, und hatte nun partout keine andere Tätigkeit mehr, die er vorschieben konnte, um von Auers Anweisungen zu entgehen. Die Stimmung war eisig. Julius fragte sich, ob der arme Bauer zu seiner Wunde nicht auch noch Frostbeulen bekäme.

Von Auer verband die losen Enden des Fadens, schnitt den Rest geschickt ab und sagte dann: »Verbinden Sie die Wunde, aber sehen Sie zu, dass sie nicht wieder aufbricht.«

Ein Schlag ins Gesicht. Der Bauer müsste eine wilde Polka tanzen, um diese gut vernähten Wundränder auseinander zu reißen. Aber Julius hatte nichts anderes erwartet. Stoisch nahm er einen Verband und schwor sich, es von Auer beim Duell heimzuzahlen.

Die Arbeit, den Verletzten in eines der Betten zu tragen, überließ von Auer natürlich Julius sowie einem anderen Fuchs. Sie ächzten unter der Last des Mannes. Julius stellte dem Patienten frisches Wasser auf einen Hocker neben dem Bett, deckte ihn zu, überprüfte nochmals den Puls und die Temperatur der Stirn und war stolz auf sich. Er hatte Hellenthal gut assistiert, die Versorgung der Wunde war reibungslos vonstattengegangen. Einzig von Auer war ein Wermutstropfen gewesen. Doch Julius begriff zunehmend, dass er seinen Zorn auf den blasierten Kerl, zumindest während der Vorlesungen und praktischen Übungen, herunterschlucken musste. Die Doktoren durften von dem Zwist nichts wissen.

Anschließend schlenderte er zufrieden durch den Gang des Klinikums und sah einen Mann, der den Hut so tief ins Gesicht gezogen hatte, dass man nur das kantige Kinn ausmachen konnte. Der Kerl hatte etwas Verstohlenes an sich. Er war aus einer der kleineren Kammern gekommen, die man zur Aufbewahrung von Krücken, Schienen und Möbeln nutzte, die meist von Zimmermannslehrlingen für wenige Münzen repariert wurden. Julius befand, dass es sich nicht lohnte, zu Brackhagens Vortrag zurückzukehren, da er den Raum entweder leer vorfinden würde oder das Seminar in Kürze ohnehin vorbei wäre. Brackhagen zog seine Vorträge nicht in die Länge, er wollte keine Zeit vertrödeln, wie er selbst immer wieder betonte. Dies hier war interessanter. Julius fand die Tür der Gerümpelkammer angelehnt und wollte sie eben richtig schließen, als sein Blick auf eine Bahre fiel. Darauf lag ein verhüllter Körper. Er trat in den Raum und schob mit dem Fuß zwei wackelige Kommoden an die Wand, um Platz zu schaffen. Neugierig lüftete er einen Zipfel des Tuches und sog laut die Luft ein.

Er kannte den Toten. Es war Gerôme! Über seinen Hals verliefen drei parallele Schnitte. Julius zog das Tuch langsam weiter nach unten. Der Oberkörper von Gerôme war nackt und entstellt. Ein Schnitt in Form eines Y zog sich über die Brust bis zum Schambein und war grob vernäht worden. Die Schnitte am Hals lagen offen, ganz so wie bei dem Toten, den sie in Brackhagens Seminar untersucht hatten. Julius wurde kalt und heiß zugleich. Er hatte den verrückten Franzosen noch vor wenigen Stunden unversehrt in Tamms Irrenabteilung gesehen und nun lag er tot in diesem Raum. Und wer war der Mann gewesen, der offensichtlich nicht zu den Ärzten oder Pflegern zählte?

TEIL III

Weimar

»NOCHMALS VIELEN HERZLICHEN DANK für das vorzügliche Essen, lieber Adrian.« Laurenz Weiland war gerade im Begriff, sich von der Mittagseinladung im Hause Dennfelder zu verabschieden. Es ging ihm gut, sein Magen war angenehm gefüllt, und nun warf auch noch die Wintersonne ein warmes Licht auf den Eingang, in dem er mit Adrian Dennfelder stand. »Und richte Elsa-Luise bitte nochmals meine Grüße aus.« Sie hatten zwar gerade erst auf das Du miteinander angestoßen, doch die Vornamen glitten Laurenz Weiland schon jetzt wie selbstverständlich über die Zunge.

»Aber natürlich, gern«, antwortete Dennfelder. »Sie freut sich immer sehr, wenn du kommst.«

Weiland hob noch einmal die Hand zum Gruße, dann schwenkte er Richtung Marktplatz um. In dem Moment rief Dennfelder ihn wieder zurück.

»Ach, Laurenz, einen Moment noch. Nun hätte ich es bei unserem anregenden Gespräch über deinen letzten Aufenthalt am Meer fast schon wieder vergessen. Sag, hat dein Bruder inzwischen etwas mehr über Margot Lambrecht herausfinden können? Ich würde gern behilflich sein, sofern dies erforderlich ist. Denn du weißt, das ist das Geringste, was ich für den guten Lambrecht jetzt noch tun kann.«

Weiland schüttelte betreten den Kopf. »Julius schreibt gern und viel, doch selten etwas über das Mündel deines verstorbenen Dieners. Ich werde ihn nochmals in einem Brief darum bitten, Näheres über das Fräulein zu berichten.«

»Dafür wäre ich dir sehr verbunden. Und richte dabei bitte deinem Bruder den besten Dank für seine Bemühungen von mir aus.«

Als Weiland zu Hause ankam, setzte er sich gleich an das Schreibpult und verfasste in wenigen Sätzen sein Anliegen.

KAPITEL 1

Julius stand vor dem Zuchthaus. Sein Herz klopfte bis zum Hals. Als Junge war ihm oft gedroht worden, dass der Wachmann ihn abhole und ins Zuchthaus stecke, wenn er nicht ordentlich seine Hose zusammenfalten oder nicht sauberer schreiben oder die Kartoffeln nicht so großzügig von ihrer Schale befreien würde. Ihn schauderte, denn die Drohungen aus Kindertagen steckten ihm noch in den Knochen.

Leise sprach er einen der beiden Soldaten an, die vor dem Eingang Wache standen. »Entschuldigen Sie bitte, Herr Soldat, ich möchte gerne nach einer Person suchen.«

Der ältere Mann schmunzelte und gab zurück: »Na, das ist ja mal was Neues. Die meisten müssen rein, wollen's aber nicht. Und Sie, Sie fragen, ob Sie rein dürfen. Haste das gehört?« Den letzten Satz hatte er an seinen Kollegen gerichtet.

Der kratzte sich nur abwesend seine Halbglatze, gähnte und sagte: »Jetzt halt den Jungen doch nicht auf.«

»Darf ich bitten?«, wandte sich der ältere Soldat an Julius und öffnete die schwere Eingangstür für ihn.

Julius ärgerte sich, dass keiner der beiden ihn vorgewarnt hatte. Der Gestank war überwältigend. Dem Eingangsbereich schloss sich eine Halle an, die wohl der Aufbewahrung von betrunkenen, kranken oder einfach nur lauten Personen diente. Auf Holzbänken saßen eng zusammengerückt Menschen jeden Alters. Dies waren die ruhigeren. Es gab zudem noch hektisch umherlaufende, Beleidigungen brüllende sowie weinende Männer und Frauen. Julius stand eine Weile fassungslos da und besah sich das Spektakel. Er erregte die Aufmerksamkeit einer jungen Frau. Sie lächelte ihn an und präsentierte respektable Zahnlücken. Ihr zerschlissenes Kopftuch hing halb ins Genick und gab den Blick auf zottelige Haare frei, die wohl schon länger keinem Seifenwasser mehr ausgesetzt worden waren. Sie streckte Julius flehend die Hände entgegen. »Bitte«, rief sie, »bitte geben Sie mir etwas Geld. Ich brauch's für einen Fürsprecher. Mein Mann sitzt da drin. Wenn ich keinen find, der für ihn spricht, dann is er des Todes.«

»Was hat er denn getan?«, wollte Julius wissen.

»Es war doch ein Unfall«, sagte die Frau.

»Ist ihm etwas passiert?« Die Frau war Julius suspekt. Er sah sich Hilfe suchend um, doch kein Wachmann war zu sehen.

»Er hat es doch nicht wollen. Dass er den Ehrenfried vom Dach gestoßen hat. Obwohl die Zimmermannsleute das sagen. Das stimmt aber nicht. Mein Mann tät so was nie tun, nie!«

»Entschuldigen Sie mich«, sagte Julius und durchquerte den Raum mit langen Schritten. Einige Meter weit blieb die Frau ihm auf den Fersen, dann wandte sie sich einem Mann zu, der ebenso hilflos wirkte, wie Julius sich fühlte. Julius seufzte auf.

Er hatte schon davon gehört, dass viele Angehörige Fürsprecher bezahlten, die vor Gericht einen falschen Eid ablegten.

Der ältere der beiden Soldaten, die vor der Tür ihre Wache versehen hatten, trat ins Foyer. Er hielt einen Folianten in den Händen. Julius ging erleichtert auf ihn zu.

»Können Sie mir sagen, wo die Gefangenen sind?«

»Wenn Sie mir Ihren Passierschein zeigen, bringe ich Sie hin.«

»Ich habe keinen, aber wenn Sie die Güte hätten mir zu sagen, wo ich …«

»Nehmen Sie Platz.« Der Wachmann zeigte auf die überfüllten Bänke. »Sie werden dann aufgerufen.«

Julius nickte und ging wie befohlen auf die Bänke zu. Dann fiel ihm ein, dass er dem Wachmann ja gar nicht seinen Namen genannt hatte. Er rief dem davoneilenden Soldaten nach: »Mein Name ist Julius Weiland und ich bin Student im ersten Jahr.«

Der Wachmann hielt inne und kam dann zurück: »Warum haben Sie denn nicht gleich gesagt, dass Sie ein Angehöriger der Universität sind? Da brauchen Sie natürlich keinen Passierschein. Welche Fachrichtung haben Sie denn eingeschlagen?«

»Die Medizin«, antwortete Julius nicht ohne Stolz.

»Es kommen viele Juristen hierher, mitunter auch einige Herren aus der Ärzteschaft. Bitte entrichten Sie Herrn Doktor Brackhagen meine besten Glückwünsche zu seiner Vermählung.«

Julius knirschte mit den Zähnen, nickte jedoch tapfer und folgte dem Wachmann durch die rückwärtige Tür.

Es gab einige Einzelzellen, in denen momentan vornehmlich Betrunkene einquartiert zu sein schienen. Hinter der vergitterten Front schliefen verwahrloste Gestalten. In den Gestank von Fäkalien mischten sich alkoholische Ausdünstungen. Nach etlichen durchzechten Nächten mit Hans Nachter erkannte Julius diesen Geruch überall wieder.

Der Wachmann ging an den Zellen vorbei und öffnete eine schwere Metalltür am Ende des Gangs, hinter der sich ein Raum von etwa sieben mal sechs Metern erschloss. Zwei Säulen stützten die Decke in der Mitte. In dem Gelass, teilweise in Ketten, saßen und lagen schätzungsweise zwanzig Männer und Frauen. Es war ein Bild des Jammers. Die Lampen, die hoch an der Wand angebracht und deren Dochte sparsam heruntergedreht waren, tauchten die Kulisse in ein warmes Licht. Julius wollte gar nicht wissen, welch einen Anblick die Gefangenen im Tageslicht boten.

Ein Wachmann war gerade damit beschäftigt, einen Körper anzuheben. Er hielt den reglosen Mann unter den Achseln gepackt und schleifte ihn auf Julius und den Soldaten zu. »Keine Ahnung, wo die schon wieder ein Messer herhaben!«, wetterte der Wachmann und ließ den toten Körper ächzend fallen. Denn dass er tot war, daran bestand kein Zweifel. Julius konnte sehen, dass jemand präzise drei parallele Schnitte über der Kehle ausgeführt hatte. Der unterste war der tiefste und gab Muskeln sowie die Speiseröhre preis. Die Haut war gesäubert, auch das Hemd war nur wenig mit Blut besudelt. Julius erschrak. Besorgten sich die Wissenschaftler ihr Anschauungsmaterial etwa auch aus diesem Raum? Doch wer von den verwahrlosten Gestalten hier war in der Lage, mit gefesselten Händen solch akkurate Schnitte zu setzen? Und wo war das Blut?, ging es Julius durch den Kopf.

Der Wachmann hob den Leichnam wieder an und verschwand durch die Tür, die er gleich anschließend wieder verschloss.

»Sie suchen also nach einer Person?« Den Folianten legte der Soldat auf einem schmalen Schreibpult neben der Tür in der Zelle ab.

Julius nickte. Er war versucht, sich die Nase zuzuhalten. Es stank fürchterlich in diesem fensterlosen Raum.

Ab und an ächzte ein Gefangener. Einige kauerten auf nacktem Stein, andere hatten sich ein wenig Stroh zusammengerafft. Das Klirren der Ketten wurde Julius schon nach wenigen Minuten in der Gemeinschaftszelle zur Qual. Er hielt sich nun tatsächlich die Nase zu, atmete flach durch den Mund und schritt die Reihe der Gefangenen ab. Die meisten waren so unterernährt, dass die Rippen sich durch den Stoff ihrer Hemden abzeichneten. Ein Mann erregte besonders Julius' Aufmerksamkeit. Er saß mit untergeschlagenen Beinen da und wiegte sich vor und zurück. Sein Blick war verschleiert und in die Ferne gerichtet.

»Was ist mit ihm?«, erkundigte sich Julius bei seinem Begleiter.

Der Soldat zuckte mit den Schultern. »Er hat einen Zimmermann vom Dach gestoßen und wartet auf seinen Prozess.«

Julius erinnerte sich an die aufdringliche Frau aus dem Foyer. »Sind Sie sicher, dass er schuldig ist?«

Der Wachmann schlug Julius auf die Schulter und lachte schallend. »Junge, das wird der Prozess weisen.« Schlagartig wurde er ernst. »Es ist nicht unsere Aufgabe, die Schuldigen von den Unschuldigen zu trennen. Das tun Ihre ehrenwerten Kollegen, die sich als Advokaten verdingen.«

Julius ging weiter. Besonders die Frauen musterte er kritisch. Es waren viele ältere dabei. Verwahrlost waren sie allesamt. Durch die Ketten war die Haut an den Handgelenken zum Teil mit eitrigen Entzündungen übersäht, die schon im schwachen Licht böse aussahen.

»Die haben heute einen guten Tag«, ließ sich der Wachmann vernehmen. »Sie sind friedlich. Da habe ich schon anderes erlebt.«

»Wer wird hier nicht wahnsinnig?«, murmelte Julius und wich einer stinkenden Lache auf dem Boden aus.

»Die kräftigen Gefangenen sind arbeiten. Was Sie hier sehen, das sind die Kranken und Alten, die taugen nichts mehr. Denen kann man kein Werkzeug in die Hand geben.«

»Sie meinen, es sind abends noch mehr Leute in diesem Raum?«, stieß Julius hervor.

»Haben Sie etwas an der Art und Weise auszusetzen, wie wir mit unseren Gefangenen verfahren?« Der Wachmann war stehen geblieben und baute sich vor Julius auf. »Sollten Sie sich etwas zuschulden kommen lassen, haben Sie als Student natürlich eine weitaus exquisitere Unterkunft. Sie mit Ihrem eigenen Gericht. Gerade Sie befinden sich wirklich nicht in der Position, unsere Vorgehensweise zu kritisieren!«

Julius hob entschuldigend die Hände. »Es tut mir leid, wenn es wie eine Anmaßung meinerseits geklungen hat.«

»Suchen Sie jetzt nach Ihrer Person und dann wird es mir ein Vergnügen sein, Sie zur Tür zu begleiten.«

Mit dem habe ich es mir verscherzt, dachte Julius. *Von dem werde ich nichts mehr erfahren.*

Er sah eine Frau, die sichtlich erschöpft und mit geschlossenen Augen an einer Säule lehnte. War das Margot? Das Profil war im Halbdunkel nicht recht zu erkennen, doch die Linie der Nase besaß eine gewisse Ähnlichkeit. Julius trat näher und beugte sich zu ihr herab. Plötzlich riss die Frau die Augen auf und schrie. Nein, sie war es nicht. Julius taumelte zu Tode erschrocken zurück. Die Frau wollte sich überhaupt nicht beruhigen. Andere Gefangene fielen in ihr Schreien ein. Einer schlug mit einem Metallnapf auf den Boden. Der Lärm war ohrenbetäubend. Julius presste sich die Hände auf die Ohren und war froh, dass Margot nicht unter den Gefangenen war. Dass man sie allerdings zum Dienst eingeteilt hatte, verbot sich angesichts ihrer körperlichen Verfassung von selbst. Hier war sie also nicht.

Der Wachmann bedeutete Julius mit einer Geste, ihm zu folgen. Dankbar sah Julius zu, wie sich der Schlüssel endlich im Schloss drehte und den Lärm einsperrte.

»Sind Sie fertig?«, fragte der Soldat barsch.

»Wenn ich Sie beleid…«

»Lassen Sie es gut sein«, winkte der Mann ab. Dann schlug er sich mit der Hand vor die Stirn. »Ich habe das Protokollbuch vergessen. Sie warten hier und rühren sich nicht vom Fleck.«

Julius nickte gehorsam und sah dem Wachmann hinterher. Sein Blick fiel in die Einzelzelle auf der rechten Seite. In ihr hatte man den toten Mann abgelegt. Auf dessen Brust lag ein Zettel. Die Zellentür stand offen. Julius schaute sich um, dann ging er rasch hinein und beugte sich über den Leichnam. Der Geruch nach destilliertem Ethanol drang ihm in die Nase. Julius unterdrückte ein Niesen und entzifferte die Notiz, wobei er immer wieder verstohlen in die Richtung sah, in die der Wachmann verschwunden war.

Bitte wie üblich Totenschein auf Herzversagen ausstellen, stand in ungelenken Buchstaben darauf.

KAPITEL 2

Eleonores Augen tränten, so lange hatte sie schon zum Fenster hinausgesehen. Nicht, dass der Blick auf dem Sandberg viel Abwechslung bot. In nächtlicher Stille lag die Straße da. Gelegentlich nur erklangen die Schritte des Nachtwächters auf dem Pflaster, der gewissenhaft seine Runde drehte. Eleonore fand keinen Schlaf, die Mauern von Brackhagens Haus, das sie immer noch nicht als das ihre bezeichnen konnte, waren kalt und bedrückend. Als die dritte Stunde nahte, glaubte sie, vor Trauer vergehen zu müssen. Sie schmiegte ihr Gesicht an die Wolldecke, in die sie sich eingewickelt hatte, und weinte bittere Tränen. Die Wolle war die einzige wärmende Umarmung, die ihr in diesem Haus zuteilwurde. Erasmus käme doch die Aufgabe zu, ihr Schutz und Geborgenheit zu geben. Zumindest hatte sie das bis kurz nach der Hochzeit gedacht. Er indes schien nichts zu vermissen, er lebte ohne Zärtlichkeit in einer Welt, in der die Ratio regierte. Freude empfand er allenfalls bei der Lektüre eines Fachaufsatzes oder im wissenschaftlichen Disput mit seinen Kollegen. Sie selbst spielte bei all diesen Dingen keine Rolle, es war ihr, als würde mit jedem Tag ein Stückchen mehr von ihr verschwinden. Für ihre Sorgen hatte hier im Hause niemand ein Ohr. Im Gegenteil, es wurde erwartet, dass sie stets souverän agierte und alles daran setzte, ihren Gatten zu unterstützen.

Er braucht mich doch gar nicht, dachte Eleonore bitter und drückte ihre Wange an das Fensterglas. *Sein Leben verläuft nach einem Plan, den ich nicht verstehe, davon abgesehen will Erasmus auch gar nicht, dass ich ihn jemals verstehen werde. Er schließt mich gänzlich aus, zitiert mich nur herbei, wenn ich eine Aufgabe in seinem Plan zu erfüllen habe. Ist dies geschehen, bin ich wieder Luft für ihn. Warum hat er mich geheiratet?*

Sie nahm einen Kerzenhalter, schlüpfte in ihre Hauspantoffeln und öffnete leise die Zimmertür. Unruhig strich Eleonore durch die Räume, kam in die Küche und stellte fest, dass sie das erste Mal vor der Köchin auf war. Dann warf sie einen Blick in die Speisekammer. Die wenigen leckeren Sachen, die sorgsam aufgeschichtet in den Regalen lagerten, widerten sie an, weil sie schon jetzt der Gedanke an das gemeinsame Frühstück ängstigte. Sie machte sich schwerfällig auf den Weg in ihr Zimmer zurück und bemerkte einen Lichtschein, der unter der Tür von Erasmus' Raum hindurchfiel.

Wenn sie ihm einfach sagte, wie traurig sie war?

Ein Geräusch erklang hinter der Tür. Es hörte sich an wie ein schmerzhaftes Stöhnen, das sich zwischen zusammengepressten Kiefern hervorgestohlen hatte. Kurz nur, dann war es schon wieder vorbei. Eleonore verharrte wie festgenagelt, kaum wagte sie zu atmen. Was ging da vor sich? Sie spitzte die Ohren und glaubte jetzt, ein Klirren zu vernehmen. Ebenfalls gedämpft, als gebe sich der Verursacher Mühe, jeden Laut zu unterbinden. Eleonore dachte an die Geschichte von den Geistern, die bis in alle Ewigkeit verdammt waren, Ketten zu tragen, rachsüchtige, rastlose Seelen, die nur danach trachteten, den Lebenden zu schaden. Sie flog nun geradezu auf die Erlösung versprechende Tür ihres Zimmers zu, verschloss sie sofort hinter sich, kaum dass sie hindurchgetreten war. Mit klopfendem Herzen setzte sie sich mit dem Gesicht zur Tür auf ihr Bett und ließ die Klinke nicht aus den Augen.

Erst als es draußen bereits dämmerte, wagte sie, den Blick abzuwenden. Natürlich wusste sie, dass es keine Geister gab, ihr Verstand wusste es. Aber seit dem schrecklichen Albtraum war sie ängstlich, weil die Grenze zwischen Traum und Wirklichkeit zusehends verschwamm.

Mit dem Schlag der Turmuhr fand sie sich um sechs Uhr dreißig am Frühstückstisch ein. Ihr Gemahl saß wie üblich bereits ausgehfertig angezogen und sorgfältig frisiert am Tisch. Er pflegte des Morgens, nur eine Tasse Kaffee und ein Stück Brot hauchdünn mit Butter bestrichen zu sich zu nehmen. Konfitüre oder gar fette Wurst waren ihm ein Graus. Ebenso karg fiel Eleonores Mahlzeit aus. Die Köchin war angewiesen, ihr die gleichen Speisen zu kredenzen. Auf den Kaffee freute sich Eleonore am meisten. Sie hatte bis vor ihrem Umzug das bittere Gebräu verabscheut, doch da die Köchin ihr dankenswerterweise immer zwei Löffel Zucker in die Tasse gab, selbstredend ohne das Wissen von Erasmus, trank Eleonore den Kaffee mittlerweile sehr gern. Wie immer wurde bei Tisch geschwiegen. Erst als Erasmus sich den Mund mit einer Serviette abgetupft hatte, fiel sein Blick auf Eleonore.

»Da ich einiges zu lesen und Korrespondenzen zu erledigen habe, wofür es mir in der Universität stets an Ruhe und Zeit mangelt, wäre ich dir sehr verbunden, wenn du keinen Lärm machen würdest.«

Eleonore wurde kalt. Erasmus war den gesamten Tag über zu Hause? Und wann hatte sie schon einmal Lärm gemacht? Als sei sie ein kleines Kind, das schreiend um den Esstisch rannte und Vasen von den Sockeln stieß, die hier ohnehin nicht vorhanden waren. Ebenso wenig wie erbauliche Gemälde oder eine meisterlich gefertigte Büste.

Nichts dergleichen. Alles, was es zu sehen gab, erfüllte einen praktischen Zweck. Wovor also fürchtete sich der Herr Doktor? Eleonore spürte, wie eine Woge des Zorns sie zu überwältigen drohte. Sie trank den letzten Schluck Kaffee weniger des Genusses willen als um ihre trockene Kehle zu befeuchten. Dann sagte sie mühsam beherrscht: »Ich werde mich still in meinem Zimmer oder im Salon aufhalten.«

Die Verheißung auf einige Stunden Lesezeit tröstete sie ein wenig über ihr mehr oder weniger freiwilliges Exil hinweg.

Eleonore hatte sich in die düsteren Gefilde Londons begeben und verfolgte gespannt den Ausgang einer Hexenjagd, als die Türglocke sie in die Wirklichkeit zurückriss. Sie rieb sich die brennenden Augen, denn die durchwachte Nacht forderte ihren Tribut, stand auf und trat ans Fenster. Sie sah gerade noch den Boten davoneilen, der immer gut gelaunt war. Das eine oder andere Mal hatten sie sich über das Wetter oder die ewigen Schlaglöcher der Halle'schen Straßen ausgetauscht. Unter beidem hatte der Bote zu leiden. »Wenn es regnet, würde ich lieber ein Boot nehmen, da käm ich schneller durch die Straßen«, pflegte er zu witzeln, wenn sich die himmlischen Schleusen wieder einmal geöffnet hatten.

Annemies weinerliche Stimme drang an Eleonores Ohr. Anscheinend stand sie jemandem Rede und Antwort. Eleonore legte die Londoner Hexenjagd zur Seite und huschte zur Tür. Schritte näherten sich. Sie öffnete die Tür und sah sich plötzlich sowohl Erasmus als auch Annemie gegenüber.

»Was hat das zu bedeuten?«, fragte Erasmus. Auf seiner

Stirn pochte eine Ader. Seine Stimme kiekste ein wenig. Er räusperte sich.

Eleonores Blick fiel auf das, was er in der einen Hand hielt. Es war das *Taschenbuch für Kunst und Laune*, in welchem Ludwig Tiecks *Runenberg* letztes Jahr abgedruckt worden war. Eleonore hatte glückselig beim Buchhändler die Bestellung aufgegeben und sich tagelang auf die Lektüre des neuen Schauermärchens gefreut. Wie hatte sie das nur vergessen können? In der anderen Hand hielt Erasmus zerrissenes Einschlagpapier, auf dem sie noch die Hälfte ihrer Anschrift lesen konnte. Was ihr einen Stich versetzte: Ihr Name stand darauf, nicht seiner.

»Sprich mit mir«, rief Erasmus. Seine Stimme überschlug sich.

»Es ist doch nur ein Buch«, verteidigte sich Eleonore. Annemie nutzte die kurze Irritation und ergriff die Flucht.

Erasmus hielt sie nicht zurück, stattdessen streckte er Eleonore das Taschenbuch hin und sagte: »Verbrenne es.«

Eleonore nahm das Buch an sich und drückte es an ihr Herz. Sie spürte, wie ihr Tränen in die Augen schossen und ihr das Atmen schwerfiel.

»Hast du nicht gehört, was ich ges…?« Seine Stimme war immer schriller geworden, immer schneller hatte er die Silben gesprochen und dann war nichts mehr zu hören, außer einem leisen Röcheln. Er wischte sich vehement über den Mund und starrte Eleonore hasserfüllt an. Sie krümmte sich unter dem Blick, hielt das Buch jedoch weiterhin an ihre Brust gepresst.

Erasmus versuchte es ihr zu entwinden, zerrte an ihren Armen, die sie umso stärker an sich drückte.

»Es stand mein Name auf dem Umschlag«, rief Eleonore. »Mein Name! Es ist mein Buch!«

Er nahm auf ihren Einwand keine Rücksicht, riss nun am Buchdeckel, es ratschte. Eleonore löste eine Hand und schlug damit nach seinen Fingern. Erasmus griff nach ihrem Handgelenk und drückte zu. Eleonore schrie auf, hielt ihren Schatz jedoch mit der anderen Hand eisern fest. Erasmus keuchte und Eleonore liefen die Tränen ungehemmt über das Gesicht. Obgleich tränenblind, ließ sie nicht los. Erasmus packte das andere Handgelenk und verdrehte es. Es protestierte mit einem jähen Schmerz gegen die unsanfte Behandlung. Seine Finger drückten in die weiche Stelle zwischen den Knochen am Handansatz. Wie von selbst glitt das Buch aus Eleonores schlaffen Fingern und klatschte auf den Boden. Erasmus versetzte dem Buch einen Tritt, sodass es über die Bodendielen schlitterte. Eleonore wollte hinterher, doch er hielt sie an den Schultern gepackt und schüttelte sie so sehr, dass ihr Kopf vor und zurück schleuderte.

»Du wirst … diesen Schund … nicht mehr anrühren! Hast du mich verstanden?« Er ließ sie los.

Seine Augen waren kalt und seine Miene voll hasserfüllter Entschlossenheit.

»Ob du mich verstanden hast?«, flüsterte Erasmus.

Eleonore nickte und rieb sich die schmerzenden Handgelenke. Sie ertastete eine Schwellung, die sehr wehtat.

Erasmus ging zum Buch, hob es auf und befahl, ohne Eleonore anzusehen: »Mitkommen!«

Im Salon warf er das Buch in den Kamin und zwang sie zuzusehen, wie die Flammen die Seiten verschlangen.

Kaum hatte das Feuer auch die letzte Seite gefressen, verließ Erasmus den Salon. Eleonore kauerte vor dem Ascheberg, der mit sanftem Knistern in sich zusammengefallen war, die Hände hielt sie vor das Gesicht. Tränen rollten unter ihren Handballen hervor und benetzten ihr Kleid. Es war Eleonore einerlei. Mehr noch als ihre malträtierten Handgelenke schmerzte ihr Herz. Annemie und die anderen hatten mit Sicherheit den Streit mitverfolgt und diskutierten nun eifrig in der Küche. Schließlich erhob sich Eleonore und ging zur Tür.

Ohne Hut und Umhang verließ sie das Haus, lief wie eine Schlafwandlerin durch Halle, geradewegs zum Haus ihrer Eltern und betätigte zaghaft den Glockenzug. Das Mädchen öffnete und schlug die Hände zusammen. »Ja meiner Treu, Eleonore, was ist denn mit Ihnen geschehen?«

Erneut brachen die Tränen aus Eleonore hervor. Hilda, die gute Seele des Hauses, brachte sie flugs zu ihrer Mutter, die im Salon damit beschäftigt war, eine Kissenhülle mit einer Stickerei zu versehen. Sie sprang auf, als sie Eleonore erblickte, und lief ihr erschrocken entgegen. »Kind, was hast du?«

Schluchzend schlang Eleonore die Arme um ihre Mutter und brachte kein vernünftiges Wort heraus.

Hilda brachte Tee und warf Eleonore mitleidige Blicke zu.

»Jetzt setze dich erst einmal, mein Kind«, sagte ihre Mutter und führte Eleonore zur Chaiselongue. »Was ist denn geschehen?«

»Ich … er … also, Erasmus hat … Er hat mein Buch verbrannt.«

»Von welchem Buch sprichst du?«

»Ich hatte ein Buch bestellt und er hat es … hat es einfach in die Flammen geschmissen und mir gedroht und wehgetan hat er mir auch.« Eleonore zog die Ärmel ihres Kleides hoch und erschrak selbst angesichts der Blutergüsse an den Handgelenken.

Ihre Mutter rief Hilda herbei und bat um eine Arnika-Tinktur.

»Eine Handgreiflichkeit ist natürlich nie schön und ich weiß, dass du schlimm leidest. Andererseits muss Doktor Brackhagen wohl einen Grund gehabt haben, dir zu zürnen.« Sie tätschelte Eleonores Knie. »Ich weiß doch, was für ein Trotzköpfchen du zuweilen sein kannst.«

»Das ist doch keine Entschuldigung dafür, dass er mir beinahe die Knochen bricht. Wegen eines Buches!«

»Dein Vater war immer so, wenn er zu viel Arbeit hatte. Sag, unterstützt du deinen Gatten vielleicht nicht genug? Verweigerst du ihm ein offenes Ohr, wenn er aus dem Klinikum nach Hause kommt und eine gute Seele zum Reden braucht?«

»Er redet nicht über seine Arbeit, er sagt, ich würde es ohnehin nicht begreifen. Ich sei zu ungebildet und er tausche sich lieber mit Kollegen aus, die ermessen könnten, welch eine Verantwortung auf ihm laste.«

»Ach, mein Kind. Nun sei nicht so traurig. Ihr beide braucht einfach Zeit füreinander. Das wird schon werden, wirst sehen. Wenn das erste Jahr einmal vorbei ist und sich der Nachwuchs ankündigt, dann wirst du über das verbrannte Buch lachen.«

Eleonore biss sich auf die Lippen. Sie konnte ihrer Mutter beim besten Willen nicht erzählen, dass die Hochzeitsnacht immer noch nicht stattgefunden hatte.

Als Eleonore ihren Tee ausgetrunken hatte, stand ihre Mutter auf und sagte: »Ich muss mich jetzt um deinen Vater kümmern. Einen Spaziergang möchte er machen. Ich bin ja dankbar, wenn es ihn nach frischer Luft verlangt. Viel zu selten kann er sich überwinden, das Haus zu verlassen.«

»Mutter, kann ich bei euch wohnen, bis sich die Wogen geglättet haben?«

»Das gehört sich nicht. Was sollen denn die Leute denken, wenn du nicht im Hause deines Gatten nächtigst? Außerdem solltest du ein wenig Einsicht zeigen. Dein Mann braucht dich doch.«

»Aber, Mama …«

»Nichts da. Das ist mein letztes Wort. Geh zu ihm und kläre das Missverständnis auf. Denn es kann sich zweifelsohne nur um ein solches handeln. Er ist ein so vernünftiger Mensch.«

Eleonore sprang auf und rannte ohne einen Abschiedsgruß aus dem Haus. Tränen brannten in ihren Augen, ihr Herz fühlte sich wie ein versteinertes Gewächs in ihrer Brust an. Ihre Mutter rief ihr noch etwas hinterher. Eleonore hörte es nicht, wollte es nicht hören. Sie eilte mit gesenktem Kopf die Straße entlang, weil sie nichts und niemanden sehen wollte. Ohne nachzudenken, lief sie in ruhigere Gefilde. Es waren kaum noch Menschen auf der Straße, die Luft roch jetzt feucht. Erst als sie am Ufer der Saale stand, blickte sie auf. Das Plätschern des Wassers passte gut zu ihrem Tränenmeer. Sie setzte sich auf einen großen Findling und blickte in den brodelnden Fluss.

KAPITEL 3

»Heute ist also der große Tag«, sagte Nachter salbungsvoll und rückte für Julius einen Stuhl zurecht.

»Ich kenne mich mit Duellen nicht aus, aber ich werde einen Teufel tun und ihm den Sieg kampflos überlassen.«

»Dass du ihn am Breiten Stein beleidigt hast, gibt ihm das Recht, sich grob angegriffen zu fühlen. Das bedeutet, er wird dir mit dem Krummsäbel entgegentreten. Hast du so ein Ding schon einmal in der Hand gehabt?«

»Ist eine Weile her, aber es muss irgendwie gehen«, grummelte Julius.

Nachter krauste besorgt die Stirn. »Damit nicht genug. Die wattierten Hosen, die Bandagen und die große Mütze kannst du getrost vergessen. Er wird dich in Stücke schneiden.«

»Jetzt ist aber genug!« Julius sprang so heftig auf, dass der Stuhl umkippte. »Wer sagt denn, dass ich verlieren werde? Wie viele Gänge muss ich überhaupt durchstehen?«

»Die Fridericiana hält es mit 24 Gängen.« Nachter bohrte versonnen in der Nase.

»Und nach jeweils sechs Gängen darf von Auer das Duell beenden, richtig?«, hakte Julius nach.

»Das ist richtig. Aber das glaubst du doch selbst nicht.«

Julius trat ans Fenster und blickte schweigend hinaus. Nachter kramte in seiner Truhe, es klirrte, dann räusperte er sich. Julius drehte sich um und sah, was Nachter ihm entgegenhielt. Es war ein völlig verrosteter Krummsäbel. Die Scheide war aus brüchigem Leder und zerfiel bereits beim Zusehen. Nachter legte die Waffe auf den Tisch und hob entschuldigend die Hände. »Der hat meinem Großvater gehört.«

»Ich wette, dein Großvater hat ihn auch das letzte Mal vor hundert Jahren benutzt.«

»Besser als nichts!«, schimpfte Nachter los. »Ich verstehe dich nicht. Erst lässt du dich mit diesem Hundsfott ein, bittest mich, dein Secundant zu sein, und dann lehnst du jede Hilfe ab. Davon abgesehen, dass du dich in den letzten Tagen überhaupt nicht um das Duell geschert hast.«

»Was machst du für ein Gewese um die Sache? Ich nehme den Säbel, stelle mich von Auer und gehe am Ende des Duells unbeschadet in die Wirtschaft.« Julius nahm den Säbel zur Hand und stellte erschrocken fest, wie schwer er wog. Ob er tatsächlich 24 Gänge lang die Waffe auch nur festhalten konnte, stand für ihn plötzlich in den Sternen.

Nachter hob den Stuhl auf und ließ sich seufzend darauf fallen. »Weißt du, Weiland, ich mag dich. Und es täte mir leid, wenn dich der Schleppfuchs tot vom Feld trüge.«

»Warum glaubst du nicht an meinen Sieg?«

»Sagt dir der Name von Auer gar nichts?«

»Sollte er?«

»Von Auer stammt aus einer Militärdynastie. Der blöde Kerl ist gewissermaßen mit einem Säbel in der Hand geboren worden. Ich bin sicher, noch ehe er laufen konnte, konnte er mit einer Klinge umgehen.«

Julius schluckte schwer. »Gibt es keine Möglichkeit, das Duell zu verzögern?«

»Da du dich auf seine Forderung eingelassen hast, anstatt ihm später eine Antwort zukommen zu lassen, hast du seine Bedingungen angenommen. Das bedeutet, dass du keine vier Wochen Zeit hast zu üben. Füchse dürfen das nämlich. Aber du Esel hast dir diese Chance vertan.«

Julius sah nachdenklich auf den rostigen Stahl in seiner Hand. Die Spitze zeigte zu Boden, ganz so, als habe er bereits kapituliert.

Er überließ Nachter die Waffe, der versprach, sie bis zum Abend zu reinigen und angemessen zu schärfen, und ging blicklos aus dem Haus. Er schritt schnell aus. Nun war ihm klar, warum von Auer nicht das geringste Zeichen von Unsicherheit zeigte. Natürlich, der blöde Hundsfott hatte nur auf eine solche Gelegenheit gewartet. Julius sah sich selbst mit aufgeschnittenem Hals im Dreck liegen. Und das Schlimmste war, dass er noch nicht einmal einen Schuldigen benennen konnte außer sich selbst. Er hatte auf dem Breiten Stein sein Leben verwirkt. Für Reue war es nun reichlich spät, auch würde er gewiss nicht jetzt beginnen, mit einer rostigen Waffe zu üben. Nein, vielmehr würde er sich innerlich verabschieden. Und für die Kontemplation fiel ihm nur ein würdiger Ort ein: das wunderbar ruhige Ufer der Saale.

Er runzelte die Stirn, als er an seinem Lieblingsort eine kauernde Gestalt erblickte. Den Umhang fest um sich gezogen, die Knie bis an die Brust gedrückt, saß die Person da und starrte ins Wasser.

Julius näherte sich und beobachtete, wie diese den Kopf hob, als sie dürre Zweige unter Julius' Fußsohlen brechen hörte. Sie sah ihm entgegen. Julius' Herz machte einen Satz. Es war Eleonore. Er rechnete fest damit, dass Brackhagen auch in der Nähe war. Wollten die beiden ein paar Mußestunden am Flussufer verbringen? Einen Laib Brot teilen und eine Flasche Wein dazu trinken?

»Juls!«, rief sie. »Was tust du denn hier?«

»Ich habe nach Ruhe gesucht und dich gefunden«, gab er zurück. »Da sich beides ausschließt, gehe ich wohl besser.«

»Bitte nicht. Bleib doch«, flehte sie und erhob sich schwerfällig.

»Ach, Leo«, seufzte Julius. Er ging auf sie zu, sah sich dabei um. »Wo ist dein Mann?«

Eleonores Gesicht wurde noch blasser, als es ohnehin schon war. Ihren Mund presste sie zu einem Strich zusammen. Sie blieb ihm eine Antwort schuldig.

Julius bemerkte, dass ihre Augen gerötet waren. Ihre Hand zitterte, als sie sich eine widerspenstige Haarsträhne aus dem Gesicht strich.

»Setzen wir uns?«, fragte Eleonore. Ihre Stimme war so leise. So ungewohnt monoton.

Julius setzte sich neben sie ins Gras und geraume Weile sagte keiner von ihnen ein Wort. Plötzlich spürte Julius eine Berührung an seiner Hand. Es waren Eleonores Finger und sie waren eiskalt.

Er sah sie an, sah, dass sie weinte. Es waren lautlose, bittere Tränen.

»Was ist denn mit dir?«, fragte er. Diese Frage kam über seine Lippen, ohne nachzudenken. Er hatte sie schon so oft gestellt, wenn sich Eleonore verletzt hatte oder einfach nur traurig gewesen war. Aber das war lange her, und damals war sie auch nicht verheiratet gewesen.

»Ich habe das Gefühl zu sterben. Jeden Tag ein wenig mehr«, stieß Eleonore hervor und drückte fest Julius' Hand.

»Du schienst mir so gefestigt zu sein. Nach Sterben sah mir das ganz und gar nicht aus. Ich hatte eher das Gefühl, du hast mit allem abgeschlossen, was früher war, ehe du Frau Brackhagen wurdest.«

Eleonore rückte näher an Julius heran und lehnte ihren Kopf an seinen Oberarm. Er wischte ihr die Tränen mit dem Zipfel seines Hemdes vom Gesicht.

»Aber weinen kannst du noch. Das ist doch schon einmal etwas«, flachste Julius. »Und nun erzähle, was dich bedrückt. Leo und Weinen, das ist ein sehr gegensätzliches Paar. Leo und Lachen hingegen nicht.«

Eleonore holte tief Luft, rupfte einen Grashalm aus und zerfaserte ihn in ihrer Hand. Mit der anderen hielt sie immer noch Julius' Finger fest umklammert.

»Ich weiß auch nicht. Es ist so freudlos geworden und …« Ihre Stimme versagte, trockene Schluchzer ließen die zierliche Gestalt beben. Julius legte seinen Arm um ihre Schulter und drückte ihr Gesicht an seine Brust. Er konnte nicht umhin festzustellen, dass sein Herzschlag angesichts der innigen Umarmung schneller wurde.

Eleonore schniefte vehement und fuhr fort: »Er erlaubt mir nichts mehr. Schau, was passiert ist.« Sie befreite sich aus der Umarmung und hielt ihm die Fäuste entgegen. Julius verstand erst nicht, dann sah er die Blessuren. Es waren dunkelviolette Blutergüsse.

»Sind das Fingerabdrücke?«

Eleonore nickte.

»Brackhagen!«

Eleonore nickte dieses Mal nicht, sie sah nur peinlich berührt zur Seite.

»Das darf er nicht«, sagte Julius. »Er darf das nicht! Wie kommt er überhaupt dazu, dir so wehzutun? Ist er denn von allen guten Geistern verlassen? Schlägt er dich auch? Tut er dir noch andere Dinge an?«

Julius griff nach Eleonores Schultern und blickte ihr forschend ins Gesicht. Sie kniff die Lippen zusammen, vermied es, ihn anzusehen und schüttelte dann zaghaft den Kopf. »Nein, es war das erste Mal, dass er handgreiflich geworden ist. Ich bin geflohen, weil ich es nicht mehr in diesem Palast aus Eis ausgehalten habe.«

Julius lauschte fassungslos ihrem Bericht, wie es ihr in den Tagen und Wochen nach der Hochzeit ergangen war. Er erschütterte ihn zutiefst.

»Und nun weiß ich nicht, wie alles weitergehen soll. Ich habe Angst, Juls, schreckliche Angst.« Julius nickte.

Eleonore vergrub ihr Gesicht in seiner Halsbeuge. »Er wird mich umbringen, wenn er uns so zusammen sieht«, flüsterte Eleonore. »Aber das ist mir egal.«

»Da kommt's auch nicht mehr drauf an«, erwiderte Julius und grinste freudlos. »Ich bin heute Abend wahrscheinlich ohnehin tot. Kommst du auf meine Beerdigung?«

»Was redest du denn da, Juls?«

»Ich habe eine Forderung zum Duell erhalten und diese akzeptiert. In meiner einmaligen Dummheit habe ich mich natürlich nicht mit den Duellgesetzen beschäftigt, und nun ist's um mich geschehen. Denn mein Gegner ist niemand anders als der werte Kommilitone von Auer.«

»Von Auer? Von dem hat Erasmus manchmal gesprochen. Leider ist mir der Zusammenhang entfallen. Ich kann mir ohnehin nichts mehr merken. Es ist, als hätte jemand meinen Kopf gehörig umeinandergeschüttelt, und ich kriege nichts Vernünftiges damit zustande.«

»Es wird schon gut gehen«, sagte Julius.

»Nein, nichts da. Du wirst einfach nicht hingehen. Das lasse ich nicht zu.«

Julius lächelte gequält. »Gesagt ist gesagt. Ich muss zum Duell erscheinen, schon allein aus dem Grund, dass von Auer sicherlich alle informiert hat. Und damit meine ich wirklich alle. Wahrscheinlich auch deinen Mann. Kannst du dir vorstellen, wie meine folgenden Studien aussehen würden? Dann lieber in Ehren aufgespießt werden.«

»Das kann nicht dein Ernst sein.«

»Doch, Leo.«

Eleonore sprang auf. Die Wut rötete ihre Wangen. »Ich kann das nicht ertragen.« Sie blickte nochmals zornig auf ihn herab, wandte sich um und eilte davon.

»Leo!«

Leichtfüßig überwand sie Wurzeln und kleine Findlinge und rannte die steile Uferböschung hoch, als handle es sich um ebenes Gelände. Julius schüttelte verwirrt den Kopf. Seine linke Seite kühlte merklich ab, jetzt, wo Eleonores wärmender Leib fehlte.

Als Eleonore die Uferböschung hochgelaufen war, hatte sie nur noch ein Ziel. Sie musste zur Wachstation, damit dieser Wahnsinn verhindert würde. Wie hatte Julius nur in so etwas hineingeraten können? Gerade Julius!

Sie überquerte den Marktplatz und schloss sich unauffällig mal dieser, mal jener Gruppe von Damen an, bis sie schließlich den Eingang des Wachgebäudes erreicht hatte. Als sie die schwere Eingangstür öffnete, stach ihr ein unangenehmer Geruch von Schweiß, Alkohol und Erbrochenem entgegen. Die Wände, die wohl einmal weiß gekalkt gewesen sein mussten, waren braun und grau vor Schmutz.

Eleonore zog ein Taschentuch heraus, um sich die Nase zuzuhalten.

»Was soll'n das heiß'n, du warst nich da? Eben haste noch erzählt, dass der Wirt schlechtes Bier ausjeschenkt hat, wa«, hörte Eleonore eine wütende Stimme. Ein grobschlächtiger Wachmann von ungewöhnlich großer Statur hatte sich vor einem Kerl aufgebaut, der ihm gerade mal bis zur Brust ging.

»Das war später«, antwortete der Kleinwüchsige, während er einen Arm fest an die Brust drückte, als schütze er etwas damit.

»Später? SPÄTER?« Die Stimme des Wachmanns schwoll an und sein Gesicht färbte sich dunkelrot. »Ein Später jibt es nich. Später wurdeste jefasst und jetzt sitzte hier und erzählst mir Lüjenmärchen!«

»Trotzdem! Ich habe nichts gesehen«, antwortete der Vernommene frech, gleichzeitig zog er jedoch den Kopf ein, als erwarte er Prügel.

Eleonore sah nun hinter dem streitenden Paar einen anderen Mann auf einer Bank sitzen, den Kopf an die Wand gelehnt. Mit geschlossenen Augen und halb geöffnetem Mund schien er offenbar seinen Rausch auszuschlafen. In seinem unrasierten Gesicht hingen Reste von Erbrochenem, das Übrige verteilte sich über der Kleidung und bildete eine schon trocken werdende Pfütze auf dem Boden zwischen seinen abgewetzten Schuhen. Eleonore stieß ungewollt einen Laut aus.

Dies lenkte die Aufmerksamkeit des Wachhabenden auf sie. »Was wolln Sie denne hier? Und nehm Se das Tuch runter, ich seh jar nich, wer Se sind«, schnauzte er sie an. Dabei strich er sein fettiges Haar mit einer Hand zurück. Sein Hemdkragen lugte offen unter seiner Amtstracht hervor. Der ölige Glanz seiner Haut verriet, dass er stark schwitzte.

Eleonore tat, wie ihr befohlen. »Ich wollte … ich wollte ein Duell melden. Heute Abend.« Eleonore schluckte, unsicher, ob sie das Richtige tat.

»Hör ich richtich? Von was für ein Duell will die Jute denn bitte schön wissen? Duelle sinn strengstens untersacht!«, raunzte er sie weiterhin unhöflich an.

»Ich … Ja. Deswegen möchte ich ja … Sie sollen es verhindern. Können … Können Sie das tun?«

»Verhindern? In den Carcer kommen sie, die Herren Duellanten! Wer sind Se überhaupt, dass Se davon wissn?«

Eleonore starrte den Wachhabenden an. Julius hier eingesperrt? Das würde sie kaum ihrem ärgsten Feind wünschen. »Ich … Ich bin …« Dann stürzte Eleonore hinaus.

Verstört lief sie durch die Straßen. Sie achtete nicht darauf, wohin ihre Füße sie trugen, auch mied sie jetzt die Gesellschaft anderer Menschen. Zu allem Überfluss begann es zu regnen, der Wind frischte auf. Eleonore stellte sich in einer Tordurchfahrt unter und schlang die Arme um sich. Erst jetzt fiel ihr auf, wie verlassen die Gegend war. Der Hof hinter der Durchfahrt wirkte verwahrlost, die Fenster des angrenzenden Hauses waren mit Brettern vernagelt. Ihre Gedanken schweiften zu Julius. Hatte sie das Duell mit ihrer Meldung bei der Wache verhindern können?

Sie schrak zusammen, als jemand die Toreinfahrt betrat. Es war ein junger Mann, Eleonore glaubte ihn zu kennen, war sich indes nicht sicher. Er war adrett gekleidet und sorgfältig rasiert. In der Hand trug er einen Gehstock. Er blieb zwei Schritte von ihr entfernt stehen und musterte sie. Eleonore wurde sich der unangenehm kalten Mauer in ihrem Rücken bewusst. Sie stieß sich ab und sagte: »Es ist unhöflich, eine Frau derart anzustarren.«

Er lächelte und trat näher. Jetzt trennten sie nur noch wenige Zentimeter voneinander. Eleonore musste den Kopf heben, um ihm in die Augen sehen zu können. Tatsächlich wagte er es, die ohnehin schon unschickliche Distanz zwischen ihnen abermals zu verringern. Seine Lippen streiften ihren Scheitel. Eleonore trat einen Schritt zurück und prallte gegen die Mauer. Der Mann setzte nach und stützte sich mit den Händen links und rechts neben ihrem Gesicht an der Wand ab. Eleonores Herz begann zu rasen, dennoch versuchte sie seinem Blick standzuhalten.

»Gehen Sie augenblicklich auf Abstand, Sie Flegel«, sagte sie mit zitternder Stimme.

»Mich interessiert, warum Julius Weiland eine Liaison mit Ihnen eingegangen ist, Frau Brackhagen.«

Eleonore erstarrte, sie fühlte, wie ihre Knie weich wurden.

»Ja«, fuhr er fort, »ich habe Sie beide am Fluss beobachtet. Es scheint mir, als träfen Sie sich dort öfter. Wohl wissend, dass Ihr Gatte zu beschäftigt ist, als dass er sich die Muße eines Spaziergangs zur Saale gönnen würde.«

»Wer sind Sie?«, stammelte Eleonore.

»Gestatten, von Auer«, flüsterte er und presste im nächsten Moment seine Lippen fest auf ihren Mund. Eleonore quietschte protestierend und wollte das Gesicht zur Seite drehen, aber er hielt ihren Kopf fest. Eleonore wimmerte. Sie glaubte, ersticken zu müssen. Sie hob ihre Fäuste und trommelte auf seine Schultern ein. Da ließ er von ihr ab und blickte sie tadelnd an. »Sie geben sich nicht die geringste Mühe, meine Liebe. Aber genau das sollten Sie tun, wenn ich Ihr Geheimnis wahren soll.«

»Sie widerwärtiger Kerl. Lassen Sie mich gefälligst gehen, sonst rufe ich um Hilfe!«

»Schreien Sie nur«, gab er zurück. »Wenn Sie möchten, dass ich Ihren Mann umgehend über Ihr Verhältnis zu Julius Weiland unterrichten soll, tun Sie sich keinen Zwang an.«

Eleonore blickte von Auer hasserfüllt an. Dennoch zögerte sie, ihn einfach beiseitezustoßen und um Beistand zu rufen. Ihre Gedanken überschlugen sich. Was, wenn von Auer seine Drohung wahr machen würde? Wem würde Erasmus mehr glauben? Ihr Herz klopfte wie toll und ihr wurde schwindlig. Sie atmete tief durch und beschwor sich, nicht das Bewusstsein zu verlieren.

Von Auer warf einen Blick auf das verregnete Pflaster jenseits der Toreinfahrt, lauschte einen Moment konzentriert und schien zufrieden. Plötzlich presste er Eleonore mit einem Ellbogen gegen die Wand und hielt ihr dabei mit der Hand den Mund zu. Sie spürte, wie seine andere Hand den Rock ihres Kleides raffte und darunter schlüpfte. Seine Finger, die an der Innenseite ihres Oberschenkels hochkrochen, fühlten sich wie Spinnenbeine an.

Die Vehemenz, mit der er sie berührte, erschreckte sie zutiefst. Eleonore versuchte, sich mit aller Kraft zu befreien.

»Lass es geschehen und bleib ruhig!«, raunte er und öffnete die Knöpfe seiner Hose. Als er den Druck auf ihren Mund nochmals verstärkte und dabei auch noch ihre Nasenlöcher verdeckte, begann das Blut in Eleonores Ohren zu rauschen. Aus Angst zu ersticken, unternahm sie einen letzten Versuch, sich zu befreien. Mit ihren Fingernägeln kratzte sie über seine Handrücken, doch von Auer ließ nicht von ihr ab. Ihr Kampfgeist erlahmte.

Plötzlich ertönte eine Stimme: »Heda, habt ihr kein Zuhause?«

Von Auer ließ augenblicklich von Eleonore ab und wandte sich dem Mann zu, der in einer Einfahrt stand. Eleonore nutzte die Ablenkung und stürmte los. Der Mann hielt sie nicht auf. Sie passierte den Tordurchgang und rannte auf die Straße. Tränenblind strauchelte sie des Öfteren in ihrer Hast. Das Pflaster war vom Regenwasser glitschig geworden. Ständig glaubte sie, eilige Schritte hinter sich zu hören. Doch jedes Mal, wenn sie sich umdrehte, lagen die Straßen verlassen da.

Als sie das Brackhagen'sche Anwesen erreichte, fühlte sie sich elend. Sie mochte weder das Haus betreten, weil sie fürchtete, dort Erasmus zu begegnen, noch draußen bleiben, denn von Auer könnte ihr gefolgt sein. Und so schlich sie vorerst in den Hof, in der Hoffnung, von niemandem entdeckt zu werden. Als ihr Blick auf den Schuppen fiel, kam ihr die Idee, dort erst einmal Unterschlupf zu suchen, doch ein Hängeschloss am Riegel versperrte ihr den Eintritt.

Enttäuscht schaute sie sich um und entdeckte dabei ein für sie verlockendes Versteck zwischen Holunderstrauch und Schuppenwand. Ein paar Holzlatten, die dicht davor an der rauen Holzwand lehnten, brachten sie außerdem auf die Idee, sich mit einer von ihnen auszustatten, dann schlüpfte sie schnell in ihr Versteck. Wenn von Auer erschien, wäre sie jetzt zumindest vorbereitet, dachte sie. Ihre Hände zitterten, doch sie würde zuschlagen, dessen war sie sich gewiss. Quälend langsam verstrich die Zeit. Sie legte die Latte zur Seite, setzte sich schließlich zwischen dem Geäst auf den kalten Boden und schlang die Arme um die Knie. Heiß flossen die Tränen über ihre Wangen, als ihre Gedanken kreisten: um Erasmus, um von Auer, um ihre Mutter. Noch nie hatte sie sich so verraten gefühlt. Und Julius. Wie konnte er sich nur auf ein Duell einlassen? Und sie saß hier und konnte ihm nicht helfen.

Sie wusste nicht, wie viel Zeit vergangen war, doch die Dämmerung hatte eingesetzt und sie fror so sehr, dass ihre Kiefer inzwischen hart aufeinanderschlugen. Als im Küchenfenster zum Hof Kerzen entzündet wurden und das Licht warme Zuflucht versprach, verließ sie ihr Versteck. Sie ging zur Hintertür und klopfte zweimal zaghaft. Langsam und leise knarrend ging die Tür auf.

In der Öffnung stand jemand, an den sie gar nicht mehr gedacht hatte. Annemie, die sie für einen langen Moment besorgt ansah und dann zur Seite trat, um sie hineinzuwinken. Nachdem sie die Tür so leise geschlossen hatte, dass man es kaum hören konnte, nahm sie Eleonore bei der Hand und führte sie zu der Bank, die dem Ofen am nächsten stand. »Setzen Sie sich«, flüsterte Annemie fast tonlos.

Eleonore, die nicht wusste, was sie sonst tun sollte, gehorchte einfach und sah zu, wie ihr Dienstmädchen erst in den Flur horchte und sich dann daran machte, das Feuer im Ofen wieder anzufachen.

»Sie sind ganz ausgekühlt! Kein Wunder, dass Sie so zittern«, stellte sie mit leiser, ernster Stimme fest. »Hoffentlich haben Sie sich nicht den Tod geholt! Ich werde Ihnen Brühe erhitzen, und dann gehen Sie ins Bett. Gott sei Dank, dass es hier jeden Abend diese Brühe gibt.« Annemie ließ keinen Zweifel daran, dass sie wusste, was das

Beste für Eleonore war, und diese ließ es einfach geschehen, weil sie unendlich müde war.

Eine halbe Stunde später, als Eleonore in ihrem Bett lag, war das Fieber bereits stark gestiegen, zugleich zitterte sie immer noch am ganzen Körper. Annemie stopfte die Decke fest um Eleonore und legte noch eine Wolldecke über sie. Eleonore hauchte ein »Danke«, dann schloss sie erschöpft die Augen.

KAPITEL 4

Bereits um viertel vor elf bevölkerte sich der Duellacker. Ein Kreis von etwa zehn Schritten Durchmesser war in regelmäßigen Abständen mit Fackeln abgesteckt. Studenten kamen herbeigeschlendert und postierten sich außerhalb des Kreises. Von Auer mit seinem Gefolge stand auf das Ordentlichste herausgeputzt inmitten von selbigem und schien die Ruhe selbst, während Julius versuchte, mit zitternden Fingern seinen Kragen zu richten. Nachter hatte ganze Arbeit geleistet, was den Krummsäbel betraf. Der einst rostige Stahl funkelte im Schein der Fackeln, die Klinge zeigte keine Scharten mehr. Allerdings versagte der Kommilitone darin, Julius Mut zuzusprechen. Er zitterte kaum weniger als Julius und schaute sorgenvoll zum Kreis. Die beiden standen am Rande des Ackers.

»Na, Weiland, bereit zu sterben?«, grölte ein offensichtlich angetrunkener Kommilitone aus dem zweiten Jahr, der sich in Begleitung zweier nicht minder betrunkenen Studenten befand, und hieb Julius heftig auf die Schulter. Die drei zogen weiter. Als sie bei von Auer anlangten, deutete der Redner der drei in ihre Richtung.

Nachter gab Julius einen sanften Stoß und sagte: »Wohlan denn, ich glaube, wir müssen unsere Deckung verlassen.«

Julius erreichte den Kreis. Seine Knie fühlten sich an, als seien sie mit Sülze gefüllt, und die Handflächen waren glitschig vom Schweiß.

Von Auers Gesicht gab keinerlei Aufregung preis. Im Gegenteil, als Julius in den Schein der Fackeln trat, wanderten von Auers Mundwinkel spöttisch nach oben. »Weiland, Sie sind früh dran. Können es wohl nicht abwarten, wie?«

»Lass ihn reden«, raunte Nachter ihm zu, dann ging er zu von Auers Secundanten, verbeugte sich und stellte sich vor. Der andere tat es ihm gleich. Sie zeigten sich die Waffen, die vom Unparteiischen, der niemand anders als Großmacher war, genauestens überprüft wurden, so wie es das Duellgesetz verlangte. Irgendwie bezeichnend, dass von Auer ausgerechnet ihn um diesen Dienst gebeten hatte, dachte Julius.

Der Paukarzt* stand ebenfalls bei der Gruppe. Es handelte sich um den emeritierten Doktor Ehmelt, der des Öfteren die Wundversorgung, die zwangsläufig bei diversen Duellen nötig wurde, übernahm. Nachter hatte es ihm auf dem Weg zum Duellacker erzählt.

Julius war klar, dass von Auer versuchen würde, ihm ins Gesicht zu hauen. Das war mit einem Krummsäbel eine fürchterliche Angelegenheit. Die Wunde musste mindestens ein Zoll lang sein und drei Häute durchtrennt haben, damit das Duell für beendet erklärt wurde. Oder Julius musste 24 Gänge durchhalten, woran er, angesichts des enormen Gewichts der Waffe, zweifelte. Er seufzte tief und dachte an Eleonore. An ihr Lachen und an ihr Unglück. Er wünschte sich, er hätte sich mit ihr ausgesprochen, hätte ihr unmissverständlich gesagt, dass er sie liebte. Dass es falsch gewesen war, Brackhagen zu heiraten. Nun, das wusste sie ja selbst. Aber dass er mit ihr gemeinsam glücklich sein wollte. Alles würde Julius im Moment lieber tun, als sich mit von Auer zu messen. Er schaute um sich. Es waren etwa fünfzig Schaulustige anwesend. Die meisten waren Getreue von Auers. Großmacher ergriff das Wort: »Sehr geehrte Anwesende. Hiermit möchte ich kundtun, dass nach dem Verklingen des elften Glockenschlags ein Duell zwischen den Herren Benedikt von Auer und Julius Weiland mit dem Krummen stattfinden wird. Herr von Auer forderte vor acht Tagen Satisfaktion wegen eines groben Verstoßes, der sich auf dem Breiten Stein zugetragen hat. Ich habe die Angelegenheit geprüft und erkläre hiermit, dass es sich wahrhaftig um eine grobe Beleidigung handelt, da der Fuchs, Herr Julius Weiland, nicht willens gewesen war, den Breiten Stein für den Kommilitonen Benedikt von Auer, der sich im zweiten Jahr befindet, zu räumen. Im Gegenteil provozierte er Herrn von Auer aufs Gröbste.«

Julius zuckte nach vorn, doch Nachter hielt ihn am Ärmel zurück. »Sein Wort darf nicht infrage gestellt werden«, flüsterte er. »Auch wenn es schwerfällt«, fügte er hinzu.

»Ich darf fürderhin vorstellen: Herrn Doktor Ehmelt, unseren Paukarzt. Die Herren Nachter und Schmieler, welche als Secundanten fungieren, sowie die ordentlich bestellten Zeugen. Hierbei handelt es sich um die Herren Ludwig, der für Herrn Weiland vor Ort ist, und Mohn, der für Herrn von Auer bezeugen wird.«

Als hätte Großmacher den perfekten Zeitpunkt für seine Rede geübt, begannen die Kirchen der Stadt die elfte Stunde zu verkünden. Die Zuschauer stellten ihre Gespräche ein und brachten den Duellanten ihre ungeteilte Aufmerksamkeit dar. Großmacher übertönte das Geläut und befahl: »Die Secundanten mögen nun ihre Duellanten aufstellen.«

Nachter packte Julius am Ärmel und führte ihn zu von Auer. Sie standen nun etwa zwei Mannlängen voneinander entfernt. Von Auer verharrte an Ort und Stelle, sein Secundant prüfte den Abstand zu Julius und nickte zufrieden. Die beiden Schleppfüchse*, die nicht vorgestellt worden waren, blickten ängstlich auf das Geschehen. Sie waren, wie Julius auch, im ersten Jahr, und auch für sie war es wohl das erste Duell. Die Secundanten nahmen, wie vorgeschrieben, ihre Plätze zur rechten Seite der Duellanten ein, Großmacher trat drei Schritte zurück.

Als die letzten Schläge der Glocken verklungen waren, herrschte Grabesstille auf dem Platz. Lediglich die Atemwölkchen kündeten davon, dass es sich bei den Schaulustigen nicht um Statuen handelte. Großmacher rezitierte die traditionellen Worte: »Legt euch aus. Bindet die Klingen los.« Hier machte er eine Pause und sah Julius und von Auer fragend an. Beide griffen ihre Säbel fester. »Nun haut aus!«

Von Auer verlor keine Zeit. Er tänzelte einen Schritt auf Julius zu und hieb nach seinem Ohr. Julius neigte den Kopf. Er spürte den kalten Windzug der Klinge vorbeizischen.

Er nahm einen sichereren Stand ein und konzentrierte sich völlig auf von Auers Bewegungen. Von Auer täuschte einen Hieb von rechts an, drehte sich und erwischte Julius in Hüfthöhe. Julius hätte nicht einmal im Ansatz parieren können, so schnell war der Schlag gekommen. Die schwere Waffe drohte seinen schweißnassen Fingern zu entgleiten, immer wieder musste er nachfassen und dabei seinen Kontrahenten im Auge behalten. Von Auer atmete ruhig. Julius rann ein Schweißtropfen ins Auge, den er trotzig wegblinzelte. Um ihn zu verspotten, versetzte von Auer ihm einen Schlag mit der flachen Klinge gegen den Arm.

»Bleib doch einfach stehen und nimm den Anschiss* hin wie ein Mann«, sagte von Auer so deutlich, dass einige der

Umstehenden applaudierten. »Du bist schlechter mit dem Krummen, als ich dachte, Fuchs.« Dabei schnaubte von Auer so verächtlich auf, dass ihm Julius wutentbrannt entgegensprang und weit mit dem Säbel ausholte. Zu weit. Von Auer nutzte die Lücke in Julius' Deckung. Julius wusste erst nicht, wie ihm geschah. Er spürte Kälte unterhalb seines linken Ohres, die sich alsbald in einen brennenden Schmerz verwandelte. Der Schmerz griff auf den Kieferknochen über und wanderte wie eine lodernde Schlange seinen Hals bis zum linken Arm herab. Julius setzte alles daran, seine Waffe hochzureißen. Er strauchelte nach hinten, als von Auers Klinge mit seiner zusammenprallte.

Er will mich umbringen, schrie es in Julius auf. *Er zielt auf meine Kehle*.

Wieder brachte Julius seinen Säbel, den er verbissen mit beiden Händen hielt, zwischen seinen Hals und der feindlichen Klinge, die nun im schnellen Rhythmus auf seine einhämmerte. Dann verpasste von Auer ihm einen Schlag mit dem Griffstück des Säbels gegen die Schläfe. Es knackte hässlich. Julius taumelte und fiel, die Umgebung verschwamm.

Jetzt war es vorbei, dachte er.

Er fand keine Kraft mehr, sich zu verteidigen. Der Säbel entglitt seiner Hand. In das Scheppern des Metalls hinein hörte Julius einen schrillen Pfiff. Uniformierte! Plötzlich kam Bewegung in die Menge. Julius schloss für einen winzigen Moment die Augen. Am liebsten wäre er liegen geblieben, bis der schwankende Boden sich beruhigte, bis die Schmerzen vorbei waren. Doch das ging nicht. Auf Duelle standen schwere Strafen, Carcer war noch die mildeste. Der Gedanke, wochenlang in einer dumpfen Zelle vor sich hinbrüten zu müssen, verlieh ihm neue Kraft.

Julius rappelte sich hoch. Er sah, wie einer der Uniformierten sich ihm näherte und taumelte los. Neben ihm wurde ein Kommilitone niedergerungen. Julius wich dem Handgemenge aus und rannte in die Dunkelheit davon. Er verließ das abgemähte Feld und schlug sich in einen Baumbestand. Äste krachten unter seinen Füßen. Das Pfeifen der Polizisten wurde leiser. Bald war sein eigener Atem das einzige Geräusch. Julius duckte sich hinter ein dichtes Gebüsch und fühlte, wie der Boden näher kam.

Julius schien es, als sei keine Zeit vergangen. Noch immer war es dunkel, nach wie vor war er allein. Seine linke Gesichtshälfte fühlte sich seltsam verschoben an. Der Schnitt schmerzte und seine getroffene Schläfe protestierte klopfend, als Julius sich aufsetzte. Sofort kehrte der Schwindel zurück. So heftig, dass sich sein Magen krampfhaft entleerte. Er stöhnte und blieb erst einmal auf allen vieren, ehe er es wagte, aufzustehen. Wie ein Kind, das gerade laufen lernte, setzte er einen Fuß vor den anderen. Bei jeder Unebenheit des Bodens fuhr der Schmerz in seinen Kopf. Julius erreichte den Feldweg und spähte zum Duellplatz. Kein Licht brannte mehr, der Ort seiner Niederlage war in nächtlicher Finsternis versunken. Dann machte er sich auf in Richtung Stadt. Er strauchelte immer öfter und begann zu krabbeln, als seine Füße ihm den Dienst verweigerten. Julius war ganz und gar beseelt von dem Gedanken an sein Bett. Schlafen hieß vergessen. Es war ihm mittlerweile sogar einerlei, dass von Auer unter demselben Dach schlief. Eine Weile später glaubte er, Hufgetrappel zu hören, das sich in das immer lauter werdende Rauschen seines Blutes in den Ohren mischte.

Wer immer es ist, falls es überhaupt wahr ist, was ich

höre, alles ist besser als mich wie ein Tier auf allen vieren fortbewegen zu müssen, dachte er und ließ sich auf den Hintern fallen. Es waren tatsächlich Reiter. Die Silhouetten schälten sich allmählich aus der Dunkelheit. Der Mond beleuchtete drei Pferde. Das vorderste war weiß und hob sich besonders von der finsteren Umgebung ab. Der Reiter, der an der Spitze ritt, musste ein besonders gutes Sehvermögen besitzen. Er zügelte das Pferd drei Schritte vor Julius und zwang damit gleichzeitig seine Begleiter, ebenfalls anzuhalten. »Heda, was treibt Sie hier um?«

»Ich bin verletzt«, gab Julius zurück und biss hart die Zähne aufeinander, weil das Sprechen wehtat.

»Lampe«, befahl der Anführer und stieg ab. Einer seiner Begleiter entzündete eine kleine Laterne und reichte sie ihm. Julius blinzelte in das Licht, das ihm viel zu hell erschien.

»Ach, herrje! Hast dich wohl duelliert, werter Schwager*?«

Julius seufzte auf, als er den roten Rock und das Blitzen der vielen silbernen Knöpfe erblickte. Ein Hallore, einer der Salzarbeiter.

Die buschigen Augenbrauen des Mannes zogen sich zusammen und bildeten ein steiles V über der Knollennase. »Du bist doch Student?«

Julius nickte und sog keuchend die Luft ein, weil der Schmerz ihm mit tausend Messern durchs Hirn fuhr.

»Dann spring mal auf«, sagte der Hallore und reichte Julius die Hand, der sie dankbar ergriff.

Sie ritten vorsichtig und machten Pause, wenn Julius' Magen angesichts der Erschütterungen auf dem Pferd rebellierte. Der Hallore, der hinter ihm saß, hielt ihm den Kopf und redete ihm gut zu, wenn er sich erbrechen musste.

Sie ritten zum Thal. Der dürre Hallore, auf dessen Pferd Julius mitgeritten war, reichte ihm die Hand und half ihm mit erstaunlicher Kraft abzusteigen. »Du kannst bei mir unterkommen. Meine Frau kennt sich in der Heilkunst aus. Sie wird dich versorgen.«

Die anderen beiden nickten. Der Hallore mit dem prunkvollen Mantel hieb dem Dürren fest auf die Schulter, wünschte noch einen schönen Abend und ging von dannen.

Julius schaffte es gerade noch ins bescheidene Heim des Dürren, wo er sich auf die Küchenbank niederlegen durfte. Dessen Frau war das genaue Gegenteil ihres Mannes. Sie überragte ihn außerdem um eine halbe Kopfeslänge und besaß runde, rote Wangen. Während bei ihrem Mann die Zähne so klein wie die eines Kindes waren, stachen die zwei oberen Schneidezähne bei der Frau hervor. Sie hob Julius' Kopf vorsichtig an, platzierte ein Kissen darunter und zog angestrengt die Stirn kraus. »Das sieht nicht gut aus. Dreh mal das Gesicht nach rechts.«

Julius tat, wie ihm geheißen. Die Frau musterte den Schnitt, der wohl noch tiefer ausgefallen war, als Julius geglaubt hatte, und bat ihren Mann, eine Schüssel mit heißem Wasser und ihre Verbandstasche beizubringen. Julius staunte, als der Mann schon nach wenigen Augenblicken mit dampfendem Wasser zurückkehrte. Die Frau fing seinen verblüfften Blick auf und sagte: »Wir sieden hier Salz, tagein, tagaus. Also haben wir auch heißes Wasser zur Genüge. Hast dich gehauen, wie?«, wollte sie wissen und begann die Wunde mit einem Lappen zu säubern.

»Glorreich ging es nicht zu Ende. Die Polizei kam, ehe ich den anderen mit meiner Waffe treffen konnte.«

»Vielleicht ha'm sie ihn ja eingesperrt.«

»Ich weiß es nicht. Mir war übel und ich war vollauf damit beschäftigt zu fliehen.«

»Ihr Kerle wisst nie, wann's reicht«, schalt sie und wrang den blutigen Lappen aus. »Bist ein bisschen blass. Aber dich kriegen wir wieder auf die Beine. Kannst hier schlafen, wenn du möchtest. Große Sprünge kannste ohnehin nicht mehr tun heute.«

Julius nickte dankbar und schloss die Augen. Er spürte, wie die Frau ihm einen Becher an die Lippen hielt. Gierig trank er. Das Gebräu schmeckte salzig, wie vermutlich alles, was die Salzsieder so aßen und tranken. Doch meinte er auch, den Geschmack von Kräutern zu erkennen. Beruhigt schlief er ein.

Die nächsten beiden Tage schlief er fast nur. Mehrmals täglich säuberte die Frau den Schnitt im Gesicht, der am dritten Tag unerträglich zu jucken begann. Julius fand keinen Schlaf mehr. Er fühlte sich bei Weitem nicht mehr so – im wahrsten Sinne des Wortes – zerschlagen und musste angesichts der köstlichen Würste, die es bereits zum Frühstück gab, nicht mehr würgen. Wohl wurde ihm noch leicht schwindlig, wenn er sich erhob. Der Dürre, Friedrich war sein Name, erlaubte ihm kurze Spaziergänge im Hallorengebiet, das er Julius ernst gebeten hatte, sich einzuprägen.

»Warum haben Sie mich eigentlich gerettet?«, wollte Julius von Friedrich wissen, als sie beim gemeinsamen Frühstück saßen.

»Es sind die alten Bande, die wir mit euch Burschen pflegen.« Friedrich griff nach einer Schüssel mit Brei und begann mit Appetit zu essen. Als er den fragenden Blick von Julius auffing, ließ er den Löffel sinken. »Als die Preußen damals anfingen, euch Studenten besoffen zu machen und in den Kriegsdienst zu pressen, da haben euch meine Leute unter die Arme gegriffen. Wir haben euch aus dem Preußengebiet geholt und bei uns versteckt. Da konnten die Preußen gar nichts machen, weil wir ein eigenes Gericht haben.«

»Deshalb darf ich das Viertel auch nicht verlassen?«

»Genau darum. Sonst kann's schlecht um dich stehen«, versicherte er Julius und riss bei den Worten dramatisch seine runden Augen auf. Julius fühlte sich ohnehin nicht in der Lage, längere Wegstrecken zurückzulegen. Und wenn er in Ruhe seine missliche Lage überdachte, wollte er die sicheren Gefilde auch nicht verlassen. Wenn es nach ihm ging, nie mehr. Doch irgendwann musste er zurück, musste sich einen Überblick verschaffen, was nach dem Duell geschehen war.

Am sechsten Tag wagte er einen Blick in den Handspiegel, den die Frau ihm vor das Gesicht hielt. Julius erschrak. Die Haut um den Schnitt hatte sich zusammengezogen, die Wundränder schimmerten rosig. Die dicke Kruste, von der Julius inzwischen wusste, dass sie das Blut im Körper hielt, war sehr unansehnlich. Die Hallorenfrau hatte darauf verzichtet, den Anschiss zu nähen. Das sei unehrenhaft, Julius habe die Narbe zu tragen wie ein Mann. Von einem Zoll konnte fernerhin keine Rede sein. Sicherlich fünf Zoll lang zog sich der Schnitt vom linken Ohr bis zum Hals. Besonders am Kiefer war die Verletzung unangenehm, wie er bei jedem Bissen Nahrung feststellen musste.

»Hast aber Glück gehabt, dass er dir das Ohr nich abgeschnitten hat«, beschwichtigte die Frau, der Julius' erschrockene Reaktion auf sein Spiegelbild nicht entgangen war.

»Dafür hat er mir fast den Schädel zertrümmert.«

»Halb so schlimm. Lebst ja noch«, erwiderte sie und nahm den Spiegel fort.

Es waren, trotz der Schmerzen, sechs friedliche Tage für Julius gewesen, in denen er weitestgehend versuchte, sich nicht zu sorgen.

Doch jedes Mal, kurz vorm Einschlafen, tauchte Eleonore vor seinem inneren Auge auf und er erinnerte sich daran, wie vertrauensvoll sich ihre Hand in seine geschmiegt hatte. In diesen Momenten wäre er am liebsten aufgesprungen und zu ihr geeilt, doch die Angst, dass Brackhagen sie dafür zur Rechenschaft ziehen würde, überwog. Wenn er sie nicht schon für ihre Flucht mit Sanktionen belegt hatte. Ab und an, ehe der heilende Schlaf ihn gänzlich in die Dunkelheit entführte, rollte eine heiße Woge des Zorns durch seinen Körper und er wachte dabei auf, wie er sein Kopfkissen würgte.

Am Morgen des siebten Tages klopfte es an der Tür und Friedrich ließ einen Bruder eintreten, der Kunde aus der Stadt mitbrachte. Er war von Friedrich gebeten worden, sich ein wenig in der Studentenschaft umzuhören, wie die Dinge standen. Um das Duell war es ruhig geworden, denn die Polizei hatte keinen brauchbaren Zeugen finden können. In den Carcer war lediglich ein debiler Kerl gewandert, der sich über freie Kost und Logis sogar noch gefreut hatte. Später hatte sich herausgestellt, dass es sich bei ihm nicht um einen Zuschauer oder Teilnehmer des Duells gehandelt hatte, sondern um einen Reisenden, der zufällig in der Nähe gewesen war. Die Polizei hatte ihn nach einer Nacht und einem dreistündigen Verhör wieder entlassen, was der Kerl mit herber Enttäuschung quittiert hatte. Der Fall war offenbar ad acta gelegt worden und nur noch wenige Studenten redeten beim Kommis in der Schenke darüber. Julius konnte folglich unbeschadet wieder an seinen Seminaren teilnehmen, also zögerte er nicht länger. Er dankte den freundlichen Eheleuten überschwänglich und versprach, sie ab und an zu besuchen.

Julius schlich dennoch mit schlechtem Gewissen zu seiner Unterkunft. Er trug den Hut, den der Hallore ihm netterweise geliehen hatte, tief ins Gesicht gezogen. Sein Herz begann schneller zu schlagen, als in weniger als zwei Schritten Entfernung ein Kommilitone vorbeilief. Julius wurde nicht erkannt und seufzte erleichtert auf. Sein Zimmer fand er verwaist vor. Ein Blick auf den Studienplan zeigte ihm, dass Hellenthal gerade im Klinikum referierte, wenn der Plan dieses Mal stimmte, was beileibe nicht immer der Fall war. Nun, Julius hatte etliche Vorlesungen verpasst, da kam es auf diese auch nicht an. Er warf den Hut aufs Bett und stutzte. Auf dem Kopfkissen lag ein Umschlag. Sein Name stand darauf, das Schreiben war schlampig gesiegelt. Neugierig brach Julius das Wachs und faltete mit zitternden Händen den Bogen Papier auseinander. Er wunderte sich einen Moment, dass die beiden Mitbewohner den Brief nicht gelesen hatten. Vielleicht war er von der Wirtin in deren Abwesenheit deponiert worden.

Verehrter Herr Weiland,

verzeihen Sie mir, dass Sie mich möglicherweise als penetrantes Frauenzimmer betrachten, doch leider ist mein Anliegen dringlich und Sie waren fürderhin nirgendwo aufzufinden. Wenn Sie eine Stunde Ihrer kostbaren Zeit für eine einfache Frau wie mich aufbringen würden? Ich muss Sie über eine schreckliche Sache in Kenntnis setzen. Sie finden mich dort, wo das Fräulein Lambrecht untergebracht war.

Mit ergebenen Grüßen,
Ihre
Trude Kremer

KAPITEL 5

ELEONORE WACHTE VON einem lauten Geräusch auf. Etwas musste gegen ihr Fenster geflogen sein. Sie drehte ihren Kopf in die Richtung, doch die Vorhänge waren verschlossen. An den wenigen hellen Lichtpunkten jedoch, die die Sonne an dem Stoff vorbei ins Zimmer schickte und damit Decken und Wände bemalte, konnte sie erkennen, dass es helllichter Tag war. Eleonore richtete sich mühsam auf. Sie fühlte sich seltsam matt und ihr Mund war wie ausgetrocknet. Eine Haarsträhne klebte an ihrer Wange. Sie schlug die Bettdecke zur Seite und stand auf. Hoffentlich war dem Vogel nichts passiert. Auf wackeligen Beinen ging sie zum Fenster und zog die Vorhänge zurück. Die plötzliche Helligkeit blendete sie unerwartet. Sie blinzelte ein paarmal, bis sie sich daran gewöhnt hatte. Als sie das Fenster öffnete, zog kalte, klare Luft ins Zimmer. Eleonore begann zu frösteln, dennoch genoss sie die frische Luft in ihren Lungen. Sie brauchte nicht lange, um den kleinen Spatz zu entdecken, der nahe eines Holunderstrauchs am Boden lag. Das Sonnenlicht musste sich im Fenster widergespiegelt und den Vogel zu seinem unfreiwilligen Flug dagegen gelockt haben, dachte Eleonore. Sie beobachtete ihn noch eine Weile, doch er bewegte sich nicht mehr. Offensichtlich war er tot. Eleonore tat es leid um den armen Vogel. Später würde sie ihm ein kleines Grab bereiten, nahm sie sich vor. Eleonore schloss das Fenster und ging zu ihrem Bett zurück. Jetzt sah sie auf dem Nachttisch eine Tasse stehen. Und als hätte sie daraus getrunken, schmeckte sie mit einem Male den Geschmack bitteren Tees auf ihrer Zunge.

In dem Moment kam Annemie ins Zimmer. Sie trug einen Krug in der Hand und frisches Bettzeug über dem Arm. Als sie sah, dass Eleonore aufgestanden war, huschte ein Lächeln über ihr Gesicht. Sie legte die Bettwäsche auf den Stuhl, der neben dem Bett stand.

»Das wird Doktor Brackhagen aber freuen, dass es Ihnen wieder besser geht.«

Als sie den Namen ihres Mannes hörte, zuckte Eleonore zusammen.

»Sie haben sieben Tage nur geschlafen! Das Fieber war so hoch, ich dachte, Ihre Stunde habe schon geschlagen! Doktor Brackhagen hat sogar selbst einige Male an ihrem Bett gewacht.« Annemie führte sie zu dem Sessel. »Wenn es Ihnen nichts ausmacht, warten Sie hier, bis ich die Bettwäsche gewechselt habe? Die Köchin hat mir die anderen Tage immer geholfen, doch heute ist sie bei ihrer Schwester. Ich habe mir schon den Kopf zerbrochen, wie ich es mache. Doch der Doktor hat darauf bestanden, dass das Bett täglich frisch bezogen werden soll. Aber so wird es natürlich viel einfacher gehen.« Annemie legte Eleonore eine Decke über die Schulter. »Ich werde den Doktor fragen, ob Sie ein Bad nehmen dürfen. Denn das, denke ich, wird Ihnen guttun, auch wenn ich Sie jeden Tag gewaschen habe. Und mit Branntwein eingerieben. Aber Gott sei's gedankt, es hat ja alles geholfen.«

Eleonore ließ den Redefluss über sich ergehen und wunderte sich, dass Annemie überhaupt so viel redete. Bislang hatte sie sie nur das Nötigste sagen hören. Nach ein paar Minuten half Annemie ihr zurück ins Bett, dann verschwand sie vor sich hinmurmelnd aus dem Zimmer.

Als Eleonore allein war, versuchte sie sich zu erinnern. Schon bald hatte sie den Morgen mit der unglückseligen

Buchsendung wieder vor Augen. Sie sah auf ihre Handgelenke. Auch wenn die verräterische Färbung bereits abgeklungen war, meinte sie, den Schmerz noch zu spüren.

Als Annemie zurückkam, brachte sie Erasmus mit. Er blieb im Türrahmen stehen.

»Dir geht es besser? Das freut mich. Natürlich kannst du ein Bad nehmen, Reinlichkeit ist wichtig. Dennoch, du musst dich weiterhin schonen. Bleibe hier im Zimmer, bis ich zurück bin. Das wird zum Abendessen sein. Ich werde der Köchin Bescheid sagen, dass sie etwas Eigelb in die Fleischbrühe geben soll. Ausnahmsweise. Du hast doch sehr an Kräften verloren.« Dann ging Erasmus.

Eleonore schluckte. *Er hat noch nicht einmal mein Zimmer betreten*, dachte sie.

Während Annemie ihr warmes Wasser über den Rücken laufen ließ und sie abseifte, kehrte die Erinnerung an den ganzen Tag zurück: die Geschehnisse am Morgen, der Besuch bei der Mutter und auch ihr Treffen mit Julius. »Das Duell! Oh gütiger Herr! Das muss inzwischen stattgefunden haben.« Eleonore erschrak bei dem Gedanken heftig. »Ich muss aus der Wanne, sofort, Annemie. Trockne mich ab!«

»Aber ich habe gerade Ihre Haare eingeseift!«

»Das macht doch nichts. Spül sie schnell aus und um Gottes willen, beeil dich!«

Nach dem Ankleiden setzten sie sich vor den warmen Ofen und Annemie kämmte ihre Haare. Während sie darauf wartete, dass sie trockneten, spielte Eleonore ungeduldig mit ihren Fingern. Sie dachte über den Abend nach, an dem sie sich im Hof versteckt hatte. »Wieso hast du mir eigentlich geholfen, Annemie? Als ich nach Hause kam.«

Annemie hielt kurz inne, dann kämmte sie einfach weiter.

»Du hast mich nicht bei meinem Gatten verraten. Warum nicht?«, hakte Eleonore nach.

Annemie seufzte. »Meine Mutter.«

»Was ist mit ihr?«

»Sie wurde auch geschlagen. Von meinem Vater. Deshalb weiß ich, dass es manchmal besser ist, den Männern nicht zu begegnen.«

Als Eleonore begriff, dass Annemie das Wort »auch« benutzt hatte, musste sie schlucken. »Mein Mann muss sehr ärgerlich gewesen sein an dem Abend. Ich hoffe, er hat seine Wut nicht an dir ausgelassen?«, fragte sie, Böses ahnend.

»Die Köchin hat gesagt, sie hätte Sie hereingelassen. Und bei ihr sagt er nichts.«

Eleonore stutzte. Das war neu für sie. »Warum nicht?«

»Ich weiß es nicht. Sie kennt ihn seit langer Zeit. War, glaube ich, schon bei seinen Eltern beschäftigt.«

Eleonore nippte an ihrem erwärmten Wein, den Annemie ihr im Auftrag von Erasmus gegeben hatte.

Gemeinsam traten sie etwas später vor die Haustür, obwohl Annemie Eleonore den Ausflug mehr als einmal auszureden versucht hatte. »Doktor Brackhagen wird das nicht gern sehen!«, wiederholte sie immer wieder mit besorgter Stimme. Doch Eleonore ließ sich nicht beirren. Sie musste einfach wissen, was mit Julius passiert war. Fest entschlossen zog sie die Haustür zu. »Wir werden einfach rechtzeitig zurück sein!«, erstickte Eleonore jede Gegenwehr im Keim. »Ich muss etwas herausfinden, sonst werde ich keine ruhige Minute mehr haben.«

Doch wo sollte sie anfangen? Sie wusste ja nicht einmal,

wo Julius wohnte. Erasmus hatte sich um die Versendung der Einladungen zur Hochzeit gekümmert. »Was glotzt du so?«, hörte sie Annemie ärgerlich rufen. Verwundert schaute sie sich um. Annemie sah zu einem blonden Jungen, der am gegenüberliegenden Haus stand und Eleonore unverfroren anstarrte.

»Nun scher dich endlich, du Bengel! Weißt du denn nicht, dass es unhöflich ist, eine Dame so anzustarren?«

Annemies Ton wirkte auf Eleonore sehr bedrohlich, so hatte sie sie noch nie erlebt. Doch der Junge schien unbeeindruckt. Jetzt kam er sogar noch herübergeschlendert, den Blick unablässig auf Eleonore gerichtet. Seine Hände hatte er lässig in die Taschen der ausgebeulten Hose gesteckt. »Ich weiß, wer Sie sind!«, sagte er gänzlich unerschrocken.

»Nun hört sich aber alles auf!« Annemie klang jetzt richtig entrüstet.

»Sie waren mit Julius an der Saale, kurz bevor er verschwunden ist!« Der Blick des Jungen bohrte sich in Eleonores Augen.

Eleonores Herz stockte. »Julius ist verschwunden?«, stieß sie aus.

»Wo ist er?« Die Frage kam aus dem Mund des Jungen. Er ließ sich nicht beirren.

Eleonore wurde flau im Magen. *Das kann nicht sein: Juls ist verschwunden? O mein Gott, dann … dann ist er tot!* Eleonore schluchzte auf.

Annemie ergriff fest ihren Arm. »Ach, lassen Sie den dummen Jungen, Frau Brackhagen! Wir gehen einfach wieder ins Haus und Sie legen sich hin. Ich wusste doch, es ist viel zu früh für einen Ausflug!« Damit schob sie Eleonore zurück zur Eingangstür. »Und diesen dummen Jungenstreich kannst du woanders machen, aber nicht hier«, zeterte sie in Richtung Blondschopf. »Sonst kriegst du es mit mir zu tun!«

»Nein, nein. Schick ihn nicht weg«, rief Eleonore. »Er soll mit hineinkommen.«

»Dieser Straßenbengel mit ins Haus?«, rief Annemie entsetzt. Doch als sie merkte, dass Eleonore es ernst meinte, wurde ihr Tonfall versöhnlicher. »Aber Sie brauchen jetzt Ruhe. Er kann später wiederkommen.«

»Nein!«, fiel ihr Eleonore ins Wort. »Ich muss hören, was er zu sagen hat.«

Wenig später hatten sich alle drei um den Küchentisch versammelt. Die Köchin war noch nicht von ihrer Schwester zurückgekehrt. Der Junge stellte sich als Friedemann vor und sagte, dass er ein Freund von Julius' Bruder Laurenz Weiland aus Weimar war und beim örtlichen Weinkontor Dennfelder aushalf. Friedemann hatte zufällig beobachtet, wie Julius und Eleonore sich am Flussufer getroffen hatten. »Und seitdem habe ich Herrn Weiland nicht mehr gesehen.«

Eleonore lief eine Träne über das Gesicht. »Dann ist er wirklich tot«, flüsterte sie.

»Tot? Wieso tot?« Nun waren es der Junge und Annemie, die nicht verstanden.

Eleonore erzählte von dem Duell, das an dem Abend hatte stattfinden sollen. »Und wenn du ihn nicht mehr gesehen hast, dann … dann ist doch … anzunehmen …« Sie schluchzte laut auf und schlug ihre Hände vors Gesicht.

»Das Duell wurde zerschlagen. Das hat sich in der Stadt herumgesprochen«, mischte sich nun Annemie ein. »Ich hätte es gehört, wenn es einen Toten gegeben hätte.«

Eleonore ließ zögerlich die Hände sinken. »Aber wo könnte er dann sein?«

»Vielleicht bei dieser Pflegerin aus dem Irrenhaus? Manchmal haben sie sich getroffen, das weiß ich.«

»Eine Seelenwärterin? Wer könnte das sein? Kennst du den Namen dieser Person? Können wir sie finden?«, fragte Eleonore atemlos. Den Stich, der sie im Herzen traf, als sie hörte, dass Julius sich mit einer Frau traf, versuchte sie zu ignorieren.

Friedemann grinste. »Ich kenne nicht nur ihren Namen, sondern ich weiß auch, wo sie wohnt!«

»Nun, worauf wartest du dann noch?«

Julius entschied, Frau Kremer sofort in der Irrenanstalt zu besuchen. Den Brief faltete er sorgfältig zusammen und verstaute ihn in seiner Manteltasche. Den Hut des Halloren zog er, wie zuvor auch, tief ins Gesicht und verließ unbehelligt das Mietshaus.

Als er wenig später in den Innenhof einbog, beschlich ihn das Grausen, das er jedes Mal an diesem Ort verspürte. Doch dieses Mal besaß es eindeutig eine lauernde Qualität, wie ein Raubvogel, der die Maus am Boden bereits ins Auge gefasst hatte.

Er griff nach dem Klingelzug, kam jedoch nicht mehr dazu, ihn zu benutzen, denn die Tür wurde bereits geöffnet und er stand unvermittelt Frau Kremer gegenüber. Er zog den Hut vor ihr und verbeugte sich. Frau Kremers Wangen waren aschfahl und ihr Blick war verängstigt. Sie sah schnell an ihm vorbei, dann zog sie ihn ins Haus. Julius stolperte und gab ein missbilligendes Brummen von sich, das umgehend mit einem »Pscht« von Frau Kremer quittiert wurde.

»Was ist denn …?«

»Still«, raunte sie und winkte ihn hinter sich her, wobei sie immer wieder nervös über die Schulter sah, als ob sie sich vergewissern wollte, dass Julius noch da war. Frau Kremer führte ihn ins Kellergeschoss. Die Treppenstufen waren krumm getreten und die Öllichter, die in den Nischen der Wand am Treppenabgang standen, gaben nur diffuses Licht. Julius spürte die frisch verheilte Wunde unangenehm pochen, als er angespannt die Kiefer zusammenpresste. Frau Kremer machte vor einer Tür Halt, zog ein Band mit einem Schlüssel unter ihrem Kleid hervor und öffnete sie.

Sie betraten den kargen Raum. Julius stieß lautstark die Luft aus.

»Es tut mir leid, es muss Ihnen ja äußerst dubios vorkommen, dass ich Sie nicht zu einer Tasse Tee zu mir nach Hause einlade, aber die Umstände verbieten dies.«

»Sie sehen mich neugierig, werte Frau Kremer.« Da der Raum weder Möbel noch eine Garderobe beinhaltete, behielt er seinen Hut in der Hand.

»Frau Reuss, die Hausdame, Sie kennen sie sicher …?«

Julius nickte. Frau Kremer fuhr fort: »Sie schickte mich ins Zuchthaus. Ins Zuchthaus! Können Sie sich das vorstellen?«

»Sollten Sie jemanden abholen?«

»Ich wünschte, es wäre so gewesen!«

Frau Kremer schluchzte. Julius fragte sich, ob er die arme Frau denn immerzu weinen sehen musste. Er legte ihr sacht die Hand auf die Schulter, sah ihr ins Gesicht und sagte leise und überdeutlich: »Bitte, beruhigen Sie sich. Sie sagten, es eile. Erzählen Sie mir, was im Zuchthaus geschehen ist.«

»Ich berichte Ihnen von Anfang an. Sonst ist der Bericht ohne Sinn.« Sie räusperte sich und zog in Ermangelung eines Taschentuchs die Nase sehr undamenhaft hoch. Julius ignorierte es.

»Frau Reuss schickte mich, wie schon erwähnt, ins Zuchthaus. Dort sollte ich das Fräulein Margot aufsuchen und ...«

»Aber sie war nicht im Zuchthaus!«, unterbrach Julius. »Ich war doch selber da und habe nachgesehen. Das wissen Sie doch.«

»Eben drum«, gab Frau Kremer zurück. »Margot muss danach dorthin gebracht worden sein. Sie hatte wohl einen Seelenwärter schwer attackiert.«

»Wo ist denn das Fräulein Lambrecht nun gewesen?« Für Julius ergab Frau Kremers Rede keinen Sinn.

»Das weiß ich doch auch nicht, ich weiß nur, sie ist jetzt tot. Tot, verstehen Sie!«

»Aber das ist ... das ist doch ... unglaublich«, flüsterte Julius.

Frau Kremer gab ihm einen Moment Zeit, sich zu sammeln, dann fuhr sie fort: »Frau Reuss befahl mir, ihr Zimmer im Irrenhaus auszuräumen, damit es für den nächsten Insassen hergerichtet werden kann. Ich muss sie so verdutzt angeschaut haben, dass sie sagte, ich solle ins Zuchthaus gehen und mich doch selbst überzeugen, wenn ich ihr keinen Glauben schenken würde. Im Zuchthaus wurde mir mitgeteilt, dass das Fräulein Lambrecht verstorben sei. Und als ich vor dem Wärter stand und seine Worte anzweifelte, drückte er mir dies in die Hand.«

Julius stand wie erstarrt. Wie aus weiter Ferne hörte er ein Rascheln und sah, dass Frau Kremer mit einem Stück Papier vor seinem Gesicht herumwedelte.

»Der Totenschein«, erklärte sie.

Er griff nach dem Lämpchen, das Frau Kremer ihm reichte, und las, was auf dem Papier stand.

»Herzversagen?«, las er ungläubig vor. Dann wanderte sein Blick zur Unterschrift des Arztes. Sämtliche Haare auf den Armen stellten sich mit einem Schlag auf. »Brackhagen!«

»Und wissen Sie was?«, sagte Frau Kremer. »Auf jedem Totenschein steht *Herzversagen*. Das teilte mir der Wärter im Zuchthaus mit.«

KAPITEL 6

»Juls!«, schrie Eleonore erschrocken auf, als sie die Narbe in Julius' Gesicht entdeckte. Dann fiel sie in Ohnmacht. Julius konnte sie gerade noch auffangen, bevor sie auf die Pflastersteine stürzte.

»Bringen wir sie hinein«, befahl Frau Kremer und wies auf ihr Haus, vor dem die kleine Gruppe gerade erst aufeinandergetroffen war.

»Friedemann, hilf mir!«, wies Julius nun den Jungen an, der mit offenem Mund die Szene beobachtet hatte.

In wenigen Momenten hatten Julius und Friedemann die ohnmächtige Eleonore auf die Schlafliege in der kleinen warmen Küche von Frau Kremers Haus getragen, auf der Herr Kremer gerade noch gedöst hatte. Seine Frau hatte ihn hochgescheucht und ihm Beine gemacht, eine Decke aus der Schlafstube zu holen. Nachdem er sie gebracht hatte und murrend wieder verschwunden war, begann sie, der jungen Frau mit einem Tuch Luft zuzufächeln. Julius, der danebenstand und nicht wusste, was er sonst tun sollte, hielt eine Hand von Eleonore und rieb diese zwischen seinen Handflächen. Dann schlug Eleonore die Augen auf.

»Na, da sind Sie ja wieder!«, stellte Frau Kremer erleichtert fest.

Julius ließ sich vor Eleonore auf die Knie fallen und streichelte besorgt ihre Stirn. Und auch Eleonore hob ihre Hand, um vorsichtig seine Narbe zu berühren.

»Ich will ja nicht stören, Herr Weiland«, räusperte sich Frau Kremer, »aber … Wer ist diese Dame?«

Erschrocken fuhr Julius hoch. »Frau Kremer, oh Gott, entschuldigen Sie. Darf ich vorstellen? Frau Eleonore Brackhagen.«

»Frau *Doktor* Brackhagen?« Frau Kremer wirkte entrüstet. Als Julius nickte, sank sie auf den neben ihr stehenden Hocker. Sie unterbrach Julius, der gerade stammelnd eine Erklärung abgeben wollte, mit einer durch die Luft wischenden Handbewegung. »Ich brauche dies nicht zu wissen, Herr Weiland, und für mein Herz, ich möchte es auch gar nicht!« Sie schaute unglücklich drein, ihren Blick auf die immer noch liegende Eleonore gerichtet. »Nun, Frau Brackhagen. Was sollen wir mit Ihnen machen? Soll ich eine Kutsche rufen, die Sie nach Hause bringt? Oder soll ich nach Ihrem Mann schicken?« Mit einem abschätzenden Blick auf Friedemann und Julius fügte sie hinzu: »Diese beiden Herren hier scheinen mir jedenfalls nicht die richtige Begleitung zu sein.«

»Friedemann kann Annemie, mein Dienstmädchen, holen. Sie wird mich nach Hause begleiten«, antwortete Eleonore.

»Eine sehr gute Idee«, sagte Frau Kremer zufrieden.

In der Zeit, die Friedemann unterwegs war, sorgte Julius dafür, dass Frau Kremer Vertrauen zu Eleonore fasste. Er erzählte, woher sie sich kannten, und bald schon mischte auch Eleonore wieder ganz munter mit, von ihren gemeinsamen Sommererlebnissen berichtend. Frau Kremer entspannte sich mit der Zeit immer mehr. Als Friedemann und Annemie schließlich an die Tür klopften, war Julius sich sicher, dass er alle Zweifel einer unschicklichen Situation bei ihr hatte ausräumen können.

»Sie müssen entschuldigen, Frau Brackhagen, aber ich hätte mir ungern Ärger mit Ihrem Mann eingehandelt«, verabschiedete sich Frau Kremer herzlich von Eleonore. »Wenn ich zuvor gewusst hätte, dass Sie so etwas wie Bruder und Schwester sind, wäre ich sicherlich nicht so unwirsch geworden.«

Bei dem Vergleich suchte Julius Eleonores Blick. Ein Lächeln huschte um ihren Mund, kaum merklich, doch für Julius genug, um zu meinen, dass auch sie nicht die Ansicht von Frau Kremer teilte.

Als Frau Kremer und Julius schließlich allein am Küchentisch saßen, kamen sie wieder auf das Thema Margot.

»Es bleibt die Frage, wo Fräulein Margot gewesen sein soll, bevor sie wegen eines angeblichen Übergriffs auf zwei Seelenwärter ins Zuchthaus überbracht wurde. Alle mir bekannten Krankenanstalten habe ich nach ihr abgesucht, und auch die Ärzte scheinen von nichts gewusst zu haben«, fasste Julius zusammen.

»Frau Reuss zumindest behauptet, dass alles mit rechten Dingen zugegangen sein soll, als Margot aus ihrem Haus abgeholt wurde«, trug Frau Kremer zu den Überlegungen bei. »Ob sie etwas weiß?«

»Mir kommt es eher so vor, als ob sie etwas verheimlicht!« Julius schaute grimmig zum Küchenfenster hinaus.

Frau Kremer sah ihn fragend an. »Das kann ich mir nicht vorstellen. Was sollte sie schon von jemandem wie Margot wollen? Sie hatte niemals mehr Interesse an den Bewohnern ihres Hauses gezeigt, als dass das Mietgeld für das Zimmer rechtzeitig einging. Unerzogen hat sie Margot genannt, wenn sie mal eine Weile nach ihr gucken sollte. Hat ihr Backpfeifen gegeben, damit sie das Schreien ließ.«

Bei dem Gedanken wurden Frau Kremers Augen feucht. »Margot konnte doch nichts dafür, dass sie so war, wie sie war!«, schniefte sie und sah bekümmert zu Boden.

»Sie haben recht!« Julius zog nachdenklich die Stirn kraus. »Sie kann höchstens eine Mitwisserschaft haben. Für Geld hat sie doch sicherlich einiges getan, oder?«

»Oh ja. Einmal hat einer bei uns gewohnt. Ein Hallodri von Sohn aus der Franzosenkolonie. Er hatte nicht den rechten Sinn, ernsthaft zu sein, und eine Vorliebe für unzüchtige Zeichnungen dazu, dennoch war er eigentlich ein lieber Kerl. Als Frau Reuss jedoch mehr Geld für das Zimmer geboten bekam, half kein Bitten und kein Flehen der Verwandten, die nicht mehr aufbringen konnten oder wollten, und schon saß er auf der Straße.«

Bei der Erwähnung der Zeichnungen war Julius hellhörig geworden. »Hatte er vielleicht eine ungewöhnlich helle Stimme?«

Frau Kremer sah erstaunt auf. »Woher wissen Sie das?«

Julius erzählte, wie er den Franzosen gleich an seinem ersten Tag in Halle kennengelernt hatte – und dass er inzwischen tot war. »Ich sah seine Leiche. Im Klinikum.«

»Nein!«, stieß Frau Kremer aus.

»Nun, das ist nicht ungewöhnlich, zum einen sterben die Leute dort natürlich auch, und zum anderen brauchen wir Studenten ab und an Leichen für den Unterr…« Er merkte erst, was er da sagte, als er sah, wie er Frau Kremer damit zusetzte. »Entschuldigung. Damit meinte ich natürlich nicht Fräulein Margot. Es sind meist Leichen aus dem Zuchthaus, die dafür … Oh mein Gott! Es tut mir so leid.«

Frau Kremer riss ihre Hände vors Gesicht. Ob sie weinte, konnte Julius nicht feststellen, sie saß völlig regungslos da. Als sie die Hände schließlich wieder runter nahm, waren ihre Augen feucht. *Sie sieht unendlich müde aus*, dachte Julius. *Wie lange sie sich um Fräulein Margot gesorgt hatte.*

Schließlich stand sie auf, um einen Tee zu machen. Als sie das kochende Wasser in die Kanne mit den Kräutern goss, schien sie sich wieder gefasst zu haben. »Es ist tatsächlich nicht das, worüber ich gewohnt bin, zu sprechen. Dennoch, wir müssen herausfinden, was mit Margot passiert ist.«

Julius nickte, immer noch betroffen darüber, wie unsensibel er war.

»Wir haben Leichen im Zuchthaus und im Klinikum. Und eine Abteilung für Geisteskranke, die offenbar niemand kennt«, begann Frau Kremer.

»Und wir haben zwei Namen: Frau Reuss, die zumindest von irgendjemandem über Margots Abtransport aus ihrer Privatanstalt informiert wurde, und Doktor Brackhagen, der die Totenscheine unterschreibt«, ergänzte Julius. »Ob und wie diese beiden Namen uns weiterhelfen können, werden wir herausfinden müssen.

»Aber wie sollen wir das machen?«, fragte Frau Kremer. »Sollen wir die Polizei einschalten?«

»Dafür ist es zu früh. Vorerst sollten wir bei beiden vorbeischauen. Heimlich. Vielleicht gibt es Hinweise. Friedemann kann uns da sicherlich behilflich sein. Und vielleicht Eleonore.«

»Frau Brackhagen? Sind Sie sicher? Es ist ihr Mann!«

Julius dachte an die weinende Eleonore am Saaleufer. Und an vorhin. »Ja, ich bin sicher«, sagte Julius zuversichtlich. »Ich spreche mit ihr. Außerdem werde ich meinem Bruder schreiben. Wenn er mir nicht helfen kann, wer dann? Schließlich ist er Unterinspektor und kennt sich mit der Verbrecherjagd aus.«

Julius hatte fortan einen Schatten. Friedemann gesellte sich zu ihm, sobald er Frau Kremers Haus verlassen hatte. Das traf sich gut, dachte Julius, dann konnte er gleich zwei Fliegen mit einer Klappe schlagen. Mithilfe von Friedemann und Annemie konnte er noch in derselben Stunde ein heimliches Treffen mit Eleonore arrangieren. Er erzählte ihr von Margot Lambrecht und den merkwürdigen Umständen in dem Irrenhaus von Frau Reuss. Eleonore war schon bald genauso erpicht darauf, herauszufinden, wo dieses Fräulein Lambrecht hingebracht wurde, damit Frau Kremer bald ihre Seelenruhe wiederfand.

Friedemann beauftragte er außerdem, das Irrenhaus von Frau Reuss zu beschatten. »Treib dich einfach ein bisschen vor dem Hause herum. Vielleicht fällt dir etwas auf, vielleicht entdeckst du etwas. Aber lass dich nicht als Herumtreiber erwischen.« Scheinbar hätte er Friedemann keine bessere Aufgabe geben können, denn er trollte sich mit allerbester Laune.

Julius hatte gerade sein Studentenzimmer betreten, als Nachter hereinplatzte.

»Weiland! Wo treibst du dich nur herum? Dass du nach dem Duell untertauchen musstest, kann ich verstehen. Wir mussten alle vorsichtig sein. Aber warum lässt du mir nicht wenigstens ein kleines Lebenszeichen zukommen? Großmacher sagt, du bist schon seit heute Morgen wieder da?«

Nachter guckte zu Großmacher, der auf seinem Bett lag, die Arme hinter dem Kopf verschränkt, und einen leisen

Pfiff losließ, als habe er gerade etwas sehr Ungehöriges gehört. »Oder etwa nicht, Großmacher?«

»Doch, doch«, antwortete Großmacher, ohne seinen Blick von der gräulichen Zimmerdecke zu lösen.

Julius beäugte Großmacher ärgerlich. Dabei fiel ihm auf, dass vor dessen Bett wieder das reinste Chaos herrschte: Stiefel, Hemden, Bücher, alles lag durcheinander.

»Woher will er das denn wissen?«, grummelte er unwirsch, doch offenbar laut genug, dass Großmacher es hörte. Der schwang seine Beine vom Bett und setzte sich aufrecht hin. Seine Füße standen halb auf einem Stiefelschacht, halb auf einer Hose. Einer der großen Zehen hatte sich durch seine Socke gebohrt.

»Der Brief ist nicht mehr da«, grinste Großmacher. Und als vermute er, eine heimliche Liebschaft entdeckt zu haben, fügte er geheimnisvoll hinzu: »Zeilen einer gewissen Frau Kremer!«

Julius rollte genervt mit den Augen. Dann bot er Nachter einen Stuhl an. Zuvor musste er jedoch ein paar Brotkrümel von der Sitzfläche wischen.

»Großmacher, was ist hier eigentlich los? Hier sieht es aus wie in einem Schweinestall«, richtete er sich schließlich genervt an seinen Zimmerkumpanen.

Großmacher zuckte die Achseln. »Wen hat's gestört? Mich nicht. War nicht das Schlechteste, ein paar Tage das Zimmer ganz für mich zu haben.«

Julius sah ihn verständnislos an.

»Ihr seid beide weg gewesen seit dem Duell«, verteidigte er sich. »Von Auer muss ebenfalls untergetaucht sein. Jedenfalls ist er auch nicht zurückgekommen.«

»Aber er war unverletzt!«, stieß Julius aus. »War er doch, oder?«, wandte sich Julius an Nachter.

Der machte eine Geste, dass er nichts anderes wusste.

»Hier war er aber nicht!«, bekräftigte Großmacher und brachte sich wieder in die alte Liegeposition.

»Na gut«, sagte Julius. »Er fehlt mir am wenigsten, das geb' ich zu.«

Julius setzte sich zu Nachter. »Und du? Wie ist es dir ergangen?«

»Ich bin im Thal untergetaucht, konnte aber schon am nächsten Morgen hierher zurückkehren. So wie die meisten von uns.«

»Sie haben keinen gekriegt, habe ich gehört?«

Nachter grinste und nickte zustimmend. »Und du? Wer hat die Narbe so gut hinbekommen?«

»Ja, ich hatte Glück. Ich war in guten Händen.«

»Frau Kremer?«, fragte Nachter leise, ein Grinsen im Blick.

Nun musste Julius lachen. »Wenn du wüsstest, wer Frau Kremer ist«, flüsterte er amüsiert zurück. »Aber lass ihn ruhig im Glauben, dass sie eine Liebschaft wert ist.« Er wies mit dem Daumen in Richtung Großmacher, der nun vor sich hin summte.

»Frau Kremer ist in Wirklichkeit die Aufsichtsperson von Margot Lambrecht, einer jungen Dame, die leider unter Geisteszerrüttung leidet. Ich habe dir doch erzählt, dass mein Bruder möchte, dass ich sie finde?«

Nachter nickte. »Ich erinner mich, du hast es ein, zweimal erwähnt. Du hast sie also gefunden?«

Julius nickte. Er wollte nicht mehr erzählen. *Nicht jetzt, wo Großmacher im Zimmer ist*, dachte er. *Und vielleicht ist es auch besser, wenn ich Nachter nicht überall mit hineinziehe. Wer weiß, was noch alles passiert, und es reicht ja, wenn ich es mir mit Brackhagen verderbe.*

Die beiden Freunde saßen noch eine Weile beisammen. Nachter erzählte, dass er in der vergangenen Woche die Gelegenheit bekommen hatte, auf der Krankenstation des Waisenhauses auszuhelfen. »Natürlich unter Aufsicht eines Arztes. Doktor Thamm hatte uns begleitet. Er sagte, es sei sehr wohltätig, was wir da machten. Geld kann man dort nämlich nicht verdienen.«

»Ist es doch auch«, sagte Julius.

»In der Tat. Manchmal dachte ich, es ist vielleicht der einzig richtige Ort, Arzt zu sein.«

Als Nachter gegangen war, verfasste Julius einen Brief an seinen Bruder. Es machte ihm wenig Freude, die schlechten Nachrichten über den Tod Margot Lambrechts zu Papier zu bringen. Er verschwieg auch nicht, dass er das Gefühl hatte, es gebe Ungereimtheiten.

… Vielleicht kannst Du es aus Sicht deiner reichen Erfahrungen besser beurteilen, doch mir will es nicht anders erscheinen, als dass hier nicht alles mit rechten Dingen zugeht. Und wenn ich auch noch keine Beweise habe, so scheint Doktor Brackhagen darin verwickelt zu sein. Ich kann Dir die Umstände zum jetzigen Zeitpunkt nicht klar darlegen, da ich ihre Zusammenhänge selbst noch nicht verstehe …

Julius setzte ab. Er dachte an Eleonore und die Abdrücke an ihren Handgelenken, die Brackhagens brutaler Griff dort hinterlassen hatte. Sollte er dies schreiben? Doch was würde es erklären? Er entschied sich dagegen.

… Nun, lieber Bruder, vielleicht kannst Du mir einen Rat geben? Wie würdest Du vorgehen?

Und vielen Dank, dass Du mir Friedemann geschickt hast. Ein eifriges Bürschchen. Erzähl mir bei Gelegenheit, was Du noch mit ihm vorhast.

Und damit verbleibe ich,
Dein Julius.

PS Grüße mir meine geliebten Zieheltern Nortius. Ich denke oft an sie und werde ihnen alsbald schreiben.

Als Julius das Siegel in das heiße Wachs gedrückt hatte, blieb er eine Weile nachdenklich sitzen.

Er hoffte, Eleonore und Friedemann fanden etwas heraus. Was sonst sollten sie tun?

TEIL IV

Weimar

WEILAND, VÖLLIG DURCHGEFROREN von einem langen Ritt nach Ober-Weimar, schlotterte noch vor Kälte, als er seine dicke Wolljacke an die Garderobe hängte. Ihm ging der Fall, den er dort untersucht hatte, nicht aus dem Kopf. Zwei Brüder aus Weimar hatten sich in der Klosterbrauerei getroffen und ordentlich einen über den Durst getrunken. Dabei waren sie mit einem Dritten, einem früheren Müllermeister aus der Gegend, aneinandergeraten. Es ging wohl um Getreidepreise, hatte Weiland gehört. Später fand man den Müller auf dem Bauch liegend und tot im Papierbach, eine Platzwunde prangte am Hinterkopf. Ein klarer Fall, hatte Niemer gesagt, und so hatte Weiland auch gedacht, doch die Beweisführung stellte sich als schwieriger heraus, als zunächst angenommen. Alle, die die drei im Gasthaus hatten streiten sehen, wollten ihre Hand dafür ins Feuer legen, dass die beiden Brüder unschuldig seien. Stunden zuvor hätten sie sie zurückreiten sehen. Man war sich einig, dass der Müllermeister durch einen unglückseligen Unfall zu Tode gekommen sei. »Hat zu tief ins Glas geschaut, da stolpert man schon mal«, war ihre Aussage. Doch warum lag der Müllermeister auf dem Bauch, während sich die Platzwunde am Hinterkopf befand?

»Da stimmt was nicht, meine Freunde, und was genau, das werde ich noch herausfinden«, grummelte Weiland vor sich hin, während er zur Küche schlurfte.

Erst einmal aufwärmen, dachte Weiland, und setzte Wasser auf. Er wollte sich einen Grog machen. Auf das Getränk war er durch die Bekanntschaft mit einem alten Matrosen gestoßen, den er bei einem seiner Aufenthalte an der Ostsee kennengelernt hatte. »Rum mut, Zucker kann, Water bruuk nich«, wiederholte Weiland gutgelaunt bei dem Gedanken an den alten Seebären und dessen Rezeptvorschlag, goss sich seinen Becher aber dennoch zu Zweidrittel mit kochendem Wasser auf. Noch einen guten Schuss Rum und zwei Löffel Zucker dazu und fertig, freute sich Weiland. Mit dem heißen Becher in den Händen ging er ins Wohnzimmer und setzte sich auf seinen Sessel am Kamin. Nun konnte er in Ruhe über den Ober-Weimarer Fall nachdenken. Während er in seinem Sessel saß und ab und an den Becher zum Mund hob, bemerkte er gar nicht, wie er aus Versehen mit seinem Ellenbogen einen Brief mit dem Absender *Julius Weiland* vom Beistelltisch schob. Der Brief rutschte zwischen Tisch und Wand, wo er von ihm unbemerkt aufrecht stehen blieb. Erst Tage später fand seine Zugehfrau den Brief beim Saubermachen.

KAPITEL 1

Eleonore stand im Büro ihres Mannes und betrachtete die Folianten im Regal. Auffällig viele der Werke beschäftigten sich mit der menschlichen Stimme. Die Gardinen waren schmucklos und dienten nur dem Zweck, das Sonnenlicht auszusperren. Die Wände waren nackt. Eleonore wandte sich dem Schreibtisch zu. Nicht das kleinste Stäubchen verunreinigte die polierte Holzoberfläche.

»Beeilen wir uns, gnädige Frau«, warnte Annemie.

»Du hast recht«, gab Eleonore zurück und rüttelte an der obersten Schublade des Tisches. Natürlich verschlossen, so wie Brackhagens Gemüt, dachte sie. Eleonore kaute auf ihrer Lippe und dachte nach. Das Ganze musste heimlich vonstattengehen. Den Schreibtisch aufzubrechen, wagte sie nicht. Sie war sicher, dass ihr Mann irgendwo einen zweiten Schlüssel aufbewahrte. Es lag nicht in seiner Natur, sich auf einen zu beschränken. Alle notwendigen Gegenstände des Lebens gab es doppelt im Haushalt der Brackhagens. Damit es keine unnötige Zeitverzögerung gebe, sobald ein Utensil dahin war. Eleonore glaubte zu verstehen, warum er so dachte, denn sein Leben war gänzlich auf das Streben nach völliger Absicherung ausgerichtet.

»Du begibst dich nach unten und warnst mich, wenn mein Gatte ins Haus kommt. Ich werde in seinem Schlafzimmer nach dem Schlüssel suchen.«

»Jawohl, gnädige Frau.« Annemie knickste und verließ eilig das Büro.

Eleonore beschlich ein ungutes Gefühl, als sie das Schlafzimmer ihres Mannes betrat.

Warum eigentlich?, schalt sie sich. Jede Frau sollte das Schlafgemach ihres Gatten kennen. Wobei sie inzwischen den Fehler, es bisher noch nicht in Augenschein genommen zu haben, nicht länger bei sich suchte.

Sie betrachtete das schmale Bett.

Unglaublich, dass ein erwachsener Mensch bequem darin liegen kann. Da ist mir mein eigenes Bett lieber. Auf dem Stuhl daneben lag ein Hemd. Auffällig war, dass es nicht so akkurat gefaltet war, wie sie es erwartet hätte. Sie packte es am Ärmel. Das Hemd entfaltete sich und Eleonore unterdrückte einen Schrei. Das Rückenteil des weißen Stoffs zeigte eingetrocknete Blutflecken. Angewidert warf sie es auf den Stuhl zurück und machte einen Schritt rückwärts. Ihre Ferse stieß dabei an eine Holzkiste, die unter dem Bett stand. Rasch zog sie sie hervor, in der Hoffnung, darin den Schlüssel zu finden. Es befanden sich jedoch nur mehrere säuberlich zusammengerollte Lederriemen sowie ein abgegriffenes Stück Papier darin, auf dem eine Tonleiter abgebildet war. Plötzlich ergab für Eleonore alles einen Sinn. Die dumpfen Geräusche aus Brackhagens Schlafzimmer, das Blut auf dem Hemd und die Riemen.

Er schlug sich selber, wie widerwärtig!

Sie schob die Kiste unter das Bett zurück und wandte sich der Kommode zu, auf der eine Schüssel mit Wasser und ein Krug standen. Die oberste Schublade enthielt Hemden. Alle vom gleichen schlichten Schnitt und aus dem gleichen Stoff gefertigt.

Weil es einfacher war, als sich lange mit dem Aussuchen verschiedener Farben und Stoffe aufhalten zu müssen, dachte Eleonore bitter. Sie öffnete die zweite Schublade. Hier bewahrte Erasmus ein Rasiermesser sowie Pinsel und Seife auf. Und daneben, Eleonores Herz tat einen Sprung, lag ein Schlüssel, der von der Größe her durchaus zum Schreibtisch passen mochte. Ohne zu zögern, griff sie zu, schloss die Schublade und eilte ins Büro ihres Mannes.

Der Schlüssel passte. Kurz überlegte sie, Annemie zu holen, doch Eleonore dachte, dass das Mädchen im Erdgeschoss vorerst gut aufgehoben war. Aufgeregt griff sie nach einem Stapel Unterlagen und legte ihn auf die Schreibtischplatte. Das erste Papier war eine Abhandlung über den Irrsinn. Eleonore überflog die Zeilen. Es war das ins Deutsche übersetzte Pamphlet eines englischen Arztkollegen. Enttäuscht legte sie es beiseite. Als Nächstes folgte eine Akte. Nach nur wenigen Minuten der Lektüre drehte sich Eleonore schier der Magen um. Von Operationen am offenen Leib wurde da geschrieben. Der Name des Mannes sagte ihr nichts. Eleonore hatte als Kind schon eine lebhafte Fantasie besessen und konnte sich zu den knapp gehaltenen Beschreibungen das Leid des Mannes in den dramatischsten Farben ausmalen. Ziel der Untersuchung war offenbar zu ermitteln, wie viel Leid dieser Mensch ertragen konnte, ehe die Ohnmacht ihn ereilte. Dies fand sie in der sauberen Handschrift ihres Mannes verfasst. Sie überblätterte einige Seiten und entdeckte am Ende der Akte die beiläufige Notiz, dass besagter Patient verstorben sei. Den Totenschein fand sie auf der Seite zuvor. Herzversagen. Unterzeichnet von Erasmus Brackhagen.

Angeekelt warf sie die Akte auf den Aufsatz des Engländers. Sie griff mit zitternden Fingern zu den nächsten Blättern, die nicht geheftet waren. Es handelte sich um unausgefüllte Totenscheine. Sicherlich zehn Stück, die Eleonore in ihren Händen hielt. Auch diese wanderten auf den Stapel mit den gelesenen Dokumenten. Sie fand zwei weitere Akten, eine davon war sehr schmal und trug den Namen *Margot Lambrecht*. Eleonore erschauerte, ihr wurde eiskalt. Zwar hatte sie mit Hinweisen gerechnet, wohl auch mit fingierten Totenscheinen, aber hielt sie hier den Beweis in Händen, dass Brackhagen tatsächlich etwas mit Margot Lambrecht zu tun gehabt hatte, sie vielleicht sogar zu Tode gequält hatte wie den Mann in der vorherigen Akte? Sie legte die Finger auf den harmlosen Pappdeckel. Dann sank ihre Hand kraftlos in ihren Schoß. Sie wagte es nicht, diese Papiere zu lesen. Mehrmals atmete sie tief durch. Das Schwindelgefühl wurde schier übermächtig und machte sie unentschlossen. Benommen starrte sie auf die Türklinke, die sich langsam senkte. Die Zeit schien stillzustehen. Es klickte, als sich der Bolzen des Türschlosses nach innen zog. Der dunkle Spalt zwischen Tür und Rahmen wurde allmählich größer. Eleonore starrte darauf, wappnete sich innerlich für die Begegnung mit ihrem Gatten.

»Gnädige Frau, ist Ihnen nicht wohl?«, wisperte Annemie.

»Annemie!«, stieß sie atemlos hervor.

»Ich wollte nach Ihnen sehen, weil Sie sich nicht mehr gerührt haben.«

Eleonore schloss für einen Moment die Augen.

»Ich bin fündig geworden. Wir müssen das Risiko eingehen, alle Akten mitzunehmen. Ich kann nicht alles verstehen. Aber Juls kann das.«

Annemie nickte. »Gehen wir.«

Friedemann trat von einem Fuß auf den anderen und zupfte an seinem Hemd.

»Wenn du mir nicht glaubhaft versichert hättest, dass dem nicht so sei, würde ich ja vermuten, dir ist kalt. Doch so bleibt mir nichts anderes übrig, als anzunehmen, dass du eine Vorliebe für exotische Tänze entwickelt hast«, bemerkte Julius. »Es ist ja nicht so, dass ich dir nicht schon mehrfach meine Jacke angeboten habe.«

Friedemann sah treuherzig zu ihm auf. »Nein, ich bin nur aufgeregt. Wann geht es denn los?«

Julius krauste die Stirn und blickte missmutig in den Innenhof des Irrenhauses. »Wenn Frau Reuss herauskommt.«

Er tastete nach den beiden Schlüsseln in seiner Tasche, die er von Frau Kremer erhalten hatte. Dann richtete er den Blick wieder zum Hof. Friedemann und Julius hatten sich hinter der Hausecke verschanzt, von der aus sie zwar nicht den Hauseingang sehen, jedoch den Hof überblicken konnten. Es dämmerte bereits und in den Gebäuden ringsum wurden Lampen und Kerzen entzündet, deren warmer Schein aus den Fenstern drang. Das Irrenhaus hingegen versank allmählich in der aufkommenden Dunkelheit. Der Wind frischte auf; Friedemann schlang die Arme um sich und begann, mit den Zähnen zu klappern.

»Wir harren noch eine Viertelstunde aus, wenn sich Frau Reuss bis dann nicht gezeigt hat, gehen wir.«

Friedemann nickte und lehnte sich gegen Julius, der sich nun doch seiner Jacke entledigte und Friedemann darin einhüllte. Es rührte ihn, wie die kleine Gestalt im dicken Stoff verschwand. Es waren klackernde Schritte, die ihn aus der Betrachtung des Jungen rissen. Julius drückte Friedemann an die Wand des Hauses und legte den Zeigefinger an die Lippen. Friedemann verstand, er bewegte sich nicht, selbst das Bibbern hatte aufgehört.

Frau Reuss war in der Dunkelheit nur als Schemen auszumachen, dennoch erkannte Julius auf Anhieb die gerade Haltung und die resolute Art, die Absätze auf die Erde sausen zu lassen. Sie durchschritt den Torbogen. Die Schritte verklangen. Aus dem Nachbarhaus drang gedämpft das Schreien eines kleinen Kindes herüber, dann war es still. Julius hielt Friedemann zurück, der gleich loslaufen wollte, und raunte ihm zu: »Warten wir noch eine Minute. Vielleicht hat Frau Reuss etwas vergessen und kommt noch mal zurück.«

Alles blieb ruhig.

Schließlich pirschte Julius zum Eingang, Friedemann folgte ihm dicht auf. Julius fischte die Schlüssel aus der Tasche und fluchte, als ihm einer durch die Finger glitt und es kurz darauf laut klirrte. »Mist«, knurrte er unwillig und klaubte den Schlüssel auf. Er schloss auf, mit vereinten Kräften hielten sie die schwere Tür fest, damit sie nicht mit einem lauten Knall ins Schloss fiel. Im Foyer war es so dunkel, dass Julius kaum die Hand vor Augen sah. Das Pult mit dem Gästebuch hob sich als Umriss einige Schritte entfernt ab. Julius, der sich vage an den Weg durch die Halle erinnerte, ging voran. Plötzlich wurde er von einem kleinen Schemen überholt, der emsig einen Fuß vor den anderen setzte, beinahe lautlos die Halle durchquerte.

»Friedemann«, wisperte Julius.

»Hier«, kam die Antwort zurück.

Julius folgte der Stimme und gelangte zur Tür, die Frau Kremer ihnen genannt hatte. Dahinter befand sich das Büro von Frau Reuss.

Da es von der Straße abgewandt lag, wagte Julius, eine Lampe zu entzünden. Der Lichtschein offenbarte den bemerkenswertesten Raum, den Julius je gesehen hatte. Seine Gedanken flogen zu Großmacher, und er fragte sich, ob sein Kommilitone möglicherweise mit Frau Reuss verwandt war. Rund um die Tür befand sich die einzige freie Fläche. Julius und Friedemann standen wie Schiffbrüchige auf einer Insel. Sie starrten in ein Meer der Unordnung. Auf dem Boden standen Kisten, lagen leere Flaschen, fanden sich etliche Scherben, die nach zerbrochenem Geschirr aussahen. Kerzenstummel, zerzauste Schreibfedern, Papiere, deren Oberfläche von ausgelaufenen Flüssigkeiten gewellt und verfärbt war. Dazwischen etliche Kleidungsstücke. Ein Bild mit einem zerbrochenen Rahmen. Ein Reitstiefel, dessen Leder rissig war. Eine Puderdose ohne Inhalt und Deckel. Es roch muffig im Zimmer. Den Tisch vermutete Julius im Zentrum des Raums. Zumindest war dort die größte Erhebung auszumachen. Er bahnte sich einen Weg zum Fenster und zog den Vorhang zu, was ihn einige Mühe kostete. Eine Staubwolke rieselte sanft über Haar und Revers. Julius hustete und wischte sich eine Spinnenwebe aus dem Gesicht. »Hättest du das für möglich gehalten?«, wandte er sich an Friedemann.

»Och«, gab dieser zurück und ließ ertappt den Gegenstand fallen, den er in der Hand gehabt hatte.

»Was hast du da?«

»Ein Armband«, antwortete Friedemann zögernd.

Julius sah nach. »Das ist kein Armband, sondern eine Ledermanschette, mit der man Irre ans Bett fesselt.«

»Bäh«, machte Friedemann und fischte nach einem angenagten, fauligen Apfel.

»Am besten gehst du ins Foyer und hältst Wache«, schlug Julius vor.

»Ja, is mir auch lieber.« Friedemann machte einen Satz aus dem Unrat und erreichte mit rudernden Armen die freie Fläche.

In seinem Rücken hörte Julius das sanfte Klicken der Tür. Er seufzte auf und steuerte den Berg an, unter dem er den Tisch vermutete.

»Es hat uns drei Stunden gekostet«, berichtete er und pustete in seine Tasse, um den Tee abzukühlen. »Friedemann war ein ausnehmend tapferer Wachmann, er harrte im zugigen Foyer aus, ohne ein Wort der Klage.«

Frau Kremers Stirn lag noch immer in Falten. »Nie hätte ich gedacht, dass sie ein so schmutziges Geheimnis hat.

»Offenbar ist sie mit der Zeit selbst wunderlich geworden«, stimmte Julius zu. »Und *schmutzig* trifft es auf den Punkt. Wenn man sie so sieht, dann kann man nicht glauben, dass sie in Wirklichkeit eine derart verwahrloste Person ist.«

»Was tun wir nun damit?« Frau Kremer deutete auf die kleine Holzkiste, in der Julius die Schmuckstücke und Geldmünzen transportiert hatte, die er aus dem Büro geborgen hatte.

»Wir bewahren sie zuerst einmal auf. Es wird ein hartes Stück Arbeit werden, die Besitzer ausfindig zu machen, und, falls diese nicht mehr leben, die Angehörigen.«

»Was, wenn Frau Reuss dahinterkommt?«

»Genau das soll der Zweck sein«, sagte Julius und nahm einen Schluck Tee. »Ihr wird auffallen, dass jemand bei ihr im Büro gewesen ist und dann wird sie schnurstracks zu ihren Auftraggebern eilen, Bericht erstatten. Wir haben genügend Beweise in der Hand, um sie vors Halsgericht zu bringen, das dürfte sie so ängstigen, dass sie keine Zeit verlieren wird. Wir müssen ihr einfach nur folgen.« Julius lehnte sich im Fauteuil zurück und sah zum schlafenden Friedemann, der sich wie eine zufriedene Katze vor dem Kamin zusammengerollt hatte.

KAPITEL 2

»ICH KANN REINGEHEN«, bot sich Friedemann an.

Doch Julius winkte ab. »Das muss ich schon selber machen. Polizisten glauben einem Jungen nicht so leicht wie einem Erwachsenen.« Er meinte es ernst, musste aber trotzdem lachen. Was Friedemann von dieser Aussage hielt, demonstrierte er nämlich gestenreich: Wütend zusammengezogener Mund, die Arme vor der Brust gekreuzt, eine Fußspitze, die ungeduldig auf den Boden tippte und ein strafender Blick in Julius' Richtung, der sich dennoch nicht umstimmen ließ.

»Warte hier einfach. Dann erfährst du als Erster, wie es gelaufen ist.« Damit öffnete Julius die Holztür zur Wachstation.

Als er das Innere betrat, herrschte dort gerade große Aufregung, weshalb Julius sich an die Wand lehnte, um abzuwarten. Er hörte, dass die drei Soldaten, die dem Wachmann gerade Bericht erstatteten, per Zufall einen Dieb in flagranti erwischt und ihn zur Wache geschleppt hatten. Der Beschuldigte, der von zwei Uniformierten an den Armen gehalten wurde, heulte Rotz und Wasser und beteuerte, dass er unschuldig sei.

Der diensthabende Wachmann, ein grober Kerl, der sich mit einer Hand entweder die Haare raufte oder über die Stirn wischte, sah ziemlich überfordert aus, fand Julius. Das Gejammere ging noch eine ganze Weile weiter, bis der Soldat, der allein stand, zu einem Fausthieb ausholte und den Gauner mit voller Wucht mitten ins Gesicht schlug. Julius konnte irgendetwas knacken hören, dann sackte der Mann zusammen. Blut strömte aus seiner Nase.

Die zwei Soldaten, die nun auf einmal das ganze Gewicht des schlaffen Körpers stemmen mussten, ächzten auf, dem Wachhabenden fiel gleichzeitig die Kinnlade herunter. Er fasste sich jedoch schneller, als Julius es ihm zu getraut hätte, und befehligte: »Werft ihn in die Zelle dort und packt ihn auf die Liege!«

Während dies geschah, schien der Wachhabende sich erst einmal zu entspannen. Er hörte auf, sich die Haare zu raufen, anstelle dessen fächelte er sich nun Luft zu. Dann plötzlich, als hätte er es zuvor vergessen, beugte er sich mit strengem Blick zu dem Soldaten, der die Faust geschwungen hatte, und redete beschwörend und mit gehobenem Zeigefinger auf ihn ein. Was, das konnte Julius nicht verstehen. Er sah aber, dass der Soldat rot im Gesicht wurde und mehrfach nickte.

Als die zwei Soldaten kurz darauf aus der Zelle kamen, verließen sie mit dem dritten die Wache. Julius trat ein paar Schritte vor, um dem Wachhabenden sein Anliegen vorzutragen, doch der bat ihn mit einer Armbewegung um einen Moment Geduld. Er verschwand kurz im Hinterzimmer, dann kam er wieder nach vorn. Als er zur Zelle ging, folgte Julius ihm einfach. Der Wachhabende schien nichts dagegen zu haben, im Gegenteil, er sah Julius Hilfe suchend an, als er sagte: »Das muss sich 'n Arzt angucken. Ich brauch 'nen Arzt. Können Se vielleicht wen hol'n?«

»Ich bin Medizinstudent«, sagte Julius.

»Oh«, sagte er erstaunt. »Na bitte, gucken Se sich den an. Ich fürchte, dem seine Nase is jebrochen.«

Julius trat in den Dunst einer Alkoholfahne. Und auch

wenn er sie beim Beschuldigten vermutete, so musste er bald feststellen, dass sie vom Diensthabenden kam. Julius versuchte den Geruch zu ignorieren und untersuchte den bewusstlosen Mann. »Sie haben recht. Am besten legen wir ihn auf die Seite. Wenn er erbricht, kann er wenigstens nicht daran ersticken. Sobald er wieder wach ist, sollte jemand seine Nase richten. Dafür bringen Sie ihn am besten in die Klinik zu Doktor Hellenthal.«

»Vielen Dank. Aber lassen Se uns ma vorjehn. Sie sind doch bestimmt nich zufällich hier reinjekomm'n, um mir bei dem Jesellen zu helfen, wa?« Der Wachhabende schob Julius aus der Zelle. Dabei blieb sein Blick kurze Zeit an Julius' Narbe hängen.

Er brauchte eine Weile, bis er verstand, was Julius ihm zu erklären suchte. Ungläubig sah er ihn an. »Un Se denken wirklich, dat sich jemand an dene Wahnsinnije vergreift? Warum denn, um Jottes willen?«

»Dazu kann ich nichts sagen. Ich weiß nur, dass bei Frau Reuss nicht alles mit rechten Dingen zugeht. Ich bitte Sie, der Sache nachzugehen. Insbesondere wegen Fräulein Lambrecht.«

»Na, Frau Reuss war mir schon immer suspekt. Aber warum will se sich mit noch mehr Wahnsinnije abjeben? Soweit ich weiß, verdient se doch jut an denen, die se offiziell betreut.«

Bei dem Wort *betreuen* stieß Julius die Luft aus. Doch dazu sagen wollte er vorerst nichts.

»Sie ist ja sicherlich nicht mehr als eine Mittlerin in dem Fall. Der Hauptverdächtige ist jemand ganz anderes.«

»So, wer denn?«

»Doktor Brackhagen, wie ich vermute.«

Der Wachhabende brauchte einen Moment, bis er begriff, was Julius gesagt hatte. Dann änderte sich seine Stimmung in Sekundenschnelle und er schrie ihn wütend an: »Doktor Brackhagen? Ja, sinn Se denn verrückt jeworden? Doktor Brackhagen is en wahrhaft ehrbarer Mann. Auf den lasse ich nüscht komm'n.« Der Wachtmeister war puterrot angelaufen, seine Halsader pulsierte wild. »Aber jut, Sie sinn nich der Erste, der ihn anschwärzen will. Scheint den Herrn Studenten zu schwer zu sein, was der Professor von euch verlangt, wa? Aber das könnte euch so pass'n, ihm auf diesem Wech eins auszuwischen.«

Dann hielt er inne. Sein Blick konzentrierte sich auf Julius' Wange. »Was is 'n det übrijens für 'ne Narbe, he? Sinn Se etwa einer von dene Taurenichtsen, die sich in meenem Revier duellieren wollten? Ich hab och von eim jehört, dem das Jesicht offjeschnitten worde. Das sind Se doch, wa? Wie is 'n Ihr Name? Ich werde Se wejen Verleumdung unseres Professors hinter Jitter bring'n. Und wenn es das Letzte is, was ich tue!«

Julius, der schon zuvor zurückgewichen war, lief nun eiligst zur Tür. In Sekundenschnelle war er draußen. Er riss Friedemann, der an der Hauswand lehnte, mit sich. »Komm, Friedemann, schnell! Wir müssen weg hier.«

Es führte kein Weg daran vorbei, erneut das schaurige Gebäude aufzusuchen und sich auf die Lauer zu legen. Friedemann langweilte sich schrecklich, doch er konnte sich noch genau an die Sache in Weimar erinnern. Die Langeweile währte für gewöhnlich nicht ewig, und so lenkte er sich ab, indem er die Fenster des Irrenhauses zählte, dann die Pflastersteine in Sichtweite.

Als er bei zweiundfünfzig angelangt war, öffnete sich die Tür und eine sichtlich empörte Frau Reuss verließ das Haus. Friedemann jubelte innerlich. Das war wesentlich schneller gegangen als in Weimar. Er machte sich bereit, die Verfolgung aufzunehmen. Dabei war Achtsamkeit stets das Wichtigste. Schnelles Ausschreiten war weithin zu hören. Er musste schlendern, möglichst mit den Händen in den Taschen. Dreck hatte er sich zuvor schon ins Gesicht geschmiert. Auch wenn Julius ihm mitgeteilt hatte, dass dies nun wirklich nicht notwendig sei. Friedemann wollte allerdings keinesfalls, dass der Plan wegen eines simplen Details fehlschlug. Und einen schmutzigen Straßenjungen übersah man eben. Das war in jeder Stadt gleich.

Frau Reuss schenkte der Umgebung indes keine Beachtung, was Friedemann etwas enttäuschte. Ihre Sohlen klackten hurtig auf den Boden, ab und an war ein Misston zu hören, wenn sie strauchelte. Friedemann gelang es mühelos, ihr zu folgen. Der Marsch dauerte eine geraume Weile. Friedemann fühlte nach den Münzen in der Tasche. »Wenn du eine Mietkutsche benötigst«, hatte Julius gesagt. Nun, die brauchte er wohl nicht. Der Weg von Frau Reuss endete an der Residenz.

Was in aller Welt suchte sie denn dort?

Doch anstatt den Haupteingang zu nehmen, umrundete Frau Reuss das weitläufige Gebäude. Nun begann sie auch, sich misstrauisch umzusehen. Sie hielt inne, wenn sich Leute näherten, strich über den Stoff ihres Mantels und hauchte schnelle Atemwölkchen in die Luft. Sie vermittelte den Eindruck, auf jemanden zu warten.

Friedemanns Nase lief angesichts der Kälte. Doch um nichts in der Welt hätte er die Verfolgung aufgegeben, schon gar nicht zur Beschaffung eines Taschentuchs. Er zog lautstark die Nase hoch, womit er prompt die Aufmerksamkeit von Frau Reuss erregte. Friedemann schaute nicht weg, sondern sah sie gelangweilt an und wischte mit dem Ärmel über seine Nase. Frau Reuss war diejenige, die angeekelt den Blick abwandte. Sie setzte sich wieder in Bewegung. Als sie um die Hausecke verschwunden war, rannte Friedemann los. Kurz vor der Ecke machte er Halt, sein Glück, denn Frau Reuss stand keine drei Meter entfernt und rüttelte an einer Tür. Einen Moment blieb sie davor stehen, die Hände in die Hüften gestemmt. Dann schnaubte sie und machte kehrt. Friedemann rannte das Stück Weg wieder zurück und stellte sich auf dieselbe Stelle, an der er sich die Nase abgewischt hatte. Frau Reuss wirkte nicht mehr nur zornig, sondern auch ängstlich. Sie sah über ihn hinweg, als gebe es ihn nicht, und verließ das Gelände. Sie überquerte den Domplatz. Ein Zweispänner hielt neben ihr. Der Mann auf dem Kutschbock begrüßte Frau Reuss. Sie tauschten einige Sätze. Leider zu leise, selbst für Friedemanns gute Ohren. Der Mann stieg ab und öffnete für Frau Reuss den Schlag seines Gefährts.

Oh nein!, fluchte Friedemann lautlos.

Schon setzte sich der Wagen in Bewegung. Friedemann beeilte sich, hinterher zu kommen. Als der Zweispänner in den Marktplatz einbog, war Friedemann dankbar um die vielen Menschen, die sich auf dem großen Platz tummelten. Der Wagen kam nur langsam vorwärts. Friedemanns Stirn war nass, die Nase lief wieder. Röchelnd zog er die Luft durch den offenen Mund ein. Glücklicherweise währte nach dem Marktplatz die Fahrt nicht mehr lange. Am Sandberg hielt der Mann und half Frau Reuss beim Aussteigen.

Wollte sie zum Zuchthaus?, fragte sich Friedemann.

Doch als er sah, welches Haus Frau Reuss ansteuerte, beherrschte er sich gerade noch, nicht vor Überraschung aufzuschreien.

~

Als ihr Blick über die letzte Zeile des Blattes geflogen war, blätterte Eleonore die dünne Seite des Erzählbandes um. Dann ließ sie das Buch in ihren Schoß sinken. Sie schaute zum Fenster, der Winterhimmel zeigte sich in düsteren Grautönen. Sie fröstelte und zog ihr Schultertuch enger zusammen. Ach, sie konnte sich einfach nicht ablenken. Immer wieder kehrten ihre Gedanken zu Julius zurück. Was er wohl gerade tat? Hoffentlich war er vorsichtig! Sie würde auf der Stelle sterben, würde ihm irgendetwas zustoßen – am liebsten wäre sie jetzt bei ihm. Doch sie hatte eingesehen – wenn auch schweren Herzens –, dass es wirklich besser war, Brackhagens Aufmerksamkeit nicht unnötig auf sich zu lenken, bis Julius mehr über die merkwürdigen Akten und die Totenscheine herausgefunden hatte. Außerdem konnte sie Augen und Ohren vor Ort aufhalten. Eleonore seufzte.

Just in dem Moment klopfte es heftig an die Eingangstür. Einmal, zweimal, dreimal. Erschrocken sprang Eleonore auf. Was, wenn es jemand war, der schlechte Nachricht von Julius brachte?

Sie huschte zur Tür und öffnete sie einen Spalt breit, gerade genug, dass sie durch das Treppengeländer ein Stück des Flures sehen konnte. Erst ging Annemie vorbei, dann ihr Mann. »Lass mich durch!«, hörte sie die kratzende Stimme von Erasmus. Annemie kam zurück und lehnte sich an die Stelle der Wand, die Eleonore einsehen konnte.

Ihr Blick ging hoch zu Eleonore, dann schaute sie wieder zur Tür, die gerade geöffnet worden sein musste. Straßengeräusche drangen nach oben. Brackhagen war offensichtlich nicht erfreut über den Besuch, denn er brüllte mit unkontrolliert schlingernder Stimme: »Was zum Teufel fällt Ihnen ein, hier vorbeizukommen!«

»Ich *muss* mit Ihnen sprechen, Doktor Brackhagen!«, hörte Eleonore eine fordernde Frauenstimme. Sie klang sehr erbost.

Eleonores Mann schien die Antwort nicht zu beruhigen. Im Gegenteil, dreimal setzte er mit hohem Ton an, brach jedoch immer wieder ab. Nach mehrmaligem Räuspern gelang es ihm dann, etwas hervorzubringen. Mit heiserer Stimme antwortete er: »Ich lasse niemanden in mein Haus, den ich nicht persönlich eingeladen habe!«

»Das ist mir egal«, hörte Eleonore die Frau antworten. »Wenn Sie mich nicht reinlassen, werde ich eben schnurstracks zur Wachstation gehen.«

Dies schien Brackhagen zu überzeugen, denn erst beobachtete sie, wie Annemie nach einem »Weg mit dir!« schnell in Richtung Küche hastete, dann sah sie eine Frau, die mit klackernden Schritten vor ihrem Mann das Stück Flur passierte.

Eleonore, die schnell zur Seite gehuscht war, dachte fieberhaft nach. Der Beschreibung nach musste es diese Frau Reuss aus dem Irrenhaus sein, aus dem Margot Lambrecht verschwunden war. Doch was tat sie hier? Und was wusste sie, dass sie mit der Polizei drohen konnte?

Eleonore wagte nun, ein paar Stufen treppab zu gehen. Dort nahm sie Platz.

Aus Erasmus' Büro drang zwar das wütende Geschrei dieser Frauenperson, doch um was es ging, konnte Eleonore nicht verstehen. Von ihrem Mann hörte sie nichts, ein Zeichen, dass er sich unter Kontrolle hatte.

Plötzlich wurde es ruhig. Als sich die Bürotür öffnete, huschte Eleonore schnell wieder die Treppenstufen hoch. Während sie sich dort an die Wand drückte, meinte sie, das laute Klopfen ihres Herzens könnte sie verraten.

Wenn sie richtig deutete, was sie hörte, durchquerten gerade zwei Personen den Flur.

Dann wurde die Eingangstür geöffnet und wieder geschlossen. Anschließend kehrte jemand zum Büro ihres Mannes zurück.

KAPITEL 3

Mit hochroten Wangen platzte Friedemann in Julius' Zimmer. »Frau Reuss hat versucht eine Tür an der Rückseite der Residenz aufzumachen. Aber die war zu.«

Zum Glück war Großmacher nicht da und Julius konnte den zappligen Friedemann nach allen Regeln der Kunst verhören. Nach etlichen Minuten brachte Julius in Erfahrung, wo sich die besagte verschlossene Tür befand.

Ach, was wäre Laurenz stolz auf mich, dachte Julius.

Die wichtigste Information war für ihn allerdings, wo Frau Reuss sich nach ihrem Besuch in der Residenz hinbegeben hatte. Ausgerechnet zu Brackhagen. Das war nun etwa drei Stunden her. Friedemann war zuerst zur Weinhandlung zurückgekehrt und hatte für Toni Weber eine Kiste Wein ausliefern müssen. Normalerweise verrichte er diese Dienste für freie Kost und Logis auch gerne, doch ausgerechnet heute, wo sich alles überschlug, sei der Botengang äußerst ungelegen gekommen, beendete Friedemann seine Erzählung.

Julius folgte dem Weg, den Friedemann ihm beschrieben hatte. Ehe er aufgebrochen war, hatte er Friedemann gebeten, mit den anderen, so sie verfügbar waren, Doktor Tamm zu beobachten. Welche Rolle er spielte, war Julius bislang nicht klar.

An der Residenz angekommen, musste er nicht lange suchen, um die von Friedemann beschriebene Tür zu finden. Sie bestand aus rissigem Holz mit nur noch einem rostigen Eisenbeschlag an der rechten oberen Ecke. Julius drückte die Klinke herunter. Die Tür schwang nach innen auf und gab einen beleuchteten Gang preis. Kleine Laternen standen auf Mauersimsen. Der Gang führte ebenerdig in einen verlassenen Trakt. Julius sah linker Hand eine Tür, vor der er mit gerunzelter Stirn stehen blieb. Die Laternen im Gang waren bis zu dieser Tür aufgestellt und keinen Schritt weiter.

Julius atmete tief ein und legte beim Ausatmen die Hand auf die Klinke.

Eine Kellertreppe führte nach unten. Als Julius beinahe den Fuß der Treppe erreicht hatte, hörte er jemanden husten. Er beugte sich ein Stück nach unten, um das hell erleuchtete Gewölbe überblicken zu können, das sich ihm bereits im Ansatz offenbart hatte. Schlurfende Schritte näherten sich, und jeder dieser Schritte wurde von einem metallischen Klirren begleitet. Eine Gestalt kam in sein Sichtfeld, die mit gesenktem Kopf um einen Tisch ging und Julius nun den Rücken zuwandte. Wer war das? Ein Irrer? Ein Aufseher? Julius schlich geduckt im Rücken der Gestalt in das Gewölbe und verbarg sich hinter einer großen Kiste, aus der Holzwolle quoll. Unglücklicherweise hob das klirrende Schlurfen wieder an, die Schritte wurden lauter und mit einem Mal rieselte Holzwolle auf Julius herab. Ein Klappern war zu hören, dann segelten weitere Späne auf seine Haare und Schultern. Als die Person sich weit über die Kiste beugte, sah sich ihr Julius von Angesicht zu Angesicht gegenüber.

»Von Auer!« Julius sprang auf die Füße.

Benannter zuckte zurück und stieß ein heiseres Geräusch aus. Julius blickte sich nach etwas um, das er als Waffe gebrauchen konnte, und fand einen gläsernen Kolben in der Kiste. Er packte ihn und erhob ihn drohend. Es war von Auers Gesichtsausdruck, der ihn den Kolben nach einigen Sekunden des Schweigens wieder in die Kiste zurücklegen ließ. *Es liegt keine Kälte in von Auers Zügen, kein Hass, keine Freude, keine Trauer. Da ist nichts,* dachte Julius.

»Von Auer, was machst du hier?«

»Mich befreien.« Selbst seine Stimme war ohne Gefühl.

»Du scherzt. Das da ist doch eine Fußfessel.« Julius deutete auf das Eisen um von Auers Knöchel. Der Metallring war mit einer Kette verbunden, die sehr lang sein musste, denn sie durchmaß das gesamte Gewölbe. Von Auer blickte die Kette an, als wäre er nicht mit ihr verbunden, und zog die Schultern hoch.

»Ich kann dich zwar nicht leiden, aber ich hole dich aus diesem Verlies raus. Gibt es hier irgendwo Werkzeuge?«

Von Auer schlurfte durch den Raum, Julius folgte ihm dichtauf. Am rückwärtigen Ende des Gewölbes befanden sich drei vergitterte Zellen. Bei einer davon stand die Tür offen. Von Auer betrat sie und legte sich auf das Strohlager. Fest in der Wand verankert fand Julius den Ring, an dem die Kette befestigt war.

»Wer hat das zu verantworten?«, empörte sich Julius und deutete auf den Ring.

Von Auer schwieg. Sein Blick war glasig. Julius schüttelte ihn erbost. Bei der Berührung warf sich von Auer auf die Seite, krümmte sich zusammen und schützte seinen Kopf mit den Händen.

»Wer?«, schrie Julius. Doch aus von Auer war, außer einem kläglichen Wimmern, nichts herauszubekommen. Julius setzte sich neben ihn. Seine Gedanken überschlugen sich. Von Auer als Gefangener? Das fiel doch auf. Seine berühmte Familie würde ihn irgendwann suchen, es sei denn, man hätte von Auer gezwungen, Briefe zu schreiben, um so den Anschein aufrechtzuerhalten. Julius hieb wütend in das Stroh, was erneutes Wimmern zur Folge hatte.

»Ich sehe mich um«, sagte Julius. Er verließ die Zelle und begann das Gewölbe zu inspizieren. In den geöffneten Kisten, die allenthalben im Raum standen, fand er große Leinensäcke, einige Seile, Eisenfesseln in den verschiedensten Größen, aber auch Nahrungsmittel. Hauptsächlich Äpfel, daneben Dörrobst und Fleisch, Hartwürste und ein paar kleine Säcke Mehl. Julius kehrte zu von Auers Zelle zurück, wo er neben ihn in die Hocke ging.

»Hör mir zu, es ist wichtig«, sagte Julius leise. »Gibt es hier noch weitere Räume?«

Von Auer hob den Kopf und nickte nach rechts. Julius sah hin. Tatsächlich, da war ein Vorhang angebracht. Da dieser die Farbe der Mauer besaß und es in den Zellen nur unzureichend Licht gab, hatte ihn Julius zunächst übersehen. Er ging darauf zu und bemerkte, wie sein Herz immer schneller zu pochen begann.

Julius kam es vor, als zöge eine fremde Hand den schweren Vorhangstoff zur Seite. Der Raum dahinter war nicht besonders groß, Julius schätzte ihn auf vier mal fünf Schritte. Er war noch heller beleuchtet als das Gewölbe, überall standen Kerzen, es roch scharf nach Alkohol und stellte ein Abbild der Operationsräume des Klinikums dar. Der Tisch in der Mitte und die schmalen Tische am Rand standen genau ausgerichtet da. Auch die penibel sortierten Instrumente für die verschiedenen Operationsmethoden lagen in der gleichen Reihenfolge. Dass Brackhagen am Operationstisch stand, war ein gewohnter Anblick für

Julius. Doch hier, in diesem Keller, war Brackhagen fehl am Platze. So wie von Auer. So wie er selbst. Das Versteck durfte es nicht geben, ging ihm durch den Kopf. Brackhagen wandte sich Julius zu und zuckte zusammen. »Was …?« Seine Stimme brach. »Was um alles in der Welt machen Sie hier?«, stieß Julius hervor und deutete auf den Operationstisch.

»Und warum halten Sie von Auer wie einen Hund an der Kette? Was soll das alles überhaupt bedeuten? Ist das Ihr Labor?« Julius' Geste umfasste den Raum.

»Ich … Nein, es ist … Was erlauben Sie sich eigentlich?«, kiekste Brackhagen. »Sie Jungspund haben ja keine Ahnung!«, ereiferte er sich. Seine Stimme brach immer wieder, während er die Worte hervorwürgte.

Julius spürte, wie ihm heißer Zorn in die Adern kroch. Er ballte die Fäuste, während er an das dachte, was Eleonore ihm über Brackhagen erzählt hatte. Dann sprang er vorwärts. Er packte Brackhagen am Hemd und stieß ihn auf den Operationstisch. Brackhagen schien für einen Moment die Luft wegzubleiben, aber dann umklammerten seine Finger plötzlich Julius' Oberarme. Gleichzeitig hob er ein Bein und trat aus. Doch er verfehlte Julius, der unterdessen mit dem Oberkörper Schwung holte und seine Stirn heftig gegen Brackhagens Nase krachen ließ. Es knackte und Brackhagens Griff lockerte sich. Sofort hieb Julius mit der rechten Faust gegen dessen Jochbein. Als er mit der Linken erneut zuschlagen wollte, wurde Julius mit einem heftigen Tritt Brackhagens vom Tisch wegkatapultiert. Julius fiel gegen einen Instrumententisch. Es schepperte, als er einige Werkzeuge mit seinem Körper abräumte. Er ging zu Boden. Ein Stechen oberhalb der rechten Niere hatte ihm schon halb die Sinne geraubt, als er hart mit dem Kopf auf den Boden prallte. Sofort war Brackhagen über ihm und schlug ihn gegen das Schlüsselbein. Sengender Schmerz. Julius krümmte die Finger und stieß in Brackhagens Gesicht wie ein Raubvogel. Das schrille Aufheulen war Musik in Julius' Ohren. Brackhagen rollte sich seitwärts weg und entglitt Julius' greifenden Händen. Der Schmerz in der Seite wurde unerträglich. Julius rappelte sich hoch, taumelte einen Schritt zurück und sah einen Knochenmeißel aus seinem Körper ragen. Mit zitternden Fingern tastete er danach, zog ihn heraus. Er keuchte und beobachtete wie durch einen Nebel, wie Brackhagen sich schwer auf die Oberschenkel stützte und nach Luft rang. Blut tropfte aus seinem Gesicht und bildete eine Lache auf dem Boden. Julius machte noch einen Schritt zurück, sein Sichtfeld schränkte sich ein. Brackhagen war bereits zur Hälfte in der Schwärze verschwunden. Julius fühlte, wie seine Knie weich wurden, die Beinmuskeln erschlafften, die Zeit schien viel langsamer abzulaufen. Er sackte weg. Kräftige Arme hinderten ihn am Fallen. Während er vorsichtig auf den Boden gelegt wurde, konnte Julius einen Blick auf seinen Retter erhaschen. Beruhigt schloss er die Augen und gab sich der Dunkelheit hin.

Als Julius aus seiner Bewusstlosigkeit erwachte, spürte er einen unangenehm festen Druck auf seinen Oberschenkeln. Er wollte ertasten, was da war, aber er konnte seine Arme nicht heben, sie fühlten sich bleischwer an. Auch das Öffnen seiner Augenlider bereitete ihm größte Mühe, doch schließlich gelang es ihm mit verschwommenem Blick ein Seil zu erkennen. Es war mehrfach um seine Oberschenkel geschlungen und verband ihn fest mit dem Sitz des Stuhles.

Julius hob seinen Kopf, der sich anfühlte, als wöge er das dreifache seines normalen Gewichts. Nur mit Mühe konnte er ihn in der Mitte halten, ein kleines Schwanken aber nicht verhindern. Er sah die Schemen zweier Personen, die vor einem Tisch standen, eine dritte Person lag darauf. Er versuchte die Szene für sich einzuordnen, was ihm nicht gelang. »Was geht hier vor?«, wollte er fragen, doch er konnte nur Gebrabbel hervorbringen. Dann gab er auf und sein Kopf sackte wieder nach vorn.

Ein Schlag auf die eine, dann auf die andere Wange holte Julius zurück. »Herr Weiland«, rief ihn eine bekannte Stimme. »Hören Sie mich? Herr Weiland, wachen Sie doch auf!« Weitere Wangenschläge folgten. Schließlich öffnete er die Augen.

»Doktor Hellenthal?« Julius Kopf dröhnte, als er nach oben sah.

»In der Tat, Herr Weiland, der bin ich. Und ich wäre Ihnen verbunden, wenn Sie sich jetzt etwas zusammenreißen könnten, denn eine wichtige Operation steht uns bevor.« Doktor Hellenthal wies mit einer ungeduldigen Armbewegung hinter sich, verdeckte jedoch die Sicht auf das, was er meinte.

Als Julius sich bewegen wollte, hinderte ihn das Seil daran. »Warum haben Sie mich gefesselt?«, brachte er mit schwerer Zunge hervor.

»Haben Sie schon mal einen ohnmächtigen Körper gesehen, der aufrecht auf einem Stuhl sitzen geblieben ist?« Hellenthal lachte auf. Dann kam er auf Julius zu, kniete sich vor ihn und löste seine Fessel.

Als Julius mehr vom Raum sah, fiel ihm alles wieder ein: wo er war und was passiert war. Doch wo waren Doktor Brackhagen und von Auer? Als das Seil zu Boden fiel, stand er auf und folgte Hellenthal ins Gewölbe. Seine Beine fühlten sich dabei taub an.

Von Hellenthal hatte sich an den Operationstisch begeben, auf dem der Kleidung nach ein Mann lag. Sein Kopf war jedoch von einem Tuch verdeckt, seine Arme und Beine waren eng an den Operationstisch gefesselt. Ein Toter, dachte Julius. Vielleicht einer der verschwundenen Irren.

»Ich freue mich, Sie hier zu sehen, werter Weiland, auch wenn ich Sie gern persönlich eingeladen hätte.« Hellenthal verbeugte sich galant. »Doch wo Sie schon einmal da sind … Ich kann Sie ja schlecht wieder nach Hause schicken, jetzt, wo Sie die heiligste meiner Hallen gesehen haben.« Hellenthal drehte sich zum Operationstisch um. »Es ist selten, dass man mich beeindruckt. Selten so eine ruhige Hand gesehen. Bei einem Erstsemester. Nicht nur, dass Füchse noch so unerfahren sind, nein, die neue Lebenssituation, die plötzliche Freiheit, all das macht sie einfach unruhig.« Seine Finger trommelten nervös auf dem Metall des Tisches. »Sicherlich erwarten Sie ein paar Erklärungen von mir?«

In der Tat, dachte Julius.

Hellenthal drehte sich zu ihm. »Sie wissen, lieber Weiland, dass die Wissenschaft noch viele Rätsel zu lösen hat. Und ich liebe es einfach, Rätsel zu lösen.«

»Doch warum hier? Warum nicht im Klinikum?«, wagte Julius leise zu fragen.

»Damit mir die anderen ins Handwerk pfuschen? Ha!« Der liebenswürdige Tonfall war von einer auf die andere Sekunde verschwunden.

»Doktor Tamm sagte mir, dass es die Arbeit vieler sei, die den Fortschritt brächten. Und auch Doktor Reil …«

Julius verstummte, als sich Hellenthals Gesicht zu einer angewiderten Fratze verzog.

Doktor Reil? Und sein dressiertes Äffchen Doktor Tamm?«, schrie Hellenthal. »Vom Fortschritt träumen sie, in der Tat! Doch warum wagen sie nicht auszuschreiten? Ein Mann muss große Schritte tun!« Dann kicherte er, während sein Blick nach innen ging. »Sie sind eher wie Weibchen. Mit kleinen Tippelschritten tänzeln sie durch ihre Abteilungen. Ach, wie geht es Ihnen hier? Ach, wann drückt es Sie dort?« Dann wurde er schlagartig wieder ernst. Fast bitter fuhr er fort: »Nein! Sie sind nicht in der Lage, wirklich Großes zu vollbringen!«

»Doch Sie sind es?«, fragte Julius.

Doktor Hellenthal sah ihn an. »Natürlich!«

Seine Miene wurde wieder freundlicher. In dem sympathischen Tonfall, den Julius aus seinen Vorlesungen kannte, setzte er zu einer Erklärung an. »Sie haben nun doch auch schon die eine oder andere Sektion hinter sich. Und mir außerdem bei Operationen geholfen.«

Julius nickte. Worauf wollte er hinaus?

»Wir können vermuten, dass jemand eine bestimmte Krankheit hat. Doch wissen wir es wirklich?« Er wartete einen Moment, sah Julius erwartungsvoll an. »Nein!«, beantwortete er selbst seine Frage. »Natürlich nicht! Am Ende wissen wir immer erst, welches Leiden unsere Patienten wirklich hatten, wenn wir *nachsehen* können!«

»Und Sie schauen nach?«

Doktor Hellenthal betrachtete ihn mitleidig. »Natürlich tue ich das! Ach, Herr Weiland, Sie beginnen mich zu enttäuschen. Ich hatte doch mehr von Ihnen erwartet.«

In dem Moment zuckten plötzlich Arme und Beine der Person auf dem Operationstisch. Julius schrie auf.

Hellenthal hingegen schien erfreut. »Ah, er ist wieder zu sich gekommen.«

»Wer … wer ist das?« Julius schauderte.

Mit einem Ruck zog Hellenthal das Tuch weg. Julius sah direkt in die weit geöffneten Augen des Patienten. Sein Mund war geknebelt.

»Brackhagen!«, entfuhr es Julius fast tonlos.

KAPITEL 4

Hellenthal pfiff, als wollte er einen Hund herbeirufen. Eine der Zellentüren öffnete sich und von Auer kam schlurfenden Schrittes heraus, die Kette hinter sich herziehend.

»Ich brauche Sie beide ja nicht vorzustellen. Schließlich kennen Sie sich bereits sehr gut.« Hellenthal zog sich einen Kittel über und umrundete den Operationstisch.

Von Auer, das Gesicht nach wie vor regungslos, gesellte sich zu ihm und legte das Operationsbesteck auf einem kleinen Metalltisch bereit.

Als Hellental kurz ein Skalpell in die Luft hob und es inspizierte, fand Julius endlich seine Sprache wieder. »Was ist mit Doktor Brackhagen? Ist er krank? Müssen wir ihn operieren?«

Ein Lächeln huschte über Hellenthals Gesicht. »Krank? Nun ja. Das ist es ja gerade, was wir herausfinden wollen.«

Seine Finger strichen noch einmal über den Griff des Skalpells, dann hob er es hoch. Ein Lichtstrahl fing sich in der Klinge und zeichnete einen hellen Punkt auf Hellenthals Stirn.

»Ist es eine Krankheit, dann sollten wir etwas finden können. Nicht wahr, Herr Weiland? Bleiben wir bei unserer körperlichen Suche jedoch erfolglos, was dann? Nun, werter Weiland, an dieser wirklich großen Frage beißt sich derzeit nicht nur die medizinische Disziplin die Zähne aus. Kann das Bewusstsein tatsächlich erkranken? Der Wahn dem Körper glauben machen, er funktioniere nicht? Kann also der kranke Geist den Organismus infizieren?«

Er tätschelte Brackhagen an der Schulter. »Wie unterscheidet sich der Wahnsinnige vom Normalen?« Brackhagen versuchte sich zu bewegen. Die Laute, die er hinter seinem Knebel hervorbrachte, klangen erbärmlich.

Julius wurde schlecht. »Was haben Sie vor? Was ist mit ihm?«

»Aber Herr Weiland, Sie langweilen mich. Wollen Sie die Schwäche Brackhagens wirklich leugnen?« Er lachte. »Niemandem kann es entgangen sein, dass er in Wahrheit ein helles Singvögelchen ist. Doch Doktor Brackhagen möchte gar kein helles Singvögelchen sein.« Sein Gesicht wurde streng. »Er möchte jemand anders sein. Und dafür hat er bereits einiges auf sich genommen. Strenge Regeln, die er sich tagtäglich auferlegt hat, haben ihm geholfen, wenigstens für Stunden ein anderer zu sein. Ein respektabler Herr Doktor ist er geworden. Ein Weibchen hat er zu sich genommen. Doch die Mühe bleibt vergeblich. Egal, wie streng er sich selbst gegenüber auch sein mag, Morgen für Morgen, wenn die ersten Sonnenstrahlen das Licht zurück in die Welt bringen, kehrt das Singvögelchen zurück. Verstehen Sie, werter Weiland, was unseren Doktor Brackhagen quält?«

Julius schluckte. Die Selbstzüchtigung, der strenge Lebensstil. Leo. »Doch wie wollen Sie ihm helfen?« Julius hatte die Frage leise gestellt.

Hellenthal schwieg einen Moment. Dann sah er Julius an. »Wir werden nachschauen!«

Julius hatte noch gar nicht begriffen, was passieren sollte, als Hellenthal mit einem Tritt eine Verriegelung löste, das Kopfteil des Operationstisches herunterklappte und mit ihm Brackhagens Kopf nach hinten fiel. Sein Hals lag nun lang gestreckt da, der Adamsapfel stach hervor.

»Von Auer!«, befehligte Hellenthal. »Halten Sie den Kopf fest!« Dann hielt er Julius das Skalpell hin.

»Herr Weiland, Sie dürfen den Schnitt vornehmen!«

»Ich … ich …«, stammelte Julius.

»Trauen Sie sich, Sie haben ein gutes Auge«, sagte Hellenthal aufmunternd und klopfte Julius auf die Schulter. »Wir sind immer auf der Suche nach Mitstreitern mit Talent. Geben Sie sich einen Ruck, bieten Sie Ihrer Feigheit die Stirn. Ändern Sie die Perspektive, werden Sie zum Schöpfer der Wahrheit.«

Er ließ den Satz wirken und beobachtete Julius unter halb geschlossenen Augenlidern. Julius begann zu zittern, das Licht spiegelte sich in der scharfen Klinge. Lichtreflexe tanzten über Brackhagens Gesicht. »Ich kann nicht. Nein. Ich will heilen, nicht töten!«

Hellenthal lachte kurz auf und sah zur Seite. »Auer, geben Sie mir die Waffe.«

Von Auer reichte Hellenthal eine Pistole, der daraufhin den Zündhebel spannte und den Lauf auf Julius' Brust richtete. »Sie wollen also all die Privilegien ausschlagen, die ich Ihnen auf einem Silbertablett kredenze?«

Julius blickte auf die Waffe, zögerte kurz, doch dann nickte er entschlossen und trat vom Operationstisch zurück. Er sah zu Brackhagen, der mit aller Macht versuchte, seine Fesseln zu sprengen.

Hellenthal betrachtete Julius mit einer Mischung aus Spott und Ungeduld. »Setzen Sie jetzt endlich den Schnitt!«, forderte er.

Julius blickte voller Entsetzen auf Brackhagen. Dieser bebte so sehr, dass es aussah, als würde das rasende Herz bald durch die Haut schlagen. Die Augen waren weit aufgerissen und die Pupillen derart geweitet, dass Julius nicht mehr hätte sagen können, welche Augenfarbe Brackhagen besaß. Brackhagen biss wie toll in seinen Knebel. Schweiß rann seine Schläfen herab.

»Ach, geben Sie das her«, sagte Hellenthal und entwand Julius das Skalpell. Die Waffe wechselte in die andere Hand. »Sehen Sie, so macht man das.« Mit der Waffenhand drückte er Brackhagens Kinn noch weiter nach unten, die andere führte das Skalpell zu einer Stelle oberhalb des Adamsapfels.

Herrgott, er machte es wirklich!, dachte Julius und stürzte auf Hellenthal zu. »Das können Sie nicht tun! Er ist doch nicht tot!«

Hellenthal richtete blitzschnell die Pistole in Julius' Richtung. Die Klinge in Hellenthals anderer Hand schwebte immer noch nur Zentimeter über Brackhagens Kehle.

»Setzen Sie sich dorthin!«, befahl Hellenthal streng und zeigte mit der Pistole auf einen Hocker, der neben dem Kopfteil des Operationstisches stand.

Julius schluckte, während er fieberhaft über einen Ausweg nachdachte. Als sich der Pistolenlauf jedoch wieder auf ihn richtete, tat er, wie ihm geheißen war. Er nahm Platz.

»Rücken Sie doch näher an den Tisch heran, Herrgott noch mal!«, zeterte Hellenthal.

Die Beine des Hockers schabten langsam über den Betonboden, während Julius nur widerwillig vorwärtsrückte. »Noch näher!«, schimpfte Hellenthal. Erst als Julius mit den Beinen unter dem heruntergeklappten Kopfteil saß und Brackhagens Kopf ihm quasi im Schoß lag, wäre das Kopfteil nicht dazwischen gewesen, war Hellenthal zufrieden.

Er reichte von Auer jetzt die Pistole. »Halten Sie unseren Freund Weiland in Schach, während er mir an Ihrer statt assistiert! Und Sie, Weiland, halten Sie nun ordentlich fest!«

Julius hörte zwar, was er tun sollte, dennoch reagierte er nicht. »Den Kopf! Sie sollen den Kopf festhalten!« Als Julius die Pistole auf sich gerichtet sah, hob er die Hände. Millimeter für Millimeter näherten sie sich Brackhagens Haupt. Julius vermied es, nach unten zu schauen. Ihm graute vor dem Blick, der von Todesangst sprechen und ihn flehentlich um Hilfe bitten würde. Doch was sollte er tun? Er saß mit Brackhagen im gleichen Boot. Dem wahnsinnigen Hellenthal ausgeliefert.

Als er die erste Berührung, wahrscheinlich nur ein paar Härchen, in seinen Handflächen spürte, hielt er inne. Tränen liefen seine Wangen herunter. Als Hellenthal ihn anschrie: »Jetzt packen Sie doch endlich zu!«, griff er zu.

Dann ging alles sehr schnell. Hellenthal setzte die Klinge an und führte einen sauberen Schnitt direkt über dem Kehlkopf aus. Es zischte, als die Luftröhre durchtrennt wurde. Durch die Überdehnung des Halses war die Wunde weit geöffnet. Brackhagens Leib zuckte wild in den Fesseln. Es dauerte eine Weile, bis das Blut zu fließen begann. Doch dann war es nicht mehr aufzuhalten.

»Wollen Sie warten, bis er tot ist?«, fuhr Hellenthal Julius an, der wie erstarrt dasaß und zuschaute, wie der Lebenssaft aus der Wunde floss. »Blut auffangen. Los! Wir sehen ja sonst nichts.«

Julius stand auf, taumelte und schnappte nach Luft.

»Auer, schreiten Sie ein. Und legen Sie die Pistole weg. Die brauchen wir nicht mehr. Weiland hat jetzt genug mit sich selbst zu tun.« Als ob Julius ihm recht geben wollte, sank er kraftlos auf seinen Hocker zurück. Emotionslos verfolgte er das, was vor ihm geschah. Von Auer griff nach einem Lappen und wischte das Blut um die Wunde fort. Er reichte Hellenthal mit ruhiger Hand alle Instrumente, die er einforderte. Julius war wie gebannt. Abwenden oder gar eingreifen schien ihm unmöglich. In ihm schrie es, doch kein Laut entwich seinen Lippen. Mit Eis in den Adern sah er zu, wie der Chirurg Knorpel und Sehnen freilegte. Brackhagens Zappeln ließ allmählich nach. Das Blut sprudelte nicht mehr, sondern floss nur noch zähflüssig heraus.

Hellenthal wirkte jetzt nervöser als zuvor. »Das kann nicht sein!«, stammelte er. »Hier irgendwo muss es doch … Man muss es doch sehen können … Ziehen Sie es weiter auseinander!«, fuhr er nun von Auer wütend an. Julius sah, wie Hellenthal immer grober mit seinen Instrumenten in der offenen Wunde herumstach.

Irgendwann ließ Hellenthal ab. Mit gesenkten Schultern, die blutigen Instrumente nur noch lose in der Hand, stand er vor dem Operationstisch.

»Warum Brackhagen?«, flüsterte Julius.

Hellenthal drehte sich zu ihm. Sein Gesicht wirkte sehr alt. »Ich war mir sicher, dass Brackhagen den Beweis in sich trägt. Er war doch mein Beispiel par excellence.«

»Wofür? Was wollten Sie beweisen«

»Dafür, dass die Ursache aller Krankheiten der Körper selbst ist. Dafür, dass die Herren Reil und Tamm sich auf Irrwegen befinden, wenn sie den Geist dafür verantwortlich machen.«

»Wie viele waren es?«, fragte Julius.

Hellenthal sah wieder auf Brackhagens Hals, als er antwortete. »Einige, aber bei Weitem nicht genug.« Nach kurzem Schweigen sagte er mehr zu sich selbst: »Ich kann nicht glauben, dass ich bei Brackhagen nichts gefunden habe.«

»Gehörte Brackhagen zu Ihnen? Hat er Ihre Forschungen unterstützt?«

Nun lachte Hellenthal. »Brackhagen? Nein! Ihm ging es nur um sich selbst. Angefleht hat er mich, herauszufinden, was seine Stimme denn so von den anderen unterscheidet. Er war bereit, einiges dafür zu tun, damit ich ihm helfe. Hat mir fein die Totenscheine unterschrieben, wann immer ich ihn darum bat. Doch sich meinen Forschungen anzuschließen? Dafür war er zu feige! Letztlich bekam der werte Doktor hier allerdings Skrupel. Ein Besuch von Frau Reuss, und die Sache wurde ihm zu gefährlich. Nicht wahr, Herr Kollege?« Hellenthal tätschelte Brackhagens bleiche Wange. »Nun kann ich zusehen, wer mir künftig mein Untersuchungsmaterial besorgt«, fügte er ärgerlich hinzu.

»Sie waren es die ganze Zeit, und alle dachten, dass er …« Julius versagte die Stimme.

»Wir, mein lieber Weiland, wir. Sie gehören nun auch zu uns.«

Julius biss sich auf die Lippe.

Hellenthal warf die benutzten Instrumente in eine Metallschale und wischte sich das Blut von den Händen. »Auer, Sie wissen, was Sie zu tun haben. Wir werden auch bei Brackhagen die üblichen Untersuchungen anstellen.«

»Was ist mit Margot Lambrecht?«, fragte Julius.

»Glauben Sie mir, Sie hatte es gut bei uns. Zumindest so lange, bis …«

»Sie hatte keine zu hohe Stimme. Sie hatte …«

Hellenthals Lippen verzogen sich zu einem amüsierten Lächeln. »Sie hatte kein Geld mehr, das hatte sie. Frau Reuss weiß, wann die Verwandtschaft es leid ist, sich um die Unerwünschten zu kümmern. Ein plötzlicher Todesfall kommt ihr da oft sehr recht. Sie fragt eigentlich nie nach. Sehen Sie es so, Weiland: Wir tun der Familie nur einen Gefallen.«

Julius sprang mit geballten Fäusten auf. Als er sah, wie Hellenthal blitzschnell das blutverschmierte Skalpell wieder aus der Metallschale zog, verwarf er vorerst den Plan, sich den Arzt vorzuknöpfen.

Hellenthal sah ihn anerkennend an. »Wusste ich es doch! Ich habe Sie nicht unterschätzt. Sie sind kein Feigling, haben sogar einer geladenen Waffe getrotzt. Das ist mutig. Sie wären wirklich gut bei uns aufgehoben. Und dafür möchte ich Ihnen einen Tag Zeit schenken, mein Angebot zu überdenken, dann allerdings möchte ich …«

»Da gibt es nichts zu überdenken«, sagte Julius barsch.

Hellenthal fuhr sich über das Kinn. Seine Augen glänzten und seine Gesichtszüge wurden hart. Mit einem Blick zu von Auer sagte er: »Das ist schade. Ein freier Geist hätte mir besser gefallen. Nun, wir werden sehen, was die Nacht bringt. Auer, holen Sie eine Kette und sorgen Sie dafür, dass unser Gast die Zelle neben Ihnen erhält.«

Von Auer schlich mit gesenktem Kopf aus dem Operationssaal.

»Was?«, stieß Julius hervor.

»Ganz recht. Ich kann nicht riskieren, dass Sie hier herausspazieren und schnurstracks zur Polizei gehen. Ich werde mich noch ein wenig mit unserem werten Doktor befassen, dann unterhalten wir beide uns noch einmal.«

»Damit werden Sie nicht durchkommen!«, zischte Julius.

»Das werden wir sehen«, antwortete Hellenthal seelenruhig.

Von Auer kehrte zurück und befestigte unter Hellenthals wachsamen Blick den Eisenring um das Fußgelenk von Julius.

»Komm«, sagte von Auer tonlos und schlich voran. Die Ketten klirrten, während die beiden den Raum verließen.

Von Auer schloss die Zellentür. Julius ließ sich erschöpft auf das Strohlager sinken.

Brackhagen, all das Blut, das Leid, der Tod. Was sollte er tun? Die Stäbe der Zelle waren stark, die Fußfessel ebenfalls. Er könnte von Auer überreden, die Tür der Zelle zu öffnen, und sich die Knochensäge nehmen, die er bei den Operationsbestecken gesehen hatte. Dann könnte er die Kette, so weit es ging, in die Zelle ziehen, nach dem schwächsten Glied suchen und die ganze Nacht den Stahl bearbeiten, in der Hoffnung, dass das Sägeblatt sich als stärker erweisen würde. Julius bezweifelte, dass er auch nur einen der genannten Punkte umsetzen konnte. Er fühlte sich wie ein leerer Kokon. Gegen seinen Willen fielen ihm schließlich die Augen zu.

Julius schreckte hoch, als er kalte Finger an seinem Hals fühlte. Es war fast dunkel. Im Gewölbe brannten nur noch wenige Laternen.

»Da sind Sie ja wieder«, sagte Hellenthal. »Ich hatte schon Sorge, dass Sie ernsthafte Schäden davongetragen haben könnten. Ich war im Übrigen so frei, Ihre Wunde zu versorgen.«

»Was wollen Sie?«, fauchte Julius. Der Schmerz oberhalb seiner Niere entlockte ihm ein Keuchen.

»Eine Antwort.«

»Sie sind ein kranker Mensch. Um ein Vielfaches kranker als all diejenigen, die Sie hier geopfert haben.«

»Es waren nur Irre.«

»Wie viele Menschen haben Sie malträtiert und schließlich umgebracht?«

»Menschen? Keine. Wandelnde Fehler, einige. Ein Dutzend, vielleicht mehr.«

»Ein schöner Arzt sind Sie«, sagte Julius und spuckte Hellenthal ins Gesicht.

Hellenthal schrie angewidert auf und wischte sich wild mit dem Ärmel über das Gesicht. Er holte aus und schlug Julius mit der flachen Hand auf die Wange. »Auer!«, rief er.

So schnell wie von Auer zur Stelle war, musste er im Schatten auf die Anweisungen seines Herrn gewartet haben. »Bändigen Sie ihn«, befahl Hellenthal und räumte das Feld vor Julius. Nun bewies von Auer, dass er militärischen Drill genossen hatte. Von Auer setzte Julius mit mehreren gezielten Schlägen in den Magen und die Nierengegend außer Gefecht. Keuchend lag er auf dem Rücken, sein Körper loderte in hellem Schmerz. Hellenthal zog seine Waffe und drückte sie gegen Julius' Schläfe. Das Klicken des Zündhebels war wohl das letzte Geräusch, das er jemals hören würde. Julius schloss die Augen und dachte an Eleonore.

»Lassen Sie die Waffe fallen«, hörte Julius eine Stimme. Sie war ihm von Kindheit an vertraut. Doch er musste sie sich einbilden. *Warum bringt Hellenthal es nicht zu Ende?*, dachte Julius bitter. Ein Windzug streifte sein Gesicht. Dann hörte er ein Gurgeln, eilige Schritte. Julius öffnete das linke Augenlid ein wenig. Das Licht einer Laterne blendete ihn.

»Julius!«, hörte er die Stimme erneut.

Endlich wagte er, die Augen zu öffnen und blickte in das besorgte Antlitz seines Bruders.

»Laurenz«, flüsterte Julius und griff nach der Hand, die ihm auf die Füße half. Er konnte es nicht fassen. Sein Bruder war hier. In Halle. In seiner Zelle.

»Wir bringen ihn weg«, sagte eine barsche Stimme. Sie gehörte dem Polizisten, der Julius beinahe wegen des Duells in Haft genommen hätte. Hellenthal trug Handeisen, ein jüngerer Kollege des barschen Polizisten stieß ihn in den Rücken, um ihm das Zeichen zum Abmarsch zu geben. Hellenthal stolperte mehr, als dass er lief. Als die Gruppe aus der Zelle heraus war, blickte er über die Schulter zurück und sah Julius hasserfüllt an. Julius wusste, dass er die stechenden hellen Augen niemals vergessen würde.

»Du musst gleich mehrere Schutzengel haben. Außerdem habe ich mich beeilt, du kannst mir glauben. So sehr habe ich mich nie zuvor im Leben gesputet. Immerhin war es sehr knapp. Fast hätte dich dieser Irre erschossen!«, sprudelte Laurenz hervor. Er hielt Julius fest um die Schulter gepackt, während er mit ihm den Gewölbekeller Richtung Ausgang durchquerte. Als sie schließlich durch die Holztür ins Tageslicht traten, blieben sie kurz stehen.

»Ich habe übrigens noch mehr Leute dabei. Sie warten dort hinten auf dich«, sagte Laurenz und knuffte Julius. Der stöhnte hohl auf.

Laurenz führte ihn noch ein Stück weiter, bis sie zu einer Gruppe von Menschen kamen. Als Julius sie erkannte, wurde ihm ganz warm ums Herz. Alle seine Mitverschwörer sahen ihm entgegen. Frau Kremer, die schon wieder weinte, Friedemann, der einen angebissenen Apfel in der Hand hielt und munter kaute, sowie Eleonore, die nervös ein Taschentuch knetete. In einiger Entfernung konnte er sogar Frau Reuss ausmachen. Sie wurde von einem Wachmann abgeführt. Allerdings etwas sanfter als zuvor Hellenthal.

»Da haben Sie uns aber einen schönen Schrecken eingejagt, Herr Weiland!«, sagte Frau Kremer, die sich als Erste aus der Gruppe löste. Während sie ihm eine Hand entgegenstreckte und ihm ein tapferes Lächeln schenkte, wischte sie sich mit der anderen über ihre verweinten Augen.

Er nahm ihre Hand entgegen und drückte diese fest. Frau Kremer tat ihm leid. Margot würde nie wieder zu ihr zurückkehren. Margot Lambrecht war tot. Ermordet von einem Wahnsinnigen, der sie der geldgierigen Frau Reuss einfach abgekauft hatte.

Jetzt löste sich Friedemann von seinem Platz. »Ich habe den Inspektor Weiland hierher geführt, Doktor Weiland. Geht doch in Ordnung, oder?«

»Sicherlich, Friedemann, bis auf dass ich noch kein Doktor bin.« Er strubbelte ihm über den Blondschopf.

»Und ich noch kein Inspektor«, mischte sich sein Bruder Laurenz lachend ein.

»Ach, das macht doch nichts. Für mich ist das so und bleibt so, da können Sie beide gar nichts machen«, antwortete Friedemann gelassen und grinste.

Nun löste sich auch Eleonore von ihrem Platz. Erst kam sie langsam auf ihn zu, dann immer schneller, bis sie ihm schließlich in die Arme fiel. »Juls«, schluchzte sie.

Julius spürte, wie sein Hals eng wurde und ihm Tränen in die Augen stiegen. »Leo!«, sagte er, schloss die Arme eng um sie und vergrub sein Gesicht in ihren Haaren.

Es dauerte lange, bis er die Kraft fand, sich aus der Umarmung zu lösen. Jetzt, für diesen Moment, war alles in Ordnung. Doch er wusste, dass er mit Eleonore an Brackhagens kaltes Totenbett treten und ihr alles erklären musste. Welche Rolle Brackhagen in diesem irrsinnigen Spiel gespielt hatte. Dass Hellenthal ihn und seine Angst, selbst wahnsinnig zu sein, ausgenutzt hatte. Brackhagen hatte ihm blanko Totenscheine ausgestellt, damit Hellenthal die Ursache seines Stimmleidens erforschte. Dass Hellenthal ganz andere Studien betrieb, hatte er offenbar nicht gewusst, dennoch trug er eine Mitschuld an den Verbrechen, die in dem geheimen Labor begangen worden waren – an Margot Lambrecht und an so vielen anderen. Doch wie Brackhagen auch immer beteiligt gewesen war, er hatte bereits dafür mit seinem Leben bezahlt. Über Hellenthals Strafe würde nun das Gesetz entscheiden.

Julius wusste, dass es lange dauern würde, den Wahnsinn in seiner ganzen Form zu begreifen. Er selbst würde sich, was das Studium des Wahnsinns betraf, sicherlich lieber an Doktor Tamms und Reils Thesen halten, die Hellenthal so verdammt hatte. Vielleicht würde Julius eines Tages verstehen, was sich in den kranken Geistern von Hellenthal und Brackhagen abgespielt hatte. Das, befand er, war zumindest ein guter Anfang nach diesem bösen Ende.

Julius strich seiner Leo mit dem Handrücken zärtlich über die Wange. Was sie und ihn betraf, ihre Zeit würde kommen, in dem Punkt war er sich jetzt schon sicher.

ENDE

GLOSSAR

Anschiss
Schnittverletzung, die man sich während des Duells zuzieht.

Ausgetrommeltes Gesicht
Umgangssprachlich: hässlich

Bollen
Knollen, Zwiebeln

Breiter Stein
Der mittlere Weg auf den Halle'schen Straßen, der durch eine Reihe etwas breiterer Steine gekennzeichnet ist.

Brizel
Umgangssprachlich: frecher Junge

Karzer oder Carcer (historische Schreibweise)
In Halle war der Carcer oder auch Karzer im Gebäude neben der Ratswaage untergebracht. Dort verbüßten die Delinquenten in der Regel kurze Haftstrafen.

Depositionsschein
Der Depositionsschein oder das *signum depositionis*: Jeder angehende Student musste sich damals vor der eigentlichen Immatrikulation beim Dekan einen Depositionsschein gegen Gebühr aushändigen lassen. Ausgestellt hat diesen der sogenannte Depositor, der in Halle in der Regel der

Dekan der philosophischen Fakultät war. Es konnte aber auch eine andere Person zum Depositor erklärt werden. Auf dem Schein wurde durch den Zusatz *matura (reif)* oder *immatura (unreif)* vermerkt, ob der Student bereits einer Schulabschlussprüfung unterzogen wurde. Im Falle eines *immatura* stand einer Immatrikulation dennoch nichts im Wege, der Student musste lediglich später eine Prüfung vor dem Prüfungsausschuss der Universität nachholen.

Duell auf Hieb
Im Werk »Burschicoses Wörterbuch« von 1846 wird Folgendes dazu geschrieben: »Das Duell zerfällt in drei Klassen, nämlich: a. Duell auf Hieb; Schläger, Krumme und Rapier; b. in Duell auf Stoss; Florett, Parisieus und Stossdegen; c. in Duell auf Schuss; Pistolen und – Kanonen.« Weiter wird angemerkt, dass das Duell auf Hieb die gefährlichste Variante sei.

Fuchs
In Halle die Bezeichnung eines Studenten im ersten Studienjahr

Gang (Duell)
Eine Duellperiode, ein Durchgang beim Duell

Hundsfott
Ein niedriges Schimpfwort auf einen nichtswürdigen und besonders feigen Menschen.

Karmeliterwasser
Aqua Carmelita – Melissenwasser – Melissengeist

Lüderlich
Liederlich

matura
Der Vermerk *matura* (reif) besagte, dass ein Student die für den Besuch einer Hochschule notwendige Eignungsprüfung bereits am Ende seiner Schulzeit abgelegt hatte. Wahlweise konnte ein angehender Student diese Prüfung seiner Hochschulreife auch an der Universität ablegen, in dem Fall wurde dies bei der Anmeldung mit einem *immatura* (unreif) vermerkt. In der Regel wurde die Prüfung dann an der Hochschule nachgeholt.

Paukarzt
Laut den Duellgesetzen um 1800 ein eingeweihter Arzt, der die Blessuren versorgte.

Plaggeist
Ein Plagegeist, eine Nervensäge

Ratswaage oder Rathswage (hist. Schreibweise)
Das neben dem Rathaus am Marktplatz erbaute Renaissancegebäude war 1834 das Hauptgebäude der Friedrichsuniversität. Es wurde 1945 bei einem Luftangriff zerstört und 1948 endgültig abgerissen.

Schleppfuchs
Laut den Duellgesetzen um 1800 ein Student, der die Ausrüstung zum geheimen Duellplatz trug und während der Pausen den Waffenarm des Duellanten stützte, für den er zuständig war. Ferner wurden Verletzte von den Schleppfüchsen vom Felde getragen.

Schwager
Anrede der Halloren für Studenten

REALE PERSONEN

Johann Christian Reil
Anton Sprengel
Hofgärtner Richter
Carl Christoph von Hoffmann
Johann Eberhard Ehrenreich Maaß

NACHWORT

Dieser Roman war als lose Verknüpfung zu unserem Werk »Die Schädeljäger« gedacht. Diejenigen, die unser Debüt im Gmeiner-Verlag gelesen haben, werden den einen oder anderen Charakter wiedererkannt haben. Dreh- und Angelpunkt unserer Geschichte ist diesmal die Friedrichsuniversität zu Halle. Sie zählte im Jahr 1805 als bedeutendste Universität Deutschlands, gefördert von dem preußischen König Friedrich Wilhelm III. Sie zog nicht nur viele Studenten, sondern auch Professoren von Rang und Namen an – bis Napoleon schließlich im Oktober 1806 in Halle einfiel und die Universität vorerst schloss. Einer dieser herausragenden Professoren war Dr. Johann Christian Reil, der Leiter der Medizinischen Fakultät in Halle. Reil, der heute als Begründer der modernen Psychiatrie gilt, forderte damals bereits die Errichtung von Heilanstalten für psychisch Kranke, die mit Lehrstühlen der Psychiatrie verbunden werden sollten. Ob es 1805 bereits eine Station für psychisch Kranke gab, wie sie Dr. Thamm in unserer Geschichte leitet, haben wir bei unseren Recherchen nicht herausgefunden, dennoch ist es grundsätzlich vorstellbar. Wir wollten mit ihrer Darstellung Reils Vision einer humaneren Therapie einfangen.

Manch Leser wird sich gefragt haben, warum wir bei einem Roman, der in Halle spielt, die Francke'schen Stiftungen so sträflich vernachlässigt und die besondere Rolle der Halloren lediglich skizziert haben. Beiden Themen zollen wir großen Respekt, doch haben wir bewusst darauf verzichtet, wohl wissend, dass wir keinem von beiden in diesem Rahmen hätten gerecht werden können. Die Gepflogenheiten des damaligen Lebens wollten wir aus der Sicht eines Auswärtigen aus der Provinz erzählen – heute würde man möglicherweise von einem »Landei« sprechen.

Nach intensiver Recherche sind wir im Sommer 2013 nach Halle gereist, um den Spuren der historischen Stadt vor Ort auf die Schliche zu kommen. Viele Menschen waren spontan sehr hilfsbereit, boten Unterstützung an und verwiesen uns an die richtigen Stellen. Ein großer Dank geht hier an die Mitarbeiter des Stadtarchivs, die uns auch bei jeder noch so ausgefallenen Frage mit Rat und Tat zur Seite standen und es selbst nach Stunden nicht leid wurden, den für uns richtigen Stadtplan ausfindig zu machen.

In Sachen Hallenser Mundart hat uns Anke Brandt ausgeholfen. Danke, liebe Anke, ohne dich hätten wir das nicht hinbekommen.

Wir bedanken uns außerdem bei unserem Lektor René Stein, der immer offen ist für unsere abstrusen Ideen, sowie dem gesamten Team vom Gmeiner-Verlag.

Ein Dankeschön geht auch an unseren Autorenkollegen Andreas Hohmann – wann immer wir in Sachen Recherche an unsere Grenzen gestoßen sind, er wusste stets einen Ausweg.

Meikes Mann Johannes hat uns diesmal als Testleser zur Verfügung gestanden. Wir hoffen, er hat es gern getan, die Tipps waren jedenfalls Gold wert.

Schließlich bedanken wir uns bei unseren Familien für Kraft, Aufmunterung und viel Geduld.

Christiane Gref und Meike Schwagmann im Mai 2014

Weitere Romane finden Sie auf den folgenden Seiten und im Internet: www.gmeiner-verlag.de

Das Rathhaus zu Halle (A) und E.E. Raths Wage (B) in welcher die publiquen Auditoria der Universitæt.